U0921745

有一种力量，叫文学；

有一种美好，叫回忆；

有一种感动，叫青春；

有一种生命，在鲁院！

鲁迅文学院·百草园文集

世界越来越传奇

陈家麦◎著

SHIJIE YUELAIYUE CHUANQI

小城的传奇故事
励志的生命之歌

知识出版社

图书在版编目（CIP）数据

世界越来越传奇/陈家麦著．--北京：知识出版社，2017.5

（鲁迅文学院百草园文集）

ISBN 978-7-5015-9488-7

Ⅰ.①世… Ⅱ.①陈… Ⅲ.①中篇小说-小说集-中国-当代②短篇小说-小说集-中国-当代 Ⅳ.①I247.7

中国版本图书馆 CIP 数据核字（2017）第 094541 号

世界越来越传奇 陈家麦 著

出 版 人	姜钦云
责任编辑	邢树荣
装帧设计	君阅书装
出版发行	知识出版社
地　　址	北京市西城区阜成门北大街 17 号
邮　　编	100037
电　　话	010-88390659
印　　刷	北京富达印务有限公司
开　　本	787mm×1092mm　1/16
印　　张	13.5
字　　数	280 千字
版　　次	2017 年 6 月第 1 版
印　　次	2017 年 6 月第 1 次印刷
书　　号	ISBN 978-7-5015-9488-7

定　　价　28.00 元

目录 Contents

遮脸人

1

我表哥罗成钢，瓦窑镇上的人都说他是个疯子，如果我起来反对，他们会认为我也是个疯子，好在镇上的人大多不知道我跟他之间的关系。在这点上，我不想给我家人带来麻烦。他离了婚，独自一人生活，省了诸多麻烦，还蛮不错的。

算起来，我表哥快 55 岁了，可他动作有力，声音洪亮，像个壮壮的小伙子。他快退休了，其实他一直在等这一天。他属于我们镇卫生院在编人员，院长李有富倒巴望我表哥这么干，可他不干，早退休则意味着少拿钱。在这点上，我表哥寸步不让。也就是说，我表哥成天不工作，却白拿工资，连奖金（拿平均奖）也一分不少。院长之所以肯这样，我想是全院的人都怕他。我表哥下放到我们镇，当过一阵牙医，不久便疯了，院长不让他干了，因为病人都怕他。他的打扮跟常人不同，不管多热的天，头戴了一顶箬帽，从帽檐下挂着一条毛巾，半遮了脸。按今天的说法，他打扮得有点像阿拉伯人。他若是到了医院，就甭说他闹事了，如果他到各科室一转，大嗓门一开，那口带了杭州腔的“什个套（意为这样）什个套”的，整座医院的人都会听到，连病人都吓跑了。从某种方面来讲，院方图的是安生。我表哥刚疯那一阵子，他确实是这么做的，为此院长让他别来上班了，钱一分也不少，他爱干什么就干什么。刚开始，我不理解，我表哥这种打扮，加上成天骑了一辆加重型的破自行车到处乱逛，就没别的正经事了？这些年他是如何打发日子的？直到有一天，我慢慢就有点懂了。

他比我妈妈大一岁，外甥比姨妈大，放在今天来讲，简直是不可思议。据我妈妈说，我出生那年，嫁到杭州的大姨来到我家，我表哥跟在后头，肩挑了两箩沉甸甸的东西，一箩是鸡蛋，上面压了黄花菜、干姜丝；一箩是炒米，上面压了米面、红糖、干虾。那扁担弯弯的，他腰杆直直的，两箩沉沉的月子礼稳稳地放到坐起间。我妈妈是苏家最小的女儿，苏家无子，二姨嫁到上海，三姨嫁到宁波。我妈妈常挂在嘴边说，她们四姐妹长得都很漂亮。我外公在桥上街是个远近闻名的箍桶匠，也算是小康人家，我妈妈上头的三个姐姐能嫁到城市里，除了她们三人长相好以外，苏家女儿的嫁妆——那漆得亮堂堂的36只桶，街上那些老辈人至今都会啧啧地夸。那时候，我不记事，等到我记事时，三位姨妈都亡故了。这倒有点像古书上所说的红颜薄命。

我至今还记得那年立夏，橘花满街飘香。我表哥第二次来，从杭州坐了长途汽车到我们镇上。我妈妈带了我到车站（现为老车站）来接。这回是他一人来的，穿了一身涤卡料子的藏青色中山装，上衣袋插了3支锃亮的钢笔。见了面，我妈妈眼圈红红的，跟他谈起了我大姨不幸病故的事。接着，聊起了高兴的事儿。他是来相亲的，那年他快30岁了，在那个年头算是个老大难问题。好在他有省城的城市户口，又有一份不错的工作。女方叫张慧贞，也上了点年纪，那个年头也算是老姑娘了，两人相差6岁，是东风大队（现恢复了旧名叫水门村）人，离我们镇上有十几里水路。这门亲是我妈妈做的媒，我妈妈在我们街上做媒是出了名的，我们家一年四季总会有人来谢媒，我跟弟妹们都盼望这一天，因为他们会让我们一家能吃上油乎乎的猪蹄，外加一坛香喷喷的老酒。老酒是我爸爸最喜欢的，我妈妈也有点贪。

坐了一个多钟头的小汽船，我们三人才到水门村。表哥两手各拎了一只大网兜，里面装了南北货奶糖铁皮罐头之类的紧俏货，这些东西在我们镇上的国营商店也很少见，就是有货也得凭华侨券才能买到。我想那时我喜爱上表哥，是因为他带来了奶糖，我分到了6粒，还加1块巧克力，再说我小时候是个闲不住的人，哪儿有热闹必少不了我，何况我是陈家的独子。在这点上，我妈妈拿我可没办法。我是听说相亲时有好东西吃的，才缠了我妈妈。

上了水埠头，是一条机耕路，两边是绿油油的橘树，在金黄色的阳光下，一群蜜蜂嗡嗡地叫，漫天飞舞，它们似乎都很忙碌。花香浓浓的，我表哥长了个大鼻子，张开了鼻孔，似乎要把香味深深地吸进肺中。

一路上，我妈妈不时跟行人打听张家，那些行人除了好奇，都很热情来指点。按行人提供的信息，我们三人走到两口池塘相交的石板路，接着拐到一块晒谷场，再往西，从一丛橘园中现出二三户人家，飘出淡蓝色的炊烟。

就在那一次，我表嫂的样子就深深地印进我脑子里了。她坐在一栋三间相连的木屋前，小院子里放了一个绣花架，她穿了一身月白蓝的衣裳，双手戴了洁白的纱袖套，正拈了一枚针往头皮上蹭了一下，拖出一根红丝线，翘起兰花指，拿针往花架上的白布穿刺，那手轻盈得就像蝴蝶在花丛中飞。刚开始，我们三人不知道她就是张慧贞。我妈妈向她打听，弄得她霎时脸色绯红，就像一枚红鸡蛋，是那种染在剥了壳的蛋白上的颜色，白的更白，红的更红。那时，我觉得这么一个标致的女子，将嫁给长得有点粗鲁的我表哥，简直就像小孩子不小心打翻了一瓮白米饭……

那次的相亲，我妈妈就像居民小组长做调解工作那样，这方说一下，那方说一下。我从工字型的窗格子中偷看，又听到屋里的张慧贞在嫌我表哥，意思是说他的相貌不够整齐。张家兄嫂在一个劲儿劝说，那意思说她是个老姑娘，又是农村户口，能找个大城市人，很不错了。张家做主的似乎是张慧贞的大哥和大嫂，有点急于把大了的妹子推出张家的味道。我表哥在那天表现出极大的兴趣，我见他把张家大嫂端出的鸡蛋酒，那碗里的6只鸡蛋，一眨眼工夫，呼呼地消灭了。我妈妈临行前嘱咐过他，说是依照乡下风俗，男方吃下女方的6只鸡蛋，则表示同意这门亲事；要是相不中，只吃下3只鸡蛋就行了。要不是我也能吃到鸡蛋酒，要不是表哥分给我的奶糖和巧克力，我才不会同意这门亲事的。现在想想，陪表哥相亲出来，我肚皮胀胀的，脑门热热的，出来时连步子都有点飘，还真不错。

一路上，我妈妈跟我表哥叽叽呱呱的。看起来，我表哥相中了，女方也同意了。两人商量着送彩礼的事。我妈妈回过头来，发现后头的我落下了一段路。我妈妈等上我，说我的脸色红得好吓人。我说："是鸡蛋嗝了我，老酒醉了我，肚里盘了一股好大的气，老放不出屁。"她数落我是个馋鬼，做客人也没样子，丢脸。气得我蹲在小河边的抽水机上，不肯走。我妈妈来拖，我表哥来拉。

我妈妈哄我说，再不走，表哥表嫂结婚那天，不给我喜酒喝。

我立时急了。我让表哥答应我，到时候要送我6对红鸡蛋，外加10粒奶糖。

表哥爽快地答应了。我这才站了起来。我眼里似有一粒粒金星，在阳光中纷纷地掉。

2

结婚前一个月，我表哥就疯了，院方给他下的结论是，武斗的前夜，天空中传来一声声炸雷，在电光中，罗成钢同志五官扭曲，一声声大叫。他疯了。

当时，我表哥参加了总派，跟了现在的院长李有富，他是总派的小头目。联派的小头目是许广顺。两派斗了的结果是，李有富取代了死了的许广顺的院长之位。但让人难以理解的是李有富当了这么多年的院长，职位一直没动，为此还受到上级的表扬，说他甘愿扎根基层一辈子，精神可嘉，还年年被评上先进工作者。后来，我调到了我们县报做记者，为他写过长篇通讯，加上3幅图片，凑成了1个版面。

为这，他送了我一竹篮大闸蟹，算是谢我哪。

对于我表哥从省城调到镇卫生院不久变疯的事，我总觉得里面有点蹊跷，然而我也说不清楚。这些年，始终有个谜团盘在我脑海里。

我表哥跟张慧贞大约过了两年，两人无小孩。离婚时，我和我妈妈作为男方的唯一亲人去了法庭，记得那年我在读初二。我有点左右为难，吃过表嫂家的鸡蛋酒不说，表嫂挺疼我的。再说，表哥结婚那天，他答应给我的红鸡蛋和奶糖一样也没少。我向老师请假，说了一次谎，我有点耳热心跳的。法庭中，陪张慧贞的只有她哥哥，才几年工夫，她哥哥变得像小老头似的，脸皮起皱，抽着烟，不时双手抱了胸在咳。

没多少人，双方只占了一排凳子，左右两边隔开，中间留了一溜空位。我坐在我妈妈一边，不时偷看表嫂，我觉得我的立场不稳，有点像做叛徒似的，好在轮不到我这个小毛孩说话，我也不想说。我听不太懂大人的辩论。我表哥耷拉着脑袋瓜，似乎在打瞌睡。我妈妈担心疯了的他会暴跳如雷，可他在那天却出奇地安静。轮到表嫂申诉，倒是她站了起来，停顿了一会儿，很快像课本上的刘胡兰面对铡刀一样，昂首挺胸。她一开口就说表哥是个神经病，这话没引起人们多少兴趣。接着她说：“他非但得了神经病还得了阳痿病。”我妈妈就有点坐不住了，屁股底下像蜇了蜂刺儿。前几天，法庭来人送来了离婚书，附了空白答辩状副本，我妈妈让我念给她听听。我那时对阳痿这词有点朦朦胧胧的，也不好意思问我妈。法庭上，当表嫂出示医院证明，说她仍是处女时，我马上明白所谓表哥的阳痿一词是什么意思了。我妈妈双手捧了脸，像个怕羞的小姑娘。

庭长宣读判决书，我表哥打了一激灵，似乎醒了，他站了起来大步地往门口走，说：“好了吗好了吗?”只听见大厅里发出嗡嗡的声音，上头的天花板在晃，天花板下的吊灯嘶嘶作响。那震荡的回响还没落下，我表哥就在门口不见了。庭长似乎惊魂初定，嗯哼一声，接着念判决书。我妈妈一把拉了我手，追了出来。

出大门口，是台阶，上头立了一杆五星红旗，迎风飘扬。广场那头，飞来一群灰鸽，落下雨滴似的白东西，大概是鸟屎。我表哥抹了下脸，一步跨上加重型永久牌自行车，像匹烈马，冲进灰蒙蒙的人潮中。

我妈妈跺了一脚说："老娘我做过的媒从没霉过，这回霉在自己亲外甥头上了，打今往后，老娘我就是在家里数腿毛，打死我也不做媒了！"

表哥调动工作的事，我记得是这么搞定的。因为，要把农村户口的张慧贞调到省城，比登天还难，所以，只能是罗成钢同志往下调。这是我表哥当下的工作重心之一。而且，他在张家相亲时是许过愿的。

立夏到端午前，我爸爸开在街口的裁缝店生意是最清淡的，所谓"春衣上了身，夏衣勿要紧"。那一阵子，会点小洪拳的我爸爸常到乡下教拳，从徒弟那儿弄点钱来补贴家用。

我妈妈倒忙了，这是她眼下要办的一桩头等大事，何况是替我表哥办的。后来，因我表哥离了婚，气得她生了病，不到半年就埋入黄土垄中了。她为我表哥调工作的事成天张罗。天知道，她这个会做媒的人，是如何托人找上镇卫生院院长许广顺的。我妈妈给许家一家大小都做了一身新衣裳，包括许家爷爷奶奶的寿衣。许院长总算答应我表哥调动工作的事。许院长的口气，像我们校长做报告一样，说："罗成钢同志愿从城市下放到农村，支持乡村卫生事业，我们举双手欢迎！"

的确，罗成钢同志扛起背包，胸戴大红花，从杭州到我们镇卫生院正式报到那天，在大门口，许院长带领宣传队同志敲锣打鼓。当晚，我表哥的先进事迹，在我们收听了中央人民广播电台新闻联播后，接着，县广播站播发了这条重要新闻。裁缝店里，那只破木匣子嘶啦啦地响，我听得不是很清楚，只听到许院长回忆起自己的光荣历史。新中国成立前，他是第五纵队中队长，上山打游击，吃掉了与国民党勾结的一股股残匪……在这条新闻中，他的革命史才屁大的工夫就给掐掉了。我读小学时，听过他做的长篇报告，他的话半洋半土，官话加本地话，坐在底下的我好生难受。

很快，我在批斗会上看到他了，他被造反派戴了高帽子，胸前挂了打红叉的牌。我看到调到卫生院的我表哥，跟在宣传队队长李有富的屁股后面，举着语录本带头喊口号，数他喊得响亮。为这事，我妈妈曾跟我表哥谈心。结果，我妈妈被我表哥当作没政治觉悟，反给教育了一下。我爸爸教拳回来，累得少说话。他只说他成分不好，就听我表哥说的没错。我想，主要是杭州的大姨父出身于工人阶级，踏过黄鱼车。在这点上，我爸爸有点自惭形秽。他的地主成分，是我爷爷这个破落地主传下来的，又传给了我，连我都抬不起头来。虽然我爸爸每回让我填表格时，写上小手工的成分。我放学回来，跟屁虫一样，常夹在我表哥这些造反派当中，情绪高涨，觉得自己好像马上就能脱胎换骨。

在东风和西风压来压去后，眼看要真枪实弹了。卫生院的全体人员必须要分成两派，不是联派就是总派，不站派就算保皇派，谁愿意不见分晓就弄顶帽子戴戴？当联派许广顺的小头目从总派手中抢走李有富时，总派的人到处查找李有富下落，跟鬼子扫荡一样。到了街上，我才明白，卫生院的两派只不过是一小撮分子，真的是掉进汪洋大海中了。也就是说，我们镇上有总派和联派的两个司令部，卫生院的派系分属于两个司令部，两派的人在街头肉搏过许多次了。末了，两路人马到县武装部抢了武器弹药，在街头巷口筑起了沙袋包，高楼上架起了重机枪、高射炮，分抢各制高点。我们学校停课了，我到这派看看，那派瞅瞅，真比看电影里的打仗还热闹。

这是一个闷热的夜晚，预示着暴风雨就要来临。一方下了宣战书，另一方送了应战书，明天凌晨，两派人员要正式开仗。大街小巷，到处是传单，闹蝗虫一样地飞。

当晚，雷声大作，像要把整个大街小巷炸裂。在闪电中，不料，我表哥变成了疯子。他没能成为第二天的勇士，我真是太扫兴了。我妈妈接到这个坏消息时，是武斗后的第三天。战斗结束了，总派被联派赶出了城，我跟小伙伴们满街乱跑，忙捡弹壳，比谁捡的弹壳多谁的大。我妈妈一把拽了我走，到卫生院，发现未过门的表嫂守在我表哥病床前，我表哥在挂针，偶尔说一两句胡话。我表嫂双眼红肿，像一对红萝卜。从宣传队队长刚提到院长的李有富大声说：“没事的，小罗同志很坚强。”

几天后，我表哥能回答大人们的一些话了，只不过像换个人似的，嗓音有点夸张。我妈妈决定给我表哥冲喜，结婚就放在职工宿舍。李院长愿给两人办个革命化的婚礼，让全体职工会餐。在选定结婚日子上，我表嫂答应得并不爽快，而且办结婚证也是一拖再拖。急得我妈妈找了李院长，他来做我表嫂的思想工作。说着说着，李院长把这门婚事提高到政治高度上来了。他答应两人成婚后，可将表嫂作为家属工安排到卫生院。

结了婚，我表嫂跟我表哥学牙医，很快又转跟戴医师学，过了两年光景，两人离了婚。打那时起，我表哥的打扮就怪怪的了。她从卫生院退出，很快在砚池巷开了家个体诊所，叫慧贞牙科，带了两位女徒弟，生意很不错，我给她写过报道，她还当上了政协委员。她给我换过两颗蛀牙，坚决不收我钱。我称她为张医师，她笑着说：“还是叫表嫂吧，这样不见外。”

她跟我表哥离了婚，很快结了婚，男方是卫生局的股长，姓戴，就是我表嫂学牙医的第二任老师。他妻子不幸死于一起车祸。我怀疑她跟我表哥结婚后，两人已暗中交往，我很快为自己这么不健康的想法而羞愧了。

过了一年半，我从她诊所经过，发现她抱着一个胖小子，那婴儿长得很像他妈，白白胖胖的，一边用粉红的嘴吸着一只我表嫂白鼓鼓的奶子，一边用一只嫩嫩的小手抓捏着奶子，那小手指陷进奶子中，像要学弹琴一样。

她哼了曲儿《小燕子》跟儿子逗，之后朝我努努嘴说：“多多，快叫表叔。”

我打趣说：“不忙，到了明年，多多就会叫了。”

3

我跟马书琴能结婚，不能说跟岳父无关，后来跟她差点没离婚，跟有了孩子有关。在夫妻关系一度紧张的日子里，我住到疯了的我表哥那儿。这使我对我表哥的生活有了进一步的了解。

那是个大热天，到了吃晚饭的点，马书琴终于开口说话，说：“咱俩还是先分居吧。”我问她：“你是不是有了新人?”她摇了摇头，她也问我，我也摇了摇头。我俩的话越来越少，饭桌上只听见吧唧吧唧的咀嚼声，呼噜呼噜的喝汤声。因为话少，我俩偶尔会冷眼偷看对方，四目相对，碰出一道寒光，让我心头凉飕飕的。对于她的提议，我沉默了一晌后，表示赞同。我俩商定，在未正式离婚前，不告诉任何人。我跟马书琴结婚多年，她没怀上孩子，找过不少大中医院，光吃偏方，恐怕药渣都可以垒成小山。我收拾了一下简单的行装。她拽了我的提包，说：“这么晚了，还是明天再说吧。”我还是出来了。她问我：“上哪去?”我说：“上我表哥那儿。”她说：“那是个疯子!”我说：“我也差不多。”我知道她很厌烦他。算起来，我表哥上我们家只有一次，之后他不来了。有时，我和我妻子在街头遇到他，他不跟我俩打招呼，装作不认得；就是我一人与他遇见也一样。他的行为，有时会让我对他产生出一种敬意。我表哥上我们家，他的怪样，别说让左邻右舍不安，就是我也会脸红。对于他的初次登门，我不想太让他太难堪。我到厨房炒菜，我知他爱喝酒，此前我俩曾经探讨过一些社科方面的问题，我俩都觉得对方知识修养不错。亲戚中，数我俩文化高。在这方面，我俩比较契合。他的饭量惊人，酒量惊人，说话音量也惊人。当我再次加了鸡蛋炒番茄后，马书琴砰的一声关了门，进卧室了。这时，我表哥可能意识到了，把新添的一杯老酒一口吞了，夹了三大筷子鸡蛋，两腮鼓起，像吃土豆的仓鼠。噔噔地，他走了……

现在，是我从家里走了出来。我心头有点酸，觉得自己被世界抛弃了，又感到不错，一人满世界地转，了无牵挂，就像我表哥一样。我那时立即冒出跟他搭伴的想法，可能完全出于一种自觉行动。

卫生院在北城，过了北门大桥就到了。职工宿舍与卫生院相隔不到一百来米，是老宿舍，只有表哥一人住。他像童话里古城堡的国王。

到了，我站到一堵矮墙下，上头装了无数玻璃碎，像狼牙棒一样。我叫了半天，才见我表哥那颗大头颅像水獭一样，从二楼阳台上探了出来，是水淋淋的头发，没戴眼镜，裸了上身，搭了一块毛巾。他扔了一串钥匙下来，弄得我在乱草中捡了半天，差点踩到了一堆臭狗屎。

院子里长满了杂草，楼梯口亮了一盏昏黄的灯泡。这栋二层高的楼，医院可真大方的，只让他一人住。后来，李有富告诉我，本来有个大西北分配来的大学生也住在这儿的，那个西北佬每晚临睡前吞安眠药也不能入睡，成天怕我表哥杀了他。只好安排那个西北佬到医院大楼值班室住。

上了楼，表哥在大塑料盆里洗澡，一根长长的软水管哗哗地流水。我问了问，他说反正流的是公家的水。我说要跟他搭伴一阵，要写篇长东西。来的路上，我给总编打了电话，请了假。我脸有点热，大概他看出来了，为我后面那句话。他嘿嘿地笑。洗完澡，那根软水管被盆里满满的水浮出，水白花花地流到地上，流到阳台上，那水噼里啪啦往楼下掉，真像孙猴子住的水帘洞。多少让我有点肉疼，又想自己犯不着这样。于是，心头安然起来。

我未踏进他寝室的门，就感到里面传来一股公共浴室一样的热气。心想，这地方怎么能睡人？待我勇敢地迈前一步，到门口，我看到里面灯光有白有黄，光线互相交错，阴森森的；门里第一道砌了一米来高的墙，中间又加了一样高的墙，数了数共有三堵矮墙，像八卦阵一样；再看，里面布满了蜘蛛网一样的电线，里窗口焊了铁栅栏，当中只有一张小床，整个布置像牢房又像巷战工事……我倒吸了一口冷气，突然感到自己身上降了温下来。

正当我举步维艰时，我表哥自告奋勇地引导我，他像在保密局工作的老牌特工一样，如数家珍地介绍他的每一道防御设施。他脸上洋溢着一股股大功告成的神采。我听出来了，为了修筑这些工事，他所花费的心血。这里的材料，有石头、水泥、沙、电线……都是他一件一件用自行车驮来的，也不知他动用了多少个日日夜夜，才把它修筑完工，比燕子筑窝衔来一根根草要辛苦多了。我觉得这里的一切，如果我一不小心触及，就会一命呜呼。现在想起来，都会让我心惊肉跳。可那会儿，我做好随时赴汤蹈火的准备。

我带来一瓶老白干，加上鸡爪花生米卤蛋之类的。我决定，今晚与他好好地喝。醉了，会什么都不知道。

我醒了，里面的光线被铁栅栏分割成一条条光柱。我不知昨晚是怎么跟我表哥挤上这张床上的，后来我才知我表哥当晚睡在地上，没铺凉席，照样没着凉。他真有一副铁打的体魄。

我起来吃早餐。走了一阵，到了一处热闹地方，是菜场，大门口有三三两两的小贩，把菜摆到地上，苍蝇在叮咬臭鱼烂虾，挨着一条小河，河里漂浮着烂菜帮。

我回到宿舍，见我表哥回来了，正在卸下两只白塑料桶，把桶里的山水倒进缺了一角的水缸里。那口水缸离阳台上搭的简易厨房只有三尺之遥。提山水的地方离这儿起码有十里路，有口长年不枯水的老井，叫桃花潭。表哥气喘吁吁，说："山水用来喝，用来做饭，很安全。"他满头大汗，像跑累了的驴子。他脱下圆领老头衫，光了身，背对着我，又在哗啦啦地洗澡。那肥大的白屁股底下，挂下一对大大的鸟蛋，像老爷爷挂在胸前两只松松垮垮的旱烟袋，晃悠着……

洗完衣裤，他吃起我带来的 10 只肉包子，风卷残云一般。我刚才考虑到他的食量，多买了些包子。突地，他叫了起来，我以为他被噎住了，嘴上还有半只包子。等到他吞下那半只包子，我才听清了，他记起了一桩大事。今天是医院发工资的日子。今天是 8 号，我又一想，今儿是星期天，单位放假。还没等我想完，他飞奔了出去。我看了看表，离 8 点还差 5 分钟。后来，我才知道，每月的 8 号，即便遇上双休日、节日，那出纳定会准时在财务室等他，只为他一人先发工资奖金。他疯了后，第一个月就遇到这类事情。我表哥在卫生院大闹过一场，直到李有富自己垫了钱，才作罢。接着，那出纳就会在每月的 8 号，准时上班，不管是双休日，还是节日。看起来，在这点上，我表哥一点儿也不含糊。

我回到房里，昨晚跟他没喝醉前的记忆碎片浮了出来。这么说吧，我已熟悉了房内的构造，知道哪些地方是安全的，哪些地方是有生命危险的。我看到了只有三条腿的写字台，断腿的那地方垫了一摞砖头。桌上放了一排书，有伟人的，还有左派文人的诗集，其中有马雅可夫斯基的，边上搁了一本笔记本。对他这么多年来如何打发每天的生活，我始终充满好奇。原来，笔记本上记得是我表哥写的诗歌。大概是昨晚趁我醉睡后写的。

从娘胎里落地，睁开眼时
站起来，走啊跑啊，没有家，四处是家
谁定了我的命，能跑的
一种叫追，另一种叫逃
活下来，小家伙

停一下，这地方能让我吃上几口嫩草
比我柔软些
我牙能对付。忘不了还有很多锋利的牙
在某个没法预知的角落，对准我
草地留下一堆屎一堆白骨，那些线虫白蚁
还在。渐渐黯淡了天光
看不见了，伙计

路在脚下飞快转动
风的速度
那添了的伤，痒痒的
它们干瘪了的肚皮
显出粗大的骨架。那身影
呼呼地向我逼来
还能从一道空气中闪出
不错，老伙计

1996. 8. 7 晚热

我读出了我的表哥诗写得不错，可惜没有标题，诗中具体所指的是羊还是鹿之类的食草动物，就不得而知了。但有一点是可能肯定的，表哥把不少精力转到写诗上了。我觉得，他肯定写了好多好多的诗，这么多年坚持下来，说不定车载斗量，说不定一位大诗人被世人遗忘了。我感到自己的心贴着表哥的心，一起在怦怦地跳。

于是，我避开不安全的地方，小心翼翼地搜寻。我出了一身汗，还是找不到，包括那些常人往往会料到主人隐藏的角落。结果，弄了半天，都白费心思。

我灰心了，手指弹了弹第三堵墙，听到发出一阵空心的声音，用手摸了摸，发现被水泥涂抹的墙头有条细缝，我用手掂了掂，发现能起动石块。我使出吃奶般的力气，总算移开一块长方形的水泥板，那里面叠满了笔记本。

我沉浸在诗歌的阅读中。直到听到一声断喝，这喊声恐怕方圆十里内都能听到。是我表哥，像旷野里一头咆哮的雄狮。

接着，又发生了有趣的事。

因为我发现了他写诗的秘密，他刚开始对我的这种不够朋友的表现，表示出了极大的愤慨。我害怕在他的拳头下，我的身体会变成肉酱。结果，他的拳头差点要落下时，我的头发就像要飞舞起来，只见一股飓风忽地停了。我看到表哥那扭曲了的脸，霎时风平浪静了。他低了声说："我差点忘了，许多年前，我俩还谈到了诗。"

我声声保证："这个秘密只有我一人知道。"

他说："好吧，为了这，你得有所表示。"

我决定好好请他吃一顿。他连说不同意。首先，他不同意上馆子，馆子里的东西不安全，说有人会在菜里放毒的；得上菜场买菜。我心想，糟了，跟着这么一个怪人，那不是要被人当耍猴看吗？我还是答应了。再是，得由他来请我。他说我到了他这儿，全是我掏腰包，不好，何况他写的诗有了第二位读者，不会再有读者了。他说的第一位读者是他自己吧？

我说他这么多年积攒下来的钱，而且退休以后还有退休金，都快成小富翁了吧？他还是用带了杭州口音的普通话岔开了我的话题，说："自己弄菜，牢靠。"我俩推让了一番，他很固执。我只得依从。

我坐在他骑的自行车后座，我觉得自己是个阿拉伯媳妇，被行人当作焦点人物。我把头压低，别人还以为我是个害羞的小姑娘吧？

菜场里的人大多认得他，并不好奇，似乎见怪不怪的样子。我总在他的身后，像盯梢的特务。当他在前头的肉摊上时，我在后头的海鲜摊上。海鲜摊的大娘在嘀咕，意思是疯子来买菜了，得要小心了。果然，她的话音未落，刚称好猪蹄子的那位大叔报了钱数，我表哥从泛黄的军挎包里取出电子勾秤一勾，说少了半两。大爷摇了摇头，拿他无办法似的，苦笑了笑。

他的整票放在一只生锈了的铁皮烟盒里，藏在衣内贴胸的口袋，看起来那口袋是他自缝的。

这时，有个扒手掏他钱包（烟盒），不料扯出了连在烟盒上一根细如发丝的尼龙线。他像收钓鱼线那样，把铁盒收了回来，将那自以为得手了的扒手稳稳逮了。人们在嬉笑声中，一拥而上，把那扒手揍了个半死。

我表哥若无其事地往前走，继续买菜……

我在我表哥那儿读完了他的 21 本半诗歌，不知不觉过了一个礼拜。那天买菜回来，他做了一桌菜。把酒论诗，我俩谈兴正酣。我的手机响了。

是马书琴。说她好难受，吐了，查了，怀孕了。

我抬脚走了。

4

马书琴生下女儿，我取名为陈喜羊。我俩不再提离婚了，可能是因为孩子的缘故。渐渐地我向四十岁奔。我俩话多了，大多是有关淘气又可爱的女儿。日子如吃甘蔗一样，后头是越吃越甜。马书琴从此不再提她的爸爸了。因为我的岳父已经离休了，不管用了。

当年，马书琴跟我谈朋友，后来我能从快要倒闭的地方国营轴承厂的一名工会干事，调到报社工作，全是岳父大人起的作用。为此，马书琴常拿这点来压我。而我又以不开腔以示抗议，以至弄得夫妻俩话越来越少。现在，总算是可爱的女儿，才使我俩的关系转暖了。

院长李有富得了脑溢血死了。

是立冬后的第二天早上，瓦窑镇上起了大雾，雾往墙缝门缝里钻。街上的景物看上去都是一动不动的，能动的是人的雾团，雾团跟雾团不时相碰，各自移了去，消失于大雾中。

这场大雾直到第三天才消散。

太阳出来了。

表哥来请我一家三口吃饭，这回马书琴对他有点客气。我看了看她，她的样子是自然的。我再看了看我表哥，跟换个人似的。他没戴箬帽，没挂毛巾遮脸，理了头发，刮了胡子，穿了一身干净的藏青色中山装，有点洗白。我还注意到，他的上衣兜空空的，没插一支钢笔。他说他退休了，第一个月拿到了退休金，要庆祝一下。

酒桌上，刚开始，他有点含糊其辞，说要去另一个世界度余生，到大树坑修行。那地方在县界边上，是我们县地图上都找不到的。老院长许广顺也葬在那儿，这是老院长的老家。每年清明，我表哥都要骑自行车去看他老人家。我表哥说，从此可以跟他做伴了。我去过那儿，写过整版人文报道。深山冷岙，没几户人家，偶尔传出几声鸡啼狗叫。过年前，乡民要宰掉养大的猪，四亲六眷带来被铺赶来，焚香祭祖，宿上三日，每日大宴，名为杀猪节。

事情过去了很多年，连镇上的老辈子可能都把这事都忘了。可我表哥在那天重提那段往事。他说他不写诗了，改研究佛经。大树坑不错，是座破小庙，没和尚，图六根清净。他想把庙修一修，一人在那儿过，诵诵经，也好给老院长超度亡灵。

当年，他是被惊吓的。他无意间闯了进来，闯进一间废弃了的生产队仓库。老院长许广顺被李有富揪了头发，把他头往墙上狠撞。那血就像杀倒的猪，喷了出来。

李让许坦白交代，跟土匪勾结，潜伏在共产党内做内奸的黑材料。许广顺死了，李有富说他是畏罪自杀的，这内情只有我表哥发现了，那时他紧跟着李有富的路线。后来，许广顺获得平反昭雪，但死亡的结论一字未改。许家的两个儿子得了县政府的一大笔补偿金，欢天喜地地分了。

那晚，我表哥疯了。随后，李有富当了院长，可他对升职兴趣不大，一直当院长，还没到退休就归天了。我表哥刚疯时疯得不重，有职工愚弄他，李有富的老婆王桂兰出来说话，从此没人搞笑他。我表哥说，他老婆可能为这事内疚着，得了中风，先他一步去了。这个秘密我表哥一直守口如瓶，直到今天，他才跟我说。他让我们别跟人家说了，反正该死的人都死了，跟烟一样，散了。

“妈妈的，李有富监视我，总算没用了。”说完，我表哥起身走了。

我望着一团笔直的背影慢慢移去。

我表哥没回头。

曼　丽

1

我醒了。

听到鸟雀啁啾，流泉叮咚。虽然眼力不济，分明我见到了穿过洞口草叶层层叠叠从缝隙中挤进来的几缕金丝线。根据经验判断，那是太阳光，此刻我有了些许暖意。

我舒展一下筋骨，心跳有了加快。我的身体蜷缩在这里一动也不动，已经有了整整一个冬天。经过这么久的消耗，体内脂肪已耗尽，我很虚弱，差不多瘦了一圈。没有办法，如果不通过睡眠，我会饿死冻死。在大雪封盖所有植被的响石山，铺了厚厚冰层的沧浪河，枯草倒伏的草原，那些我所需要的食物全不见了，虫子也跟我们一样，早早入眠，冰雪有如一床覆盖整个世界的超大棉被。

我需要再等待，四肢才不再麻木。现在，我的骨肉间有了血液的流动，来自身体的各关节发出了“咯吱吱”的响声，但我肌肤干燥，处在严重缺水状态。

我的家，应该是别人遗弃了的一个洞穴，我们家族不大愿意自己动手挖洞。这又何必呢？有了别人不要了的洞穴，我现成拿来就是，何必浪费呢？什么好逸恶劳、寄生虫、懒人之类的闲话，让那些站着说话不腰疼的家伙去“吐槽”吧！我只要稍稍加以改装，实际上我在做二度开发——当然我不想因此博得虚名。里面换些干草松枝，重要的是将洞口盖上叶子苔藓之类的，为的是不让敌人察觉，特别是要防止一些蛮不讲理的同类突然闯入，总得要讲个先来后到吧！问题是我是这么想，别人就难说了。所以，伪装工作对我来说也非常重要，我知道这么做不好，但也事出无奈。再说，在响石山森林一带，几乎人人都在自我防备。所谓“防人之心不可无”嘛。

眼下，最重要的是我又渴又饿，更不要说应对突发险情了。当四肢可以驱动，我不能再留恋这个家了，有些东西要学会舍弃。我慢慢向洞口爬出。当我做出这个决定，对于家的概念有了清醒的认识。从这一刻起，这个家被我抛弃了。整个响石山，包括山丘碧潭、草原旷野、河流溪涧，凡是我足迹所及之处都是我的家。当然，到了冬季则另当别论。

我走出洞口，深呼吸。从积雪中露出绿色的起伏山脉，正在解冻中的弯曲河流，以及从空旷中传来的飞掠鸟声……我知道自己一年中崭新的生活就从这一刻又开始了。

太阳正从对面山冈中升起，四周仍有一层层积雪，挂在树梢滴水的冰凌，像一把把流汁的尖刀，让我感到仍有寒意，而且白天的出行对我来说是相对危险的，但比起饥渴来说，这些又算得了什么？

虽然我们这一类眼力向来不好，但此消彼长，别的感官更加细微灵敏。我耸动鼻翼，竖摇耳朵，循着淙淙的流水声，风吹草叶的沙沙声，就会找到我要去的方向。凭着记忆，我知道那些小水坑是沧浪河漫溢出的一部分，冰雪正在融化成水，一块块冰分裂出来随水而漂。我生活在这里，或者说妈妈给了我生命的延续，正是这些地方才有充足的食物。当然，食物分布或隐藏在各个角落，并非是让我张口就来的。

我叫曼丽，是妈妈给取的名，我们一起生活过一段美好时光后各奔东西，再后来我也有了一大堆孩子，可怜老二曼春老大曼蒂相继罹难……这些记忆从我爬出洞穴起还零星闪烁，而我不想过于触及，等到我闲暇时再聊以打发时光吧，而眼下对我来说过于奢侈。

我灌足了水，刚才还正干涸的体内这下有了水的大量渗透，一丝丝透凉沁人心脾，让我浑身打起激灵，我得把身上所有棘毛——人类说我们至少有几千根——全部像针一样竖起。就说刚才吧，冷不丁有个身上刺青似的家伙从带雪团的荷叶间钻了出来，发出怪叫“呱——呱呱”，蹦跳着，吓了我一跳。是牛蛙，别看这家伙属于可怜兮兮的蛙类，他们抱团联合起来能撕咬一条歹毒的五步蛇，转眼间将毒蛇瓜分得片肉不留呢，所以千万别为那些温柔的名字——蛙——让人联想到可爱的小青蛙——所蒙蔽了。至于各种鸟在天空盘旋，我知道白天要比夜里不安全些，我最怕的是夜里的那些凶恶的“飞行之徒”呢。当然，相比来说，黑夜才是我们出行捕食的最好时机，夜幕是天然掩护色。

我知道离开妈妈后一切得靠自己。

我开始搜寻猎物。

我闻到了被太阳光反射出带有暖烘烘的气息，那是水边有一处隆起的沙丘，这些沙子可能是从上游冲积下来的。这地方传来“沙沙沙”的响动，表明此处活动着比我还小的生命。涌动的胃液告诉我，那些小家伙是我食谱中的一种，而且也是我冬眠醒来后的第一次进餐。这是何等重要的大事啊！

见到我悄悄靠近，沙丘那头传来风中舞动兵器的霍霍声响，是一只蝎子张牙舞爪，风火轮似的，甚至带有虚张声势的样子，这说明他对我充满了敌意加怯意。根据以往的经验，攻击敌手，首先要击中要害，以四两拨千斤的功力，使其无力还手。此外，比我体型还小的敌人也不可小觑。

时不待人。

我挥动前爪，使他注意力分散，当然我得处处提防敌人的利器——装上毒液的螯刺，这对双方来说都是生死攸关的。我多次避开螯刺，虚袭他的其他部位，其实重心在于他的利器，闪电般将他扑倒，迅速咬断他两把匕首一样的螯刺，接下来他在做无用功，任凭他用其他关节来攻我，我身上感到像飘毛毛雨一样，反而我有这么多的钢针扎得他遍体鳞伤。我美美地吃了他，直到片甲不留，我从不暴殄天物，何况是我开年第一顿正餐。

当我吃掉了试图钻入沙中的第二只蝎子，我的力气很快增大起来，像拳击手中场休息补充了大量的能量。我绝不会像鳄鱼那样事后涌动泪花。我是守法者，在自己的领地狩猎。对这些小虫之类的弱者，我知道吃不吃他们并没有好坏之分，如果我不吃，别人也会来吃，正如比我强悍的动物一样对我。再说，我才不想饿死自己。

肚子里有了些食物，开始涌动暖意，这种充实的感觉真好。但这些蝎子，在同类遭到不测后，他们也会警惕起来，发出某种信号，纷纷潜入我力不能及的凹凸地带。这就意味着食谱中的这一类与我暂时无缘了，也表示这些弱小者，也都有存活的办法，整个世界只不过是一物降一物，环环相扣罢了。我必须转移场地，这样才会有新的生机。

太阳也在移动中，真正的春天还没有到来，到处还有寒意，甚至还有倒春寒。记得那年四月的一天，在经过一阵暴热后，天空黑沉沉起来，我差点被突如其来的漫天大雪埋葬掉，幸好我躲进树林乱石岗中，那个洞穴可能石貂住过，干草中还留有他的气味，我终于逃过这一劫。那是我独自第一年过春天，我起初以为，寒冷的日子过去了。所以说，我对那次错误估计形势之事总耿耿于怀，检点自己在于下一次不重蹈覆辙。作为我，不必过于乐观，也无须对自己过小的体格自卑，每个物种都想方设法延长寿命。这是我从妈妈带我们学习觅食时体悟到的。

日渐西沉，气温有所下降，地面上聚集寒气。我必须在日落西山前再次进食。再说我得勇往直前，向草茂林深处挺进，重回老路只会给循踪而来的敌人制造下手的机会，除非我迫不得已。

从灌木丛中穿行，尽量避开阳光。阳光虽然使我的视界增大，但也容易让我暴露无遗。

运气还算不错，当我进入草地，在河汊边，闻到了一种发臭了的怪味，这时我会用前爪将唾沫涂在肩膀上，这样身上的气味多少会被冲淡，对手也不易发觉。

那是一只发出腐烂气息的死斑鸠，正集结着一群臭虫。对于我这样的不速之客，臭虫们也会有对策，集体放出臭屁，这使我差点熏死。但我早已适应，趁他们四处逃窜时，我用四肢轮番捂住臭虫，以迅雷不及掩耳之势，跟上舌头，在数量上尽可能多吃。这些昆虫是我食谱中最重要的一项进补，富含蛋白质，不可失之交臂。我肚皮饱胀起来，再说余下的臭虫也差不多逃光了。

这种食物让我满足，昏昏欲睡起来，带有微醺似的飘摇，但眼下不是睡安稳觉时。我很快钻入乱草堆中，全身被草覆盖，这才心头感到稍稍踏实。

白天很快结束，黑夜将至，我伏身于此，将身上最柔软的部位紧缩起来，张开所有的棘毛，随时应对那些锋牙利齿者。我不敢轻举妄动，以免传出声响，经验告诉我夜间也并不安全，危机四伏。

休息是为了养精蓄锐，许多事情都是如此轮回着的。

2

春意渐浓。

树木换上嫩绿的衣裙，花儿芳香四溢。

到了四月，蒲公英开始凋谢，种子长出小伞儿一样的翅膀借风飘移而去，尽可能找寻远处合适的泥土落下来生长……这意味着春天快到尽头，许多生命都在抓住时机，“一年之计在于春”“寸金难买寸光阴”，所有老话并非全部不可信。

我本来一人生活得好好的，可是上天却让我生儿育女。有些东西是个庞大而又繁复的谱系积累，是个体难以抵抗的，反之无疑是螳臂挡车！我有过这方面的经历，所以我知道该来的总是要来。

唉，人生总有一道道坎。我明白自己又到了这一节骨眼上了，不可抗拒。我浑身发胀发痒，似乎身上有无数颗种子欲破土而出，要去感受阳光雨露，在湿润的空气中等待瞬间爆裂等待疯狂发芽。那是我体内有一枚超能量的种子在增大膨胀。因为它，我的乳头肿胀，里面暗流汹涌，一切皆因盖子未揭。我因此痛苦焦灼，几乎要喊出声来，但出于女性的羞涩和矜持，我要保持这份尊严。

我得四处走走，沿着灌木丛，挥发气味，得吸引异性才有下文。冥冥之中我感到有个他在等我。我得有所选择，为了孩子，也为了自己，尽可能给未来的孩子找个身强力壮的爸爸，虽然这种爸爸是极不负责任的，但得让下一代有副好体魄，唯此才敢遑论其他。

其实，最初连我也不知道自己的爸爸是谁。妈妈曾经说过，这并不重要。她说她的妈妈也是这么过来的。

我就这样走着，在野花疯开的湿地里，我碰到了大伟，是个长得棒棒的男子汉，但我不知道他到底有多棒。记得我第一次当妈妈前，也碰到过几位小伙子，我试了试，结果这几位连我的身子都扳不动，可想如果我跟他们当中一个交合产下的后代那有多糟糕？

大伟的体形是我前所未遇的，几乎大我一倍，他其实老远闻到我的气味，我对他亦然。当然，我的身后或者说他的左右也有一批紧跟者，包括不甘心者，机会主义者……

没有什么好遮遮掩掩的了，任何同性竞争必须经过一番公开的打斗较量，作为我没有什么好怜惜的，也无需对任何一方有什么偏袒或暗示，哪怕百分之九十九的同性，之间因此争得遍体鳞伤，实际上终将成为百分之一胜出者的垫脚石，只有胜者——王者才有资格追我而来。看来大伟成功了，当一个个同性者远他而去，哀声遍野，只有王者那种凯旋般的号角声离我越来越近，我俩等待已久的时刻即将到来了——

他有一种急迫难耐的口气，我故意一而再再而三地拒他，反而让他愈挫愈勇。我是想试一试他到底有多大力气，就把自己的四肢深深地扎进泥里，铆足了劲，爪子像人类耙地的钉耙一样扎进去。可是，大伟太强壮了，在不停转圈后一下子把我身子掀翻了。这让我又恼又喜，恼的是他太用死力气了，一点也不尊重女性，喜的是有这样的好父亲必有好儿女。大伟的狂野果真表里如一。

恍惚间烟消云散，等完了事，这一切该结束了。我知道他还会找下一位女性，男人靠不住。我过去碰到一位还算强壮的小伙子，跟我办完事后，日头还没移过一丛灌木，又让我碰到了，他跟另一位女性正在玉成其事，还是那不二招式。男人们总精力旺盛，往不好方面说，那是风流成性。管他呢，说白了是各取所需罢了。那些所谓被人们所津津乐道的爱情是虚幻的，有如从天边划过的一道道流星。自此，大路朝天，各走一边。

去吧，大伟！

你的名字将从此时抹去。

事情都已这样了，我会在下一阶段尽自己的本分，不管接下来会发生什么。

3

夏日初至，一年之中最热烈的一季，到处有虫子，食物丰富，正是我哺育孩子的好时机。

接下来的一切都得靠我自己，三个小宝宝降临，最初落地时身上的湿毛藏在皮肤中，这样才不至于扎伤我。才过一晌，宝宝们的干毛直立起来。两个女儿老大老三，儿子老二，都露出粉嘟嘟的肚皮，我给他们分别取名曼蒂、曼春、曼玉，我喜欢给孩子们取名带上母姓，这可能是对不负责男性的一种报复性祖训吧？我是跟我妈妈学的，我想我的女儿以后也该如此。我都记不清我妈妈的模样了。眼前，我得保证有充足的奶水，三个小家伙的胃口会一天一天地增大。

短短几周，在我奶水的喂养下，他们变成青少年，干毛变成棕色，长出了乳牙，但这会儿还离不开奶水。为了有奶水，我得先填饱自己肚皮，我不时寻找食物，连白天也不顾忌。为此，我虽疲惫不堪，但每想到家里的孩子，就会奋不顾身。当然，我也不会做无谓的牺牲，鲁莽只会招致不祥，万一我在回来的路上被某个敌人——敌人总是太多——猎杀了，待在家中的孩子岂不难保性命？

到了雷暴多发时节，山坡汇聚了来自四面八方的雨水。溪里突涨了水，水流湍急，而我又不能耽搁回家的路程，幸好我会游泳，又不能在水中泡久了，影响我的棘毛，我被洪流冲沉下去又自我挣扎着上来。尽管我是游泳好手，但我的耐力太差，我必须快速游向岸边。

我不能死去，这种信念不可动摇，既然我生下他们，就得对此负责，除非不可抗拒。

终于脱离险境，大吸几口空气后，心跳平缓起来。我得紧着赶路，三个孩子嗷嗷待哺呢！

太阳像一团火球，烘烤出种种热烈的气味。洞内虽湿润，但终究不是久留之地。我得教会他们觅食以及尽早应对各种险情的能力。

三个孩子有所不同，最明显的是老三曼玉，跟我一样，肚皮留有一块蝴蝶斑似的胎记，算她沉稳老练，话不多倒也句句中听；老大曼蒂爱异想天开，似乎还在做白日梦的年纪；老二曼春好斗逞能，常欺负姐妹俩，当然他吃到的奶水也多，所以体格要比姐妹俩壮大。对于这种事，我只能开只眼闭只眼，许多事情不是由当妈妈的说了算，也不可能包办到底，儿女自有儿女福。当然，我对曼春的过分表现，会做出相应处罚，比如给他抽打几拳，雷声大雨点小的样子，聊作教训。有了孩子太喧闹了，这也许是当妈妈的一种乐趣。

在洞里待了将近一个月，他们该出来闯世界了。第一次感受外面的世界可以说很精彩，三个孩子东张西望，对什么都感到新奇，张开鼻孔用力地闻，侧着头听，这不足为奇，跟我年少时差不离。

在丛林中穿越，曼春爱冲在前头，爱出风头，咋咋呼呼；而曼蒂老开小差，掉队，一会儿又到水边照镜子，对着游鱼发呆，念念有词，似乎在吟诗；只有曼玉不紧不慢。当妈妈是最累的了，既要替孩子们寻食物，又要密切关注动静，好在三个孩子全跟上了。得休息一下，找一块背阳坡地，他们仨将我紧紧围住，还要吃奶，其实我的奶水已有些稀薄，对他们来说最有营养的还是昆虫。三个小家伙的乳牙吮吸中触痛了我乳头，我直抽气，痛了也不吭声。这分明是一种重要的信号提示，正在加速我的决绝之心。

休息之后，我们再度进发，闻到异常气味，孩子们学我的样子用唾沫涂自己的肩膀，就像跟着教练学防身操似的，每每让我忍俊不禁。我夸孩子们做得不错！他们做得越发起劲了。

三个孩子都长出钉子一样的牙齿，对虫子最感兴趣，他们的刚毛已齐整。停止泌乳是必然，这不由我说了算。分别的日子渐渐逼近，那份痛与爱的交织，终会降临。

曼春仍然好动，喜欢跑在前头，这跟他体格健壮有关，妈妈怎能跟上小青年的步伐？而两个女儿还似乎处于成长期。你瞧，那个爱玩的曼蒂虽老大不小的了，可老是松松垮垮魂不守舍的，我们走了一程，还得差曼春回过身来找她，有时曼春跑远了，还得由我亲自出马，害得我一路急寻，那份惊怕啊，老大何时变得老成起来啊，妈妈跟你们在一起的日子不多了。

进入沼泽地，其实我早有了警惕，避开稀松的泥淖，试探一下泥地的硬度能否撑得住我们的体重，这是很实用的一种经验，来不得半点马虎。但等两个女儿到齐，我才发现独独不见曼春回来。我向前紧追了一阵，差点陷入沼泽，又不放心后头的两个女儿，回马枪杀来，又必须迎头追上曼春。

我气喘吁吁，来回兼程，终于跑到河荡边，这才发现露出浅水滩的一片芦苇丛中，曼春身子在抽搐，皮肤发紫，一条蝰蛇正在撕咬我儿子的腹部，可怜曼春奄奄一息，口吐白沫。不久就死了，我第一次尝到痛失爱子的滋味，是祸躲不过。

我决定拿蝰蛇出气，虽然他也不是个吃素的，通常我们跟他们斗胜算不大。见到我，他身子挺立狂吐信子。我让两个吓得花容失色的女儿退后，由我单枪来斗。我用力掐住他的三寸，将蛇头往泥地摁往卵石上砸，他嘶嘶地叫，昏迷过去，我很快朝他七寸部位的心脏咬下去，他了无声息。我与两个女儿痛吃他的肉痛喝他的血，直到剩下一堆白骨。

留下我儿子的尸身，我知道很快他连骨头也无存。我不敢久留，说不定还会有躲在暗处的蝰蛇同伙或其他敌人，如果乘虚而入，后果不堪设想。

我连忙带着两个女儿继续前进。天快黑了，得找到暂时栖身之地。

失子之痛实出无奈。我得给两个女儿恶补必修夜课，趁最后一些时日，让她们进一步学会夜间捕猎，我们刺猬家族要避开危险，夜间行动相对安全些，这是我妈妈传下来的经验。

夜空渗漏出几抹星光，四周只有虫鸣，树静欲止，狼在远处呼号，对于这种异类，我倒并不惧怕。

我最担心的事情还是来了，是曼蒂躲到峭岩后，她跟我们玩躲猫猫。

倏地，我头顶上有一股飕飕凉风掠过，是一对巨翅扇动的，接着一声惨叫，曼蒂不见了，是那只空中天敌——雕鸮，又奸又狠俗称大猫头鹰的空中巨霸，用穿透黑幕的双目，窥视到我那仍不懂事的女儿曼蒂，挥动他那柔软无比的羽翼，悄然无声地叼走了她……

只剩下一个女儿了，曼玉似乎一下子懂事了，把我扑倒，我俩倒地一动也不动，隐藏在一丛灌木中，直到另一只雕鸮飞走。险象环生，我那懵懂的儿女啊。

唉，旧伤初愈，新伤又添。这到底是谁之过呢？如果没有夜间训练，可能曼蒂也不会遭此厄运，但“女不教，母之过”，这份责任又由谁来担呢？许多事情告诉我，什么叫在劫难逃，什么叫无法后退。

天又发亮，我和曼玉从岩下的草窝中出来。母女俩分别在即，我俩变得像两个哑巴。最早，我的五个兄弟姐妹，也跟妈妈有过此别，我当妈妈也得这样，这次只有我母女俩。自此，天各一方。

我是趁着曼玉大吃虫子时悄悄溜走的，其实我很快躲在荆棘丛后，曼玉不见我回来，她似乎很快明白过来了，从另一处草地迟疑地走着。

对于刺猬家族来说，一旦长大成人必须分居，群居则意味着为争夺仅有的资源，不是自相残杀，就是有被饿死者，或来自外敌的赶尽杀绝。

分别总有些眷恋，但又在所难免，曼玉走时开头一步三回头，很快头也不回了，隐没在随风摇动的杂草中。

女儿，你懂啦，好好生活，你也会当妈妈的！

4

天气越来越热，万物蓬勃生长。

而我已不再生育，这样倒也省却了我哺育下一代的职责，包括为此劳瘁，以及多重防备。我乐得逍遥自在。当然，一个人过并非高枕无忧。所谓“人无远虑，必有近忧”。

算起来，我活到第五个年头，按我们刺猬家族的说法，刚进入老年行列。

人类不断扩展活动地域，把公路筑到森林边缘，我们要么缩小活动范围，要么迁徙他处。

我到处走走，也不在乎遭遇强者的杀戮，反正已活到这把年纪。我沿着沧浪河走向下游，以比乌龟稍快的速度推进。回想就在去年，我每天少则能走两公里。唉，年纪不饶人喽！

我远远看到一大片被竹篱围起来的农庄，经验告诉我，那是人类的居住地。一直以来，我对万物之灵心生敬畏，这些远比狮象体形还要小的人类，会不断制造让众兽臣服的致命武器，比如弓箭和猎枪，特别是后者喷射出来的一粒弹丸，花生米一样小，却穿进巨兽的体内，令其轰然倒毙……我亲眼看见了一桩桩流血事件，每每让我不寒而栗。

你瞧，庄园里有成群的奶牛山羊在吃草，他们早已被人类驯化，变得俯首帖耳，为人类所用。那么，对于我的到来会怎样呢？

我喜欢这里牲畜粪便的气味，很快发现庄园里长满了矮草，这便于从竹篱钻入后的我边爬行边隐藏、蛰伏，也便于从草丛间观察外部环境评估目前形势。

看来，庄主是一对年迈的夫妻，头发花白，行动有些迟缓，有如我，另有一位好动的小男孩，这是老夫妻的孙辈。我尽量不去打扰他们，免得给自己带来麻烦。但两条大猎犬老早发现了我，跟着有几条斑点小狗，传来声声狂吠。领头的大猎犬靠近了我，对于这些家伙我自有办法，所谓狗咬刺猬——无从下口，好在跟来的这位小男孩叱骂一声，那些狗集体不吭声，摇着尾巴，一副讨好小主人的可怜相，乖乖。在森林里狮虎被众者尊称为“百兽之王”，真是天外有天，看来对任何对象都不能坐井观天。

小主人用手轻轻地拨弄我身上的刺，显得并非完全不友好。两位老人过来也向我招呼，指了指一块木牌，语气似乎是“欢迎光临，这是欣欣农庄!”

我用舌头分别舔了舔三位人类的脚，在他们带领下，我壮大胆子走进庄园。主人的友好让我去了一分戒备，但我知道，人类的情绪易变，就像森林中的雨季，比如，那位叫阿宝的小主人，如果哪天受了委屈忽地一脚蹬了我、往死里踩我，或是把我扔进粪坑，我是毫无办法的。我还是得尽量避开人类。

我最终走自己的路，好在主人默许我这么做，可能这些人类态度有所改善。我在比我高两三倍的矮草中爬行，至少眼前乃至接下去我在暗处不易被人发现踪迹。我走着走着，见到不远处那一垛垛干草和堆得比人高的木料，我心生暖意，这是很适宜居家过日子的，我得找一处相对理想的居所。经验告诉我，有甄别才会有选择。

我走到中间的一堆木料前，闻到木屑香，一阵木香之余我仍嗅到木头底下有同类的气味，其实对方可能也早已发现了我，从木料下的草窝中出来一位中年女性模样的母亲，因为她身边还有几个小家伙在探头探脑。

我感到可能接下来要遇到一些麻烦，但出于礼貌，我先打声招呼，挺立下身子，挥了挥前爪。可是那位中年同类对我龇牙咧嘴，发出“嗤嗤”声，我知道来者有点不善。她恶狠狠的，如临大敌，我们是同类呀，而且又是同性。她至少应该懂得尊老吧？但在我们家族中不存在这样的文明守则，至少从我记事起，前所未有过。

不管怎么说，我得按先来后到的规矩，我挪动脚步继续向远处走，为的不想惹她生气。我明白处于哺育期的女性脾气大都会很暴躁，我也奶过孩子，有过诸多过激行为。我一度产生离开此地的念头，但又舍弃不得。凭直觉，在这里定居会比从前平和舒适，加上会有丰富的食物来源。我打定主意，尽量与那位同类女性和平相处，还有跟她的孩子隔得越远越好。

我走到木料的尽头，才见到一截短圆的空置排水管，内径大得可以钻进一头豹子，管底铺了暖乎乎的稻草。我进去后才发现这里已经住了一个家伙，原来是只乌龟。我本想撤退，可乌龟却挪了挪身，意思说这么大的房子多你一个也不怕。这乌龟倒会善解人意，恐怕有些年纪了，比我还老吧？可他不比刚才那位我的同类。但老乌龟会不会出卖我呢？或者挖了个铺上鲜花的坑？

虽然我与乌龟来自不同的家族，但他明显表露出搭伴交友的姿态。是啊，对我们来说，向来习惯独居，可能乌龟也这样，但他则要比我开明多了，莫非他也被人类驯化了？

我住了下来，为了表示友善，当天对乌龟同睡在一头的邀请表示欣然接受。这顶多算是相互取暖吧，虽然我俩无法用语言交流，但也有肢体间的亲密触摸，似乎让彼此产生最初信任感，至少同是天涯沦落人，何必反目成仇呢？我开头有点不大习惯与龟同室，当然到了陌生地方免不了紧张，当夜辗转反侧，他倒是呼呼大睡，如此香甜让我又羡又妒，渐渐我也放松了戒备。我想，我跟他都是靠体外的装备来防御敌人的，虽然他用甲胄，我用无数刚毛，再说我俩食谱大致不同，这样不会引起不必要的误会和纠纷。

比如，黑夜降临，主人院子前的一排路灯雪亮，飞来许多蛾虫，扑咬灯光，扑腾一番后纷纷掉到地上，而乌龟对此不感兴趣；再说，他食量不大，三五天吃点蠕虫即可。我却不同了，对灯光下掉地的蛾虫大快朵颐，连翅膀也吞食，为此受到主人的称赞，夸我是灭害虫专家，我有点小得意，但人类往往会夸大其词，我这么做出于对食物的需要，换换胃口，但对人类给拔高了的归入某一类主题的荣誉却之不恭受之有愧，当然不可以把这种愧色表现出来，否则说不定随时会招来杀身之祸。

然而，我的同类——那位中年女性，与我萍水相逢之后，又碰到我时她仍满脸不高兴，有时她先到，有时我捷足先登，难免会碰在一起抢食蛾虫。作为过来人，我知道她多半出于养孩子之需。于是，我礼让三分，挪身到另一杆电线柱下，但她也很快过来了，这弄得我与她很不爽，总得讲个有先有后吧，为此差点打起来了，好在我懂得小不忍则乱大谋，退避三舍，另到草地翻捡，总会有些虫子；或者趁她不在时，收拾残余。还好，我是光棍只管一人肚饱。当然，我也知道万事总得有个度，否则马善被人骑。我已做好教训她一顿的准备，只等时机来到。

入秋，草地上，一堆堆牛屎硬化中，粪龟子们在忙碌着，一个个推动着比自己身体大好几倍的圆粪球，藏入各自泥地下。

白天开始变短，夜晚渐渐转凉。路灯下再也没有飞蛾，我得另找食物。

一天早晨，我发现那位同类没有归家。

实际上，这阵子与她短暂相处后，尽管她对我仍充满敌意，但我宽怀大度。就在前一天，我悄悄来到她家门口，带有窥视的意味。她在哺乳中，我偷看到她肚皮上有块蝴蝶斑，那个胎记我也有。我一眼认出那是我的小女儿曼玉，也就是说这四个孩子，该叫我外婆才是。刹那间，我有些冲动，但我很快冷静下来，在我们刺猬家族，从来没有认亲的习俗。还没等我窥视下去，曼玉倏地奔了出来，让我猝不及防。这次曼玉倒无恶意，只是用力地嗅了嗅我，似乎努力搜寻以往可能存在过的气味。但她很快走向野地，那是为了孩子。我的外孙们长出了小乳牙，曼玉的奶水已不够四个小家伙吸了，她需要更多的食物来补充。曼玉这孩子原本冰雪聪明，这回咋恁不晓事，为何偏偏选在初秋作为生育期呢？莫非这一年她怀胎已有两期？这在我们整个家族史中可是非常少见的。

这也许是我第二天早起再次造访曼玉的一个理由吧。可眼巴巴到了日上树梢她还是没回来，孩子们饿得身子瑟瑟发抖，虽然相互拥成一团。会不会曼玉觅食途中发生什么变故？这太可怕了！可是我已失去了生育能力，哪来的奶水代女儿哺育我的外孙们？

于是，我想到了向人类求救。

阿宝拿了面包屑，在玩蚂蚁搬粮的游戏，我扯咬他的裤管，把他引到曼玉的窝旁，他好奇不解，又叫来他爷爷奶奶，祖孙三人用一块羊毛垫子将我的四个小外孙抬走了。

我这才想到曼玉，急急从庄园向野外进发。

终于在玉米地见到她，是缺了肉的尸身，当中还有正在吃她的石貂。刚才肯定经历了一番搏杀，曼玉显然不是他的对手。按理说，对付石貂我有一套办法，尽管这些家伙身手敏捷。我用忽缩忽伸的招式，弄得他眼花缭乱，然后一下子咬住他的喉管不放，直到他窒息而亡。这五年，我积累了各种对付敌人的计策，哪怕是比我威猛的虎豹，比我狡猾的狐狸，比我狠毒的蛇蝎。我这回是替我女儿，也是替我的外孙们报一箭之仇的。

我一身汗水淋漓，之后悲喜交加地走回来。

但我的外孙们却在闹腹泻，这是人类用奶粉冲泡的牛乳来喂小宝宝的过失，眼看外孙们性命难保，可我又无法提醒人类。我当过好几回妈妈，可能有了阅历世故，我朝一只体型硕大的母猫和两只小猫咪奔去。

倒把人类急得团团转，霍地老主人耸了耸白胡子，拍了拍腿说："有了！"

是啊，老主人挤来了猫奶，用吸奶器来喂小宝宝，我的外孙们"吧滋吧滋"地吸着，个个眉开眼笑了。

我这位外婆也宽心一下了，这就对了，我们是野生动物，喝不得人工掺料的奶水，这只大母猫人类几乎不给供食，多半让猫逮偷钻粮仓的老鼠吃，既做庄园灭鼠工作，又保留猫的野性，自然猫奶合我外孙们肠胃。

可是，这也说明人类的脑子也转得太快了，我们哪是他们的对手？

秋渐深。

树木转换成斑斓的色彩，之后一些树叶开始飘落，似乎在传递季节更迭的信号。

我最终决定离开农庄，带上我的外孙们。自从曼玉死后，我跟乌龟依依话别，他一而再含泪相留，终不能再续，留下遗憾作罢。我跟四个外孙住在一起了，我既当外婆又当妈妈。一早，我趁主人还在熟睡，带上四个外孙走出庄园，钻出竹篱，来到野地，返回响石山大森林。从这点上讲，我们刺猬家族借住在人类聚居地，也并不安全。我考虑到这种生活会使我变得慵懒，我们种族会退化，不能应对瞬息万变的自然以及人类不可捉摸的心理和举止。

沧浪河边，一丛丛秋水仙开出一朵朵嫩黄的花儿，胖睡鼠在林中到处寻找落地的坚果，当中有榛子栗子等，他们学习用石头砸碎果壳，动作笨拙又可爱，美美地嚼食果仁。

接下来，我教会了外孙们各种觅食的技巧，各种防卫本领。然后，与他们分道扬镳，他们去找各自的领地。这一切我毫不心慈手软，该做什么我自有分寸。

第一场雾后，树叶纷纷飘落，一年快要结束了，不断下降的气温提醒我该准备回到洞穴里。

森林中到处有食物，野生苹果熟透了，风一吹“啪嗒啪嗒”，掉到软软的草地上，掉到我背上的毛刺上，我运到隐蔽处独享。

那些腐烂的果子嵌入松软的泥里，发酵起来，有如果浆酒，蜜蜂、蝴蝶还有许多虫子蜂拥而上，我把虫子连同果浆一起吃了，这是上等的美味佳肴啊，是上天赐予我的。

我得拼命地吃，为冬眠储存足够的能量。

5

入冬。

沧浪河结了薄冰，反射出阳光，一片片寒意。

夜深，万籁俱寂，唯有小树林中时而传出叽叽喳喳的鸟叫，那里集了上千只灰鹊，树叶簌簌地摇动，他们为争夺一个树杈的居住权为取悦女性从聒噪到啄咬，掉下片片羽毛。

而我安然就寝，躺在铺了层层草叶的洞穴里，暖暖的。一个人真好。

在冬天再次到来前，我开始享受温暖的居所气息。这个洞穴是我头一年住过的，我还找到没有烂光的蝎子骨头，自己遗下的几根体毛，自己的体味……真是机缘巧合，我从起点又回到起点，从小曼丽变成老曼丽，谁还记得我呢？

我已活过七个年头，如今垂垂老矣。我睡下了能否再次醒来，恐怕只有上天知晓。

回想曾经的岁月，我无处不防，这种绷紧弦过日子的生活着实让人心生厌倦，可又别无选择。同时，我渴望自己能多活，哪怕一年半载，一月一日一时一分一秒。好在我活到这份年纪上了，若有不测，还有什么好抱怨的呢？

眼下，我肚子里食物充足，胀胀的，那是我为这个冬天准备的，将进入漫长的消化中。往事浮现，星星点点……

我困了，我睡了。

被分成对半的父亲

父亲死了。沙埠的姨娘哭着跟我说的，姨娘是父亲的第二个女人。母亲仍住在桥上街老宅，从法律上讲，父亲与母亲一直未解除夫妻关系。叫孙海珍为姨娘，因她是我小时候的干娘，再说我一直为父亲的这位女人找不到更合适的称呼，这是一夫一妻制的时代。虽说如今男人有个二奶，不算新鲜事了，更何况，父亲跟姨娘生活了大半辈子。去年，我们做子女的，瞒了母亲一人，给父亲办了场热热闹闹的八十大寿寿宴。

从电话筒另一头传来，姨娘的嗓音喑哑，像深秋的蝉叫，似乎抖得厉害，拼足了力气，还夹着嘶嘶的海风。

“爹在梨树下睡午觉前还吃梨，吃着吃着，剩了半只的梨就滑到竹椅里。爹睡着了，怎么也叫不醒，爹是老熟了。”我说。母亲听后，一直没哭，但独自一人时却神情恍惚，似乎在努力搜寻被遗忘了的一件东西，那里面可能有散落的珍珠。

父亲的遗体还没从姨娘家运回，城里和乡下却各设了灵堂。姨娘说她屋后的那块朝阳的梨树地，给父亲做坟不错。她让人挖了两坑，不管我怎么劝她都不听，还说她很快会跟我爹在一起的！说完，她把电话挂了。

水洋县还没实行火葬，我楼前远处的九峰山，虽还青翠，但从山腰起就有大小坟墓向上挺进，坟墓掩映在树中，绿中带白，远远望去，如同盛开了一簇簇大白菊。去年开春，南郊修了一处风水不错的公墓。给父亲做寿前，我给二老订了两坑寿坟。父亲挺高兴的，说他百年后能住上商品房，可以串串门，找人聊聊天、喝喝酒、下下棋，也不闷了。不想这话说了不到一年，他就去了。如今，姨娘要把父亲的遗体安葬在她家乡——位于海边的沙埠村（过去叫沙埠大队），也许她自有一番打算。这事可让我一家人挺难办的，我该如何面对父亲的两个女人？

父亲只有一个，他的两个女人都想死后跟他合葬一处，两个女人又是谁也容不下谁。就眼前来说，桥上街老宅的灵堂形同虚设。陈家的人急得团团转，又不好在亲友面前泄露天机，挨家嘱咐完左邻右舍后，给披袈裟的方丈塞了条中华烟，让他紧了口风。父亲的出丧吉日只好延搁着，亲友们陆续来吊丧，陈家的人闪烁其词，说父亲得了可怕的传染病，亲友们不知不觉打消了瞻仰遗容的念头。他们只问了问父亲出丧日的生肖禁忌。忌符也没让寿桃（料理落材下葬诸事的班头）贴出——按规矩得把忌符贴在正门的廊柱上，以便忌父亲生肖的亲友，送葬时远远地避了。

立秋后，天闷热，阳光透明得可见飞舞的尘屑。念经的和尚昏昏欲睡，天井里摆了一地花圈，花圈多了，只留了供人出入的一条通道。和尚用罢午餐，需小憩片刻，闲谈起了美国佬审萨特姆事件，六个和尚形成了意见不同的两派，叽叽喳喳，大有一触即发之势。手机响了，剃了板寸头的方丈忙退出，掏出响起“披着羊皮的狼”铃音的超薄型手机，似乎在接一笔超度亡灵的活儿，与那边的中介为出场费拉锯，方丈大了嗓门解开斜襟领，露出里面红 T 恤衫。一声 OK，方丈又回到论坛上。

马书琴一袭黑裙，披麻戴苎，坐在灵堂的八仙桌旁，屁股底下垫了一张小板凳，朝一口积了灰缺了角的铁锅里扔千张（本地土话指冥币）。喜羊来了，未脱下税务员制服，说她吃过饭了，来换妈妈的班。马书琴打着哈欠走了。着了火的千张，把女儿的脸映红了，像熟虾。

喜羊念念有词：“爷爷您只管花钱，给您的每张票子都是上万的，不用验钞机验，您给大阎罗小阎罗都打发吧，一个都不能少，不够花时给孙女发个伊妹儿来。您要是用不完就存在银行里长利息吧，别忘了缴所得税……”她是一脸的得意，向我讨乖。见我绷了脸，她吐了吐舌头，缩了。

“你爹是让麻子寡妇克死的，那麻子年纪轻轻就克死了捕鱼的老公，这还不够，今儿又把你爹给克了，你们这些不争气的！”母亲似乎对我们怒其不争，她该不是想让我们活活扒了豺狼的皮？母亲的心情可以理解，但姨娘也不像母亲所说的那么难看，只不过她鼻梁上长了几颗雀斑罢了。

父亲活到八十一虚岁，这天午后，他到挂满了梨子的树下打瞌睡，没想到这瞌睡一打就没完没了。打从喜羊会走路后，父亲每回进城，总拐到我所住的橘香小区的公房。而在桥上街的陈家老宅，他再也没迈进一步。我的五个妹妹先后嫁给老宅附近的人家，她们都旗帜鲜明地站在母亲一边。父亲见我这个长子待他还好，隔时不忘给他送生活费。父亲来我家时，不敢把姨娘带来，直到有回被我在窗口发现，她蹲在我们小区小花坛里码小石子，我好说歹说才把她请了上来。可马书琴挂不住脸，对姨娘爱理不理的，父亲不小心掉在木地板上的烟灰，她收拾时是气呼呼的。父亲不敢拿正眼看儿媳妇，他看我时露出一脸的无奈。此后，父亲来我家，就像越洋过海一样，很难得了，就是来了，也没带上姨娘。

马书琴常在我面前说：“你爹都老成这样了，还在外头轧老姘，真丢人。”

我的岳父是山东人，当年推了独轮车随军过长江南下，新中国成立后留在我们县，官做到卫生局长，现在他退居二线了，还享受副处级调研员待遇。陈家跟马家不同，我的妹妹们不是嫁给了手艺人，就是做了小商贩的老婆。好在我在县志办工作，也算是吃上了皇粮。当初我舞文弄墨，在城里小有名气，马书琴写点咏小草露水之类的小散文，所以我俩一拍即合，很快生米煮成了熟米饭。为此，她追悔莫及，说那时被我灌了迷魂汤。

堂屋中间，挂了父亲遗像，下方吊了只黑纱球。因为照片是翻拍放大的，照片里穿中山装的父亲有圈泛黄了的底晕。照相馆的师傅摊了摊手说，他只有这能耐了。好在父亲的音容笑貌大致清楚。特别是双眼，黑白分明，仿佛能洞穿一个世纪。母亲虽有点耳聋眼花了，但她记性还好，一眼认出，这张四寸照是我从她的乌皮箱中翻寻出来的，那是父亲的相亲照。这张照先是通过媒婆之手传到当年未出阁的母亲手上，所以她印象深刻。当年，媒婆上陈家说："前街苏记桶铺的小女苏秀英长得像戏里的苏小小，正好都姓苏。"难怪照片里的父亲笑得露了齿，我想他那时心情真不错。母亲也说过，说我的相貌得了父亲真传，跟一个模子里刻出来似的。

如今，父亲真实的遗容在城外三十里地的沙埠村。那里，月牙形的海滩上有成片成片的黄沙，海滩与内河连接着的是硬化了的滩涂地，生长着梨树、蒲草、甘蔗……父亲跟一个名叫孙海珍的女人生活了近三十年。因为两个女人，父亲的人生版图，破裂成了各一半。

登上小火轮，我赶往我们县唯一不通陆路的水道。风咸腥起来，水在浑浊中。两岸渐渐浓密了的蒲草，在秋日下，枯黄得像要燃烧起来。

这条水路，因为有了姨娘，从此与我也熟悉起来。

家人要把父亲遗体运回，万不得已时就将他抢回，后一句是我母亲气呼呼说的。这份千斤重担，从今天起就压在了我这个唯一孝子的肩上。我不知道如何面对父亲的另一个女人，即我母亲的敌人——孙海珍。

小火轮慢得真该把它扔到博物馆里。巷道一样窄窄的船舱里，弥漫着臭鱼烂虾的气味。坐在我对面的这位大胡子鱼贩，胸膛红得像腌肉，两只鱼桶挤在铁梯一侧，占了通道，他把双脚搁到桶上，打起了拉风箱似的呼噜。我紧缩着身，难以伸展双脚，不时被男男女女跨身过去。唱道情的老乞丐拍着道情筒，从鼻孔中挂下两串浑浊的鼻涕，左伸右缩，有乘客摸出一枚硬币扔到一口油乎乎的瓷碗中，发出"当"的一声。女报贩在舱里窜来窜去，冷不丁来到我面前，掀起她的衣衫，腰间插满了裸体杂志，像女人体展板。

我眯了眼，盘起双腿，好想入蒲团打坐。渐渐地，暖暖的东西从我内心流淌起来，我恍如穿越时空隧道，倒回到黑白胶片的年代。

（父亲拉起叠了三皮酒坛的板车，蹬圆了小腿肚，呼哧哧地喘着气，两只轮胎给压得扁扁的。父亲像开往山顶上不断喷烟的火车头。他拉着板车一步一步上桥坡。

父亲后背上晃动着太阳光，湿漉漉地闪亮，青筋在紫红的肌肉间鼓凸了出来，如小河涨满了水，父亲的汗水一滴滴地砸在光溜溜的石板上。

板车翘立在五洞桥上，父亲宽大的裤头在风中鼓荡。他双手抓起挂在车把上的铅皮桶，把头伸进，如牛头钻入河中，喉结像只乒乓球在水中滚动。铅皮桶在父亲的手中变轻，父亲的肚皮变圆。父亲叉开穿草鞋的双脚，一列运砖的船队带来了呼啸的汽笛声，在父亲裆下的桥洞中穿过。前方，落日像被锯齿形的瓦楞啃掉半只的油饼。

天色昏淡，父亲的胸前系了一块人造革黑围裙，他抱着酒坛，板车上的酒坛一只只被搬进了弥漫着酱醋味的烟杂店后间，两只车轮胎渐渐鼓起了气。店主老唐摇着蒲扇，光光的圆肚皮在敞开的对襟衫中凸起。父亲收起围裙，拍了拍手，他的胸前有几道红红的酒坛印。老唐摸出一把毛票，数了数，把票子压在柜台上。老唐笑成了弥勒佛，捏了一把锡酒勺，揭开压坛口的沙包，从坛内噔地舀出黄酒，汩汩地倒在一口瓷碗里，又从柜台上卧成一排的玻璃瓶中抓了几粒炒蚕豆。老唐说："喝碗老酒，德顺。"父亲一口气喝光，嘴里嚼着蚕豆，嘎嘣嘣响。父亲抓了柜台上的毛票，一脚跨出门槛。）

在我坐在地上，把地上一堆狗屎当成番薯粥乱抓，快塞入嘴巴时，母亲给了我的手背一巴掌，朝我父亲喊："田都分给了长工，往后的日子怎么过呀——"

祖父吐完了最后半口血，咽了气。一夜之间，父亲从地主大少爷变成了穷光蛋。父亲底下有六个未成年的弟妹。他脱下长袍，跟翻身的长工一样，下到地里干活。陈家分到的三亩七分半薄田，原本是陈家田契上的一小块。现在陈家人得以此为生。到了收成季节，稻子还是干瘪瘪的，被风吹落烂在田里。

父亲手提镰刀回来唉声叹气。这双原是打算盘的手，先是磨出了血泡，再是长出了粗粝的茧子。美孚灯下，父亲抽起了祖父留下的雕花烟斗。祖母抖着手，从怀里揣出一只蓝印花布包，抖开一层又一层，掉出一根金簪。这金簪原是插在祖母后髻的。

祖母说："德顺啊，家里只有这根救命稻草了。拉板车可以不施肥不看老天爷脸色。"

父亲不下田干活了，用祖母的这根金簪换来了一辆板车，给老唐拉货送货。土改前，陈家是老唐的老主顾。母亲生娃娃就像母鸡下蛋似的，很快我有了五个妹妹，我当起了小班长。

有晚，是吵声把我弄醒了。母亲从挨着父亲的床里坐起，下了地匆匆收拾包袱，她叫着要回娘家。父亲来拽，母亲要向外奔："要分家，分家……"

父亲用手捂了母亲的嘴，母亲扳不动父亲的手，用上利牙："偏要叫，偏要让她听见……"父亲手背上种下四颗深深的牙齿印。

隔壁传来了咳嗽声，祖母咳得一天比一天厉害了。父亲一脚把母亲踹倒在地上。她叫得像高音喇叭一样："地主打小手工，地主打小手工。"

父亲从祖母屋里出来时，像做贼一样。母亲从门口冷不丁闪出，五指慢慢摊开："拿回来，5 角钱，别以为神不知鬼不觉。"父亲说："我的娘也得有个儿来养嘛。"母亲说："别忘了你下的种，六个，难道是野种？"

第二天，在老唐的店里，父亲留了 5 角钱换了酒喝，还带了一壶酒身子晃悠悠地回来，满嘴喷酒气，好熏人。母亲一次次让父亲跟祖母分家，父亲好比夹在风箱里的老鼠，两头受气。喝了酒的父亲可能少生气了，5 角钱让他有了底气，笑声爽朗。"5 角钱可换回一斤米哪，天杀的！"母亲朝他劈头劈脑地说，"家里都揭不开锅了，你倒有心思灌马尿！"

祖母咳嗽着敲了敲板壁。父亲指了指母亲："再说一句，把你扔出窗外。"母亲解下辫子，披散了头发："怕你我把苏姓倒过来写！"

"还真以为我不敢！"父亲抱起双腿乱蹬的母亲到窗口，做了往下扔的动作，却把母亲往回扔到靠窗的床上，母亲差点压着了大妹和四妹。父亲说他到灶间取酒，等把那壶酒喝了再来收拾你。我抱住父亲的一条腿，说："我来我来。"我到灶间把锡壶里的酒做了手脚。

父亲一口气喝光，"呸，仓满，这酒怎么酸溜溜的!"

一早，没了呼噜的父亲一把将在床上另一头的我凌空一抓，跟老鹰捉小鸡似的："小兔崽子，昨晚给你爹壶里的酒换成了醋，还掺了水，我的好儿子，如果你爹喝的是酒，这会儿你娘还睡在瓦片上呢!"

"娘还在床里哪!"我说。传出吃吃的笑声，母亲头闷在被窝里，快憋不住了，索性掀开被子放声大笑。母亲有好几夜没跟父亲睡在一起了吧？这张雕花床是她的嫁妆，她的嫁妆还有三十六只桶，外祖父真不愧是开桶铺的。母亲是苏家的独女，在娘家时只会做女红。嫁到陈家没多久，她不再是地主家的大奶奶了。冬天，一早她来到结冰的河埠头，敲出个冰窟窿，洗尿布，把木槌敲得整条河喧响。双手冻成了红萝卜，就用嘴的热气来呵。过年了，我们穿上母亲做的新衣裳、新布鞋。这新衣新鞋，不知她挑灯奋战了多少个不眠之夜。

小火轮在河里转来转去，慢悠悠的，每隔大约五里地，就到了一埠头。船在栅浦刚离埠头，有俩女乘客追叫着，船老大把回舵又靠上，先把那年小的女乘客接了，接到怀里，半天不松手，等到她羞红了脸，才挣脱出来；又接上年大的女乘客，她嗔怪道："没吃够老娘的奶啊!"满船的乘客都在笑。

小火轮划开了波浪，两边水草丛的小虾惊得乱跳。一行水鸟在空中追，忽地钻入蒲草中，忽地蹿上了天。

外祖母去世了，母亲分到了娘家土改留下的两间老屋。父亲托人要到省城学裁缝，正缺学费，急得像热锅上的蚂蚁。拉板车难养家了，父亲想学门手艺。母亲想了想说："主意倒不错，只是这主意还打起了我的歪主意，算你脑瓜还不笨！卖掉我的房子行啊，我可得把话挑明了，得先分家再上杭州，我可不想把我的私房钱用来养七叔六姑。"

我背着大刀，夹在学生队伍中，跟着舞跟着唱："大刀向鬼子们的头上砍去！”

父亲的裁缝店门口坐满了人，看我们这些学生娃振臂高呼。

游完街，我雄赳赳气昂昂走来，一脚跨进门，将木头大刀向父亲脖子上砍去，被他一把缴了，我脖子上差点给挨了一刀。

父亲一把将我书包里的东西倒在案板上：两本书、一本红语录、两本作业簿、一支铅笔和一块橡皮擦。他脖子上挂着一根皮软尺，母亲坐在车头锁纽扣眼，袖口插着一枚粗针，吊着线，四妹在扭扭歪歪走路，五妹坐在竹椅里吮指头。

父亲说：“作业本上写的，全是语录本上抄的，老子起早贪黑挣来的血汗钱，全打了水漂漂。”他念过几年私塾，拿杜甫的诗考我：“一行白鹭上青天，写——”

我把“鹭”字写成了“路”。

父亲又念：“朱门酒肉臭，路有冻死骨，写——”

我写成了“猪”门。父亲的量衣竹尺跟着上来，一下，二下，三下，砸到我脑壳上，咚咚响。父亲再挥尺，给母亲一把缴了：“想把这根独苗灭了？好好说呗——”

父亲叹了口气：“这读的是哪门子书哟，都快升初中了。你爹才读了半年的书就会吟诗作对了。”

“爹，你是封资修！”

父亲拿起尺子，被母亲挡了。我拔腿便跑：“地主要打红小兵了！”

梅雨天，像吃坏了肚皮，泻个不停。老话说：过了端午才做衣，裁缝师傅饿肚皮。田间苗儿青青，裁缝店里冷冷清清，只卸下中间一块门板，一抹亮光无精打采地漏了进来。

一家人都躺在床上，在节省力气。母亲只让我们一天吃两顿，省下一顿。小妹哭得直抓母亲的胸，没了奶水，小妹怕是饿坏了。母亲缴了父亲的烟斗：“省点钱，大男人家成天闷在家里，不去找门路，让一家人跟着喝西北风啊！”

天擦黑，父亲回来了，身后牵了两只羊，一公一母。他把羊牵到屋后，跟逗着羊玩的我说：“这母羊长奶，奶水能卖钱也能给你娘喝，你娘喝了羊奶就有了人奶，你小妹就不饿了；有了公羊，母羊可以生很多小羊，小羊大了又变出无数小羊……”

“爹，这是羊，不是鸡！”

“就你这小猢狲嘴多，羊比鸡值钱多了。你爹给家里搬了两座金山山回来，往后你们不用喝稀粥不用一天只吃两顿了！”

“爹，拿什么喂呀？”

父亲伸手摸了摸后脑壳，忽地嘿嘿地笑：“田里的稻，橘树上的叶，都是人民公社的，又不是社员的，社员挣的是工分，工分按劳力记，定了工分，不管干多干少都按这数拿了，你想想——”

“爹，那我们不就成了破坏生产的地主？”我想起语文书上有地主搞破坏，被红小兵捉住。我痛恨父亲的成分，害得我在学校里都抬不起头来。

“爹是地主，是你爷爷传的，你是红小兵，是我传的，所以这羊传给红小兵牵，红小兵让羊吃队里的东西，红小兵能反贫下中农吗？”

一放学，我把两只羊牵到田里，吃得肚皮滚圆回来。母羊的奶子快坠到地上了，母亲边挤羊奶，边哼着曲儿。

父亲带上我来到收奶站，他一人进去带出一个女人，将揣在我怀里的黄皮纸包塞给她。父亲介绍道：“我儿子叫陈仓满，是红小兵，快叫孙阿姨。”

我不高兴地叫了一声。孙阿姨剪了齐崭崭的三八式短发，脸白白的，连鼻上长了几颗芝麻似的雀斑都数得出来。她拉着我的手：“长得像你爹，漂亮！”

父亲抖开纸包，露出了一身月白蓝的裙子：“我目测了一下你身段，估计八九不离十。”

孙阿姨拿裙比画了一下，啧啧道：“合身，合身，想不到你有一身好手艺。”

孙阿姨掏钱，被父亲一把推了：“这会儿人多眼杂，看见了不好，以为我是腐蚀工人阶级。你穿了我做的样板裙，等于为我生意打招牌。”他一把拽了我：“叫干娘。”

我扭捏着，父亲揪了我一只耳朵，痛得我叫了。孙阿姨揽了我朝我脸上亲，湿乎乎的。“我没孩子，这孩子长得乖生生的。来，来呀，干娘给你买包五香豆，这就对了。”

听到有五香豆，我就左一声干娘右一声干娘，叫得热火朝天了。

临走时，父亲压低了声说：“我店里忙，离不开身，往后你干儿子代我送奶了，孩子调皮，给照顾——”

“没问题，我能天天看到干儿子喔。”

父亲回来，让我往奶桶里掺水，我加了一木瓢水，父亲让我继续加，我气嘟嘟地将木瓢连水扔回到水缸里，嗵的一声，激起一股水花。

父亲喘着粗气，边掺水边说：“你是木鱼脑瓜不开窍啊！奶站是公家的，好比羊吃的是队里的谷子橘叶一样。这样吧，你每次送奶回来，爹给你一分钱，奖励奖励。”

听说有一分钱，我跳了起来。一分钱能买一小包五香豆呀！

窗外，雪花纷飞。天快亮时，我醒了，是母羊咩咩地叫，之后断了声。昨晚父亲母亲赶衣做到天亮才躺下。我看到母羊流了一地的血，还有三只刚生下的小羊羔，全给冻死了。

我敲门大叫。父亲边穿衣边出来，来到羊圈，眼圈红红的，跺着脚：“完了，我的一座金山山哪……”

只有公羊还活着，叫得比哭还难听。

公羊吃起草来有一口没一口的，最后吃不动了，我把它最爱吃的橘叶递来，它只是嗅了嗅，不吃。它没了气，死了。

父亲摇着公羊角哭得很难听：“醒醒啊，我的金山山……”

母亲恨恨地对父亲说：“天杀的，陈德顺，你的蛋变鸡、鸡变蛋呢？都变成王八蛋了！”

（太阳从江对面跃了进来，水鸟拉出丝丝缕缕的光芒。堆在江边的空奶瓶，熠熠闪亮。

父亲脸面罩了一只防毒面具，像猪八戒的鼻子，只露出双眼。他戴着印有“抓革命促生产”红字的白袖套，不时把细长的温度计插入热气腾腾的大瓷桶中。父亲的脸在热气里时隐时现，被呛出了泪花。母亲戴着口罩，从原料间出来，端着铜盘秤，将秤上白色的氧化镁粉倒入瓷桶里。父亲跟我比画了下手，我拉了拉口罩，朝烧得通红的铁皮炉膛内扔煤球。

哨子挂在孙海珍凹得深深的胸窝窝，她站在高出地面尺把厚的土堆上，注视着拿搅拌棒的父亲。风撩拨着她的短发。车间里的工人都戴了口罩边拣着羊毛色的玻璃纤维，边谈笑着，墙壁上刷了“工业学大庆”标语。飞出几根羽毛似的纤维，落在孙海珍的头上，被她一把揪下。

父亲摘下面具，手像音乐老师一样挥了挥，孙海珍吹起哨子，腮帮鼓鼓的，像生产队长指挥社员抢收抢种。

瓷桶斜了，倒出黏糊糊的液体，浇到白羊毛似的纤维上。孙海珍撅起圆屁股，戴了胶手套的双手飞快地搓揉起来，两只奶子剧烈地耸动，她喘着气，脸上满是汗。她站起时，一旁有位壮壮的女工很快接上。

夕阳坠在江上，工人们把竹竿上晒成金黄色的树脂收包、打好。换下工作服的女工，花花绿绿，从厂门口鱼贯而出。）

我的姨娘与做船老大的丈夫同房了三天，新郎官出海了。遇到了强台风，船队回不来了。这次海难使沙埠大队半数以上的女人成了寡妇，丧夫的女人们哭得昏天黑地，在海边烧了一堆堆纸钱，牵着狗召回亡夫的灵魂，叫了三天三夜，用纸扎的稻草人代替找不回来的尸体。

孙海珍给新选上了队长，带了寡妇们出海捕鱼。县渔业局把她树为先进标兵，给了“铁娘子”光荣称号，接着抽她到局里做政治宣传工作。小学未毕业的孙海珍有一身好力气和一股昂扬的革命斗志，但念讲稿很吃力，几次念错了词，好在她根红苗正，只受党内口头警告处分，但转干的机会就差不多没了影。于是，她主动请缨，下到奶站做了一名收奶员。渐渐地，她被热衷于政治运动的局革委会主任淡忘了，做日“尼姑”撞日钟吧。

父亲带上我做掩护找孙海珍，拿儿子攀上干娘的关系，我也乐意到奶站饱灌一顿羊奶或牛奶，直到肚皮发胀，再说每回干娘少不了给我零食吃。父亲重新买羊的打算，被母亲当头泼了一盆冷水，她怕这钱又打了水漂漂——羊肉没吃到倒弄了一身臊！姨娘也担心我父亲若再买羊定会往羊奶中拼命掺水捞回损失，这么一来迟早露了马脚——她吃不了兜着走。

父亲说："六个孩子吃相狠啊，不如六头猪，猪养上一年能换钱——"

我抗议，为爹把我也比作了猪！

父亲踢我，脚没够到我，姨娘来护。她调笑说："你老婆挺能生的。"

父亲笑了笑说："倒也不能光怪她，先是政府让女人们放开肚皮生，现在又搞'计划'了，等到要紧急刹车，那车子都过十万八千里了。这回不光是我们两口不想生了，队里也怕再贴粮票，所以我去了，做了——结扎。"

姨娘呵呵地笑，身子仰倒在床上。挨着床头的板壁，贴的是红彤彤的样板戏宣传画。奶站里的工人大多是城里人，下了班就回家，西宿舍住了五个男人，四人是临时工，干的是搬运奶桶的力气活，常被姨娘支来支去的；另一位是从省城下来的，来接受劳动改造，属"走资派"。

她指着我父亲说："怎么'绝'的是你！"

我父亲做了结扎，这事让同学们当笑料，我忍不住问了，他给了我一顿暴栗子。我跟母亲告状，反被骂，说我是小孩子爱管天管地，活该。这会儿我的脑壳还在隐隐作痛，这种事还是少开腔为妙。

我父亲说："我们大队没一个男人肯做绝育，我第一个做了，拿了县里队里双份补助，让他们笑吧，我是牺牲了自己，为了孩子，可每天要给六张小嘴填食，我是有力没地方使啊。"

姨娘提出带我跟她过，为我父亲"减负"。我拍手称快，不用喝稀粥了，要喝羊奶牛奶吃糖吃五香豆……

父亲为难起来："我只有这么个儿子，怕……"

"怕我娘不肯，我巴不得，干娘！"我黏住她。

父亲瞪了我一眼："我这儿子仗着有你这干娘护，越发胆大包天了，其实，其实……一瓢水还是解不了那么多干嘴巴。"

姨娘想了一会儿，忽然像黑夜中射出一盏齐刷刷的电筒光："哎，我倒有个一块石头砸中两只鸟的主意，不知行不行？反正奶站尽做赔本的，这年头城里能有几个普通工人喝得起奶的，还不是白白地送给院子里，批条子开后门，说穿了是局里拿钱来养这帮家属工。站里倒有个现成的，喏，就在对面，站在墙根戴着眼镜晒太阳的那个，叫老刘，原是省里的化工工程师。我看过他的档案，他的改造期快满了，站里要给他写鉴定，这几天见了我这党小组长，他点头哈腰的，央我放他这把老骨头一马，想回家呗，其实我待他不薄，不知他能不能给我们掏点本事，我在这儿成天闷得慌，姥姥不疼舅舅不爱……"

父亲拍了大腿，把伏在姨娘怀里的我吓了一跳。他说："爹亲娘亲不如你亲啊，看来我找你是没白找哇！"

1975年秋天，一行燕子排着队离开南方。我父亲在孙海珍的牵头下，跟老刘偷学酚醛树脂工艺。

父亲看着晾在竹竿上染成金黄色的纤维，经土压机压模，出来了玻璃钢水管接头，老刘把它摔在水泥地，又用铁榔头砸了几下，见固若钢铁，夸了夸父亲，可以出师了。

老刘穿上父亲给他做的藏青色中山装，母亲第一次隆重招待贵客，姨娘也来了，都来为老刘饯行。炒出一桌让我口水直流的菜，姨娘搂了我，不时夹了菜塞进我嘴里。隔壁传来哭闹声，门给挂了锁。我知道是不让上桌的我的五个妹妹，这会儿她们肯定在里面大闹天宫，像下雷雨前，蚯蚓卷土一样。

奶站改成了镇塑胶厂，姨娘当厂长，父亲从裁缝匠摇身一变成了技术员，母亲打下手，两人掌握着这门绝密技术，跟地下党一样。

父亲领来工资是八十二元，加上母亲的工资三十三元，我和妹妹们隔三岔五吃上母亲做的红烧肉，米饭干得有香喷喷的锅巴，父亲美滋滋地喝起了五加皮。一家人不再为下一顿饭菜犯愁，我在饭桌上也不再狼吞虎咽了。

（夜里，风雨雷电并发，像闹打摆子一样。第二天上午，云收雨敛，天空不见一丝云彩。江边的橘树静静的，不见风的影子，江面似擦得一尘不染的镜子，万道阳光齐刷刷射进水的深层。夏蝉憋了很久似的，叫个不停。

1976年夏天的这个上午，樟树下大队一批青壮农民用锄头铁锹砸烂了镇塑胶厂。起因是奶站变成了塑胶厂，邻近的农民闻不到奶香，却成天闻到从厂里飘出来的一股股毒气，在田里干活的农民被呛人的气味弄得流涕流泪，更主要的是奶站的转行，使樟树下大队那些养奶牛奶羊的农民断了副业。这年秋天，国家揪出了四个祸国殃民的奸臣。县里整天忙于批“四人帮”，无暇顾及“农民砸厂事件”，我们一家人又开始喝稀粥，好久闻不到肉香了。）

小火轮停在月牙形的沙埠闸边。闸外是渔港，此时潮平，桅杆林立，海风充满咸腥味。渔民挑着银光闪闪的鱼篓从踏木板上岸，被接鲜的鱼贩子吆喝着过称。硕大的秤砣压不住小枝杈似的秤杆，秤杆翘起，直指西下的日头。海边，挖沙船一爪一爪挖出金灿灿的沙子，堆到坝上，像囤积的谷子。

父亲的遗体在姨娘的屋子里，床脚两头各立了一只木桶，桶内置了碎冰，化出水，冒着水汽。点了几炷檀香，香烟袅袅。门口堆了缀着圆浮球的渔网。屋前是块梨树地，前方的青砖窑立了一支烟囱，升腾出青烟。

多年前的一天早上，孙海珍站在塑胶厂一只标有苯酚字样的铁桶上，四周是一片狼藉的土堆，她胸前系有红飘带的哨子不见了，对一脸沮丧的我父亲说，她不想再待下去了，得回老家了。我父亲抽着雄狮牌香烟，坐在曾被农民的锄头砸扁了的瓷桶上，来了一阵撕心裂肺般的咳嗽。他呼了很长的一口气，说：“我也不想重开历史倒车了，现在……”

回家的孙海珍说服大队干部，把晒鱼场的另一半空地腾出来，准备办胶木厂。这天午后，难得喝了酒的父亲领了我们，像远征军的小队长，我们一家人跳到停在五洞桥边的一艘渔船上。船儿划开了阵阵水花，沿着漫长的河道，到黄昏时才抵达沙埠……

我重回城里读高中，县里恢复了高考，父亲对我寄予厚望。我从化学课上得知，父亲当年办大队厂时犯下了一个极大的错误。那年，父亲满怀新的希望，在孙海珍家乡办厂，渔业大队为此抽出了当年一半的收成充当启动奖金，原指望像孙海珍所说的那样，会带来滚滚的利润。不想父亲做出的酚醛树脂晾出后，全变成黑褐色，跟肺病人吐出的黑血块似的，拿到土压机来压，压出的水管节头布满了裂缝，像两张不能粘连的皮，摔到地上，全是粉末。

父亲带着种种困惑走了趟省城，却带回来老刘半年前已去世的死讯。父亲翻遍了手头仅有的化工书，仍是一头雾水。队办厂运出的树脂，一次次地退货。父亲脾气暴躁起来，母亲因为愁儿女们的衣食问题变得焦躁不安，老找父亲的碴。两人就像装满弹药的军火仓库，只要遇到一星火，就爆炸。母亲要离开沙埠了，向父亲发出最后通牒："陈德顺，你要么滚回老家做裁缝匠，要么给麻子当姘夫！"

母亲拖儿带女坐船回到桥上街。重开裁缝店，让我的大妹停了学做帮手，一家人半饥半饱，都活了下来。

父亲留在沙埠，坚定不移，就像前线上的最后一位壮士。他决心找出导致他失败的原因，孙海珍不顾乡亲们的口水，用她织渔网挣来的钱，支持他做试验，没完没了的试验。直到我读完高一无机化学课。第二天是星期日，我十万分火急坐船赶到沙埠，闯进试验室，对白发苍苍的父亲说："爹，我算是闹明白了，海风带有水汽，水汽含有镁钙等卤类分子，就是这些卤分子脆化了树脂的固性，爹你怎么啦?"我父亲手捏的一只弯颈玻璃杯砰地掉到地下，他身子颓然一倒，像参加马拉松，跑了很多的路，突地听到比赛成绩作废了。

我父亲似乎累坏了，卧床很久。姨娘为他端水送饭，擦尿抹屎。有天清晨，父亲起了床，跟姨娘说，他找回了身上的力气。

父亲决心开发出新生代产品，能抵抗卤类分子侵蚀的玻璃钢。我的姨娘省下每一分钱，任他购置原料和收拾资料。

父亲沉迷在试验中，只有在两地之间穿梭的我知道，他就像在白茫茫的海上寻找一盏灯塔。我已懒得劝说了。父亲差不多闭门不出，关在姨娘家的后院里。我每次前去探望，都为里面的瓶瓶罐罐所散发出浓浓的气味，而不敢久留，我怀疑父亲的嗅觉早已退化。我害怕他的躯体某一刻会像发明炸药的人，稍稍操作不当便会血肉横飞，灵魂腾空而去。对于我的这分担忧，姨娘总一笑了之，她似乎还处在少女年代，望着父亲越来越佝偻的后背，自言自语：“会成功的！德顺……”遗憾的是父亲没听到。

很多年过去了，我撰写了五十多万字的《水洋县志》出版了，县政府给了我五万元奖金，没交给马书琴。我女儿大专毕业分到税务局，分管化工业区的收税工作。我做通了她的思想工作，她又说服县第一玻璃钢厂厂长，买下一项专利。举行了隆重的交接仪式，父亲把弯背挺起，无比庄重地接过厂长交到他手上的专利转让费。父亲捧着白花花的十万元钞票，念着发言稿，老泪纵横，泣不成声。这笔转让费那位厂长只出了五万元，余下的五万元是我贴的，是我写县志的全部奖金。这事只有我和我女儿知道，她保证绝不告诉任何人，包括她妈妈，否则我要跟她断绝父女关系。

父亲七十九周岁了。老话说：做寿要逢九，活到九十九。这天，我的五个妹妹带上她们各自的夫婿还有孩子，头一回整整齐齐地出现在父亲的八十寿宴上。子孙满堂，他连女儿都快认不出了，何况有这么多的孙子孙女，他记了这外孙的姓，又忘了那外孙女的名，张冠李戴，好在我们兴致都不错。喝了酒的姨娘也不错，脸上现出两片红晕，扶着酩酊大醉的我父亲，像新娘子牵了新郎官入洞房。“古人说，铁棒终于磨成了针！福人自有福相！”姨娘的赞颂之词，我至今还记得。

现在，我望着青窑飘出的缕缕青烟，此刻父亲的遗体正在窑内火化。我确实想不出父亲应归属给哪个女人。在与姨娘面对面枯坐了一天一夜后，天色已晓。我突然萌生出这个虽说对母亲可能难以接受的主张。也许在今天沿用土葬的水洋县，在桥上街老宅一家人焦急地等待运回父亲遗体准备落材的节骨眼上，我提出了一个折中的方案，将火化后的父亲骨灰，用铜盘秤称，分作两份，每份分毫不差，一半留在沙埠，一半带回桥上街。

我的姨娘奠完第三遍酒后，嗓音突然清亮了起来，她充满水一般的柔情说：“你爹聪明能干，一生劳累，临去前，总算有了打盹的工夫，还吃了半只香甜甜的梨！”

兰花腔

1

早上，薄雪纷扬，雪沾水即化。才洗好脸，见雪隐了，光是斜雨，空中掉针似的，落到铺了碎石子的院地上，簌簌地响。堂门对着南兰园，园前柳树舞起风，像甩着水袖子。

刚才，还在门口蹦跶的喜羊，像一下子泄气了的皮球，软软地来到顾霜面前。我翻开作文簿，见蝇头小字，羞羞地关在几行方格子内，留了一大片空格。喜羊噘起嘟嘟的嘴，跟坐在沙发另一头的顾霜抱怨："妈，这《雪》，怎么写呀？"

母女俩有一搭没一搭地说着话。

外面天黑，屋里日光灯贼亮，娘系着白围裙，瘦高的个儿从东间与堂前间进进出出。她端出一锅泡饭，又转身端出霉干菜咸肉麦饼、豆腐乳、虾皮咸菜、荠头、咸鸭蛋、油煎花生米，方桌上堆了七碗八碟的。娘这才走到门口，面朝兰园陡地一喊："矮冬瓜——"似听到爹"哎"了声。

雨，沙沙的，门框像挂了道珠帘子。

顾霜推了下女儿："问你爸去，他自称卖文为生、卖艺不卖身的。"说完，她两颧洇了红晕，突出来，显得脸愈加白愈加长了。大概为后一句话，因了婆婆在场，她顺口说了出来，臊的。

女儿偎向我。腮边垂了两支扎红绳的新疆小辫，脸蛋红扑扑的。我说："终算见到雪了，比你老写梦中的雪要强多了……乖，先吃吧，粥都凉了。"

"早先的雪一下起来就几天几夜，满山都像盖了白花花的被子，"娘接了话来，咽下粥说，"等你吃过了，给你说说小时候的奶奶，脚踝陷进雪地里，奶奶的双脚呀踩得雪咯吱咯吱响。太阳出来了，屋檐下挂了冰柱子，滴着水。我俩呀朝院子里放了只竹罩子，又朝里面撒了把谷子，奶奶和你爷爷躲在墙后面，提了绳儿憋着气，麻雀呀饿得肚皮咕咕地叫，它们呀，大概有好几天没吃到一粒谷子了，嘴馋得不行了，麻雀跳向竹罩里，一只，又一只……爷爷让奶奶呀，把绳儿一放，竹罩一倒，你爷爷冲了上去，只听得竹罩里一阵扑腾扑腾地响……"

女儿咯吱吱地笑，喷出饭粒，被娘拿了干毛巾揩了。

喜羊在作文簿上笔走龙蛇。"后来呢？奶奶——"

娘夹了张麦饼，掰出半张，朝喜羊碗里送："乖，吃了，奶奶才跟你接着说哩！"

"是不是爷爷那时还不是我的爷爷，后来他娶了奶奶才……"

娘呵呵地笑："这小羊儿，人小鬼大，现在的孩子呀——，嘘，矮冬瓜来了！"

爹头戴笠帽，从雨中走来，到了门口台基上，他顿了顿雨靴上的泥巴，两条狗跟着。爹进了屋，狗在门口不敢进来，仰着头，摇着尾巴，呜呜地乞食。

一家人呼噜噜地吃着，壁上的钟"当、当"地敲了八响。爹开了电视，调到中央台。爹边吃边看新闻，与我递话："本·拉登到底有没有给美国佬捉了？这个阔佬好好的日子不好好过，却跑到阿富汗跟美国人对着干，这不是拿鸡蛋碰石头吗？"

又聊着，电视里祖国各条战线捷报频传。

回乡那天是腊月廿五。妻子和女儿早放了假，盼我早歇工。我给副刊备了两期"笔会"，做好版面跟值班总编道声别。小杜的中巴车在报社大门口候着，他与我关系不错，平时尊我为陈老师，喝了酒与我称兄道弟的。车到我家接妻女上车，小杜帮我一起搬上几箱年货。车驶了段平路爬上岭，妻子跟小杜攀谈着，说我得了过年恐慌症，年关未到，魂早飞到山里去了。小杜说："城里太闹了呗。"也真是的，总觉得在老家过年比在城里心里要踏实。妻子跟小杜聊着，我渐渐犯了困。醒来后，发现车快开到兰园了，爹娘站在门口张望。小杜说我这一觉睡得够扎实的。女儿说我是偎着妈妈睡的。顾霜说女儿多嘴，喜羊吐了吐舌头。我跟小杜说："不知怎么搞的，快到新年了，我就像越过万米长跑的终点线，精神顿时垮了。"爹娘重温了酒，喝着喝着，小杜分不清东南西北了，好不容易打对了乡司机小王电话。小杜有着山里人喝酒的爽性，乡干部最不喜欢扭扭捏捏的，他说我酒风端正。爹屡屡教导我，乡里重人情，不能让他们戳了咱家的脊梁骨，骂我们忘祖。我知爹所说的乡人的含义，所以，我跟乡干部打交道时，都分外热情，为此他们与我都挺热络的。等到来了小王，要不是我跟他把小杜攮猪似的攮上车，小杜还犟着性子要跟我拼酒。小王见怪不怪地说："乡干部的胃没一个没出过血的！"爹笑咧咧地说："杜宣委是'轻伤不下火线'哪！"

爹呼呼地吃完粥，放下碗筷，戴起笠帽，系上油布围裙。

"宝财带了秀花出门了，说是进城一趟。"爹丢下话，走到雨中，矮矮墩墩的他向南兰园缓缓走去。

廿六，小舅带了分水岭村的一个女人来，名叫秀花，跟小舅的生肖一样，属猪，比小舅小了12岁，按老辈子的说法整整差了"一箍"。两人当晚宿在一起，好像拜过堂一样。

年关紧了，陈家办年货办得热火朝天，娘灌香肠剖鱼包粽子。小舅家倒一点动静也没有。小舅住西房，偏在兰园一隅，孤零零的，就像过去地主人家的佣人房。家徒四壁，未上玻璃的窗灌着风。这是春分从大学回家过第一个寒假，都是大学生了，见家里还是穷得揭不开锅。正愁着，不知小舅使了什么魔法，出门回来时，身后跟了个穿着有点新潮的小妇人，西房一下子变了样。

娘把剩饭剩菜倒进门侧两口石槽，狼狗沙皮吃空右边石槽里的东西后，颠过来把左边正在石槽里吃得津津有味的小宠狗皮皮赶了，皮皮在雨中呜呜地叫。娘上前把沙皮赶了，皮皮一靠近狗槽，沙皮就龇牙咧嘴地吠，吓得皮皮不敢近身。娘把沙皮吊到柳树下，沙皮在雨中吠。它的声带似给皮圈勒住了，叫声闷闷的。

娘回身叹着气，说小舅还有心思搞女人。终归是娘的亲弟，外公外婆归天有些年头了，大前年又死了小舅妈，娘给“王老五”的小舅既当姐又当娘的。看起来，小舅带了秀花来，是要娶她了。小舅拿什么来娶她？娘拾掇碗筷，顾霜抢了下，被娘推了。顾霜回到沙发上，舒展开身子，看电视里《同一首歌》。

灶间，传来碗碰碗的洗刷声。

记得那年夏天，小舅妈得了肝病，这种病被山里人称为“肝腹水”，上山人置不起冰箱，吃的是腌猪肉。按爹的说法，吃多了腌肉容易生癌。埋了小舅妈，小舅带了儿子投奔我家。山里的树木不让砍了，又来了森林警察挨家挨户把山民的猎枪统统缴了，小舅本来农闲时靠此副业的，加上没了小舅妈，少了个内当家，在上山施不开拳脚，想到下山闯出一片天地。我们涌泉乡有上山下山之分，主要是上山人比我们下山人的山高，生活苦，住在山高处的人其身份显低。下山人看不起上山人，就像城里人看不起乡下人，顾霜也不例外。

爹娘退了休，本该享享清福，我难得回老家过节，总见二老为小舅的事闹得不开心。为此，娘得了头痛病，她一说她头晕了，爹就是块钢也会化作水。娘拿这要挟爹，小舅爷儿俩才不至于饿肚皮。爹没办法——随她去吧！

爹本以为小舅领了个女人来，他拿什么过年，不料秀花一来，西房就猛添年货，一摞一摞的年货往西房扛。爹闹不明白，这女人顶多三十来岁，又有好脸好肉的，好好的男人不嫁，为何来倒贴这“老寄生虫”？爹对我说：“看着吧，露水夫妻不久长。”

爹租了街后三亩半坡地种兰花，索性把街上的两间老房子卖了，本想就此甩开小舅这个“拖油瓶”，因了娘急红了眼跟他来，爹只好在西边搭了两间泥坯房，给小舅爷儿俩安顿。开始，小舅还替爹在兰园里打打下手，很快自以为着了道，上山挖了些兰花来，在屋后空地搭了间竹棚做兰园。爹倒愿小舅从此发达起来，他发达了，可省了爹的心了。可小舅挖不到名兰却老跟人吹，吹他的兰花如果拿到兰展上卖，起码几千元一苗，接着又吹到几万元一苗，但总不见有多少银子流到他口袋里，过的日子是外甥打灯笼——照旧（舅）。爹说他爱吹牛，养的山兰顶多十来元一盆，城里人到了春天，才会买它摆在屋里闻闻香。所以，到现在，小舅顶多是到了开春卖点不值钱的山兰，余下的时间就坐吃山空，傍着我家，或者按我爹所说的，他想等天上掉下个大馅饼来。

我一人转到西房"火力侦察"。屋后的那口缸缺了只角，我弯下腰，手才够到缸底的米，米不到一指深。再屋里屋外转了转，连柴房也看了，除了两只破木箱、几把破椅凳、一口锅灶，什么年货也没有。不料，天上真的掉下块馅饼来——来了秀花，西房像是活泛开了，屋檐下挂出一串串腊肠，洗净了的鸡、鸭、鱼，还有半爿后腿肉搁在盖水缸的团箕上。后街开小店的四毛推着板车来送货，车上叠了三坛米酒，十几箱青岛啤酒、红牛。秀花倚了门，懒懒地从皮夹子里取出一叠钱，抽出三张百元大钞软软地递了，还招呼四毛进来歇会儿。四毛推回空车，跟站在门口的我打招呼。他耳根上各夹了支小舅递的烟，嘴里还叼着半截烟。四毛推着空板车，哼着《洞房小调》走了。第二天晌午前，小舅来请我们到西房喝酒。他穿了身西装，刮了胡子，头发焗得黑亮，要不是他笑起来一波一波的皱纹，倒像个精悍的小伙子。因他说话时老挥着手，袖口上缀着一块金色小标签，如蝴蝶般飞来飞去。爹忙说饭熟了，我们也跟着推辞，小舅有些扫兴地回了。爹怕吃他一顿饭，日后他会有进一步的借口。我觉得爹做得有点过了。不过，我还是午饭后趁爹进兰园时溜到西房，再说真的到了老家，才待上二三天，还是闲得手脚都成了多余，就挨着钟点等吃饭，怪无聊的。

秀花一番倒茶递茶的，嘴上"表哥表哥"（我们乡古风仍存：女方尊称男方亲眷时，得往上挪一辈）地没闲着。她拆了条精装大红鹰，甩了包烟过来，我不好意思接，这烟 20 元一包。她说别看不起她，我只好接了。我们乡里人若听到对方说"看不起"这样的话，就会起血性。没等我拆开烟，小舅就甩了根大红鹰来，本来他抽三块五一包的牡丹，没想到他鸟枪换炮了。

秀花一来，就捋起袖子在水井边洗洗刷刷，圆乎乎的手臂被水泡得白白的。三人把西房拾掇个遍，连屋后的柴火也码得整整齐齐的。这天，小舅爷儿俩也变得勤快了，两人像从浴室泡久了出来，脸面都一尘不染的。小舅穿了保暖衬衫，领子雪白雪白的，此前他人虽瘦不拉儿的，但身上的棉衣倒臃肿。连指甲也剪短了，指甲缝里的泥垢也没了。墙角，立在桌上的一块破镜片没了，换上了一面长方形的落地镜，四边包了黄漆的木条，因了有面大镜子，屋里也明亮照人了。总之，有个女人，小舅的生活旧貌换新颜了。小舅见了我，忙打了招呼，他仍立在镜前梳头发，春分拿了摩丝往他后脑勺喷。小舅头发短，摩丝多了。春分把小舅头上多余的摩丝泡往自己头上抹。爷儿俩变得亲昵了，像一下子缩短了距离。我说："别弄得苍蝇立不住闪了腰。"小舅自个嘿嘿地笑了。小舅一见芝麻点的事脸就笑成西瓜般大。

雨点像小蝌蚪似的，从屋檐下往地上跳。

秀花脖子上挂了只水银色的小手机，披了件翻毛的皮大衣，脚上趿了双毛茸茸的拖鞋，脚藏在鞋里，像是不见了。

秀花脸盘上的妆有点浓，在阴雨天里显得有点娇媚。她抓了把瓜子到我手上，又自个抓了把瓜子嗑着，对我说："闲着没事不如搓搓小麻将？反正家里该拾掇的都拾掇了，也想不出该添什么年货了。"我知爹平生最恨赌的，可快过年了，得放松放松。我才喝了酒，身上热腾腾的，也顾不得了，就喊了顾霜来。她打了伞来了，秀花又是一阵手嘴忙碌。顾霜见我态度并非摇摆不定，她立时叫好。上了桌，春分在秀花一旁看牌，两人还在窃窃私语地交流该打哪张牌，春分像早接纳了这位准后妈。春分给牌桌上的我们续茶，我们打着牌话也多了，倒觉得西房来了秀花，气氛突然变得暖融融了。

那天，小舅领她上东房与我家人照面，她跟在小舅身后，才踏进东房门，就姑爹姑妈表兄表嫂表侄女挨个叫了遍，还抱了抱喜羊亲了亲，从坤包里取出块巧克力，把喜羊逗得眉开眼笑，就差没喊小舅妈了。这女人不算漂亮，但五官小得跟身体协调，给人印象深的是她笑口常开，嘴巴很甜，像是见过场面的人。出东房时，刚才见了生人还在吠叫的两只狗，也不声不响地摇着尾巴，一路跟着秀花。小舅跟秀花前脚刚走，爹就跟娘嘀咕了句带玩笑成分的话："看起来，这回宝财真的是招财进宝了。"

一会儿，小舅带她上街。给我家送酒的四毛说，小舅从没这样有笑脸，逢人便发大红鹰，像新郎官一样；街上人都在夸小舅人临老了艳福不浅；秀花挽着小舅的手臂，甜蜜蜜的，虽是老夫少妻，像城里的小情人在大街上兜风……爹光嗯啊哈地应着。我看不顾，甩了支烟给他，四毛与我聊了聊，接了钱，推着板车，哼着《女儿红》走了。

晚上，春分到同学家借宿，算是腾出床位留给老爸进洞房。本来，爷儿俩是挨在一张木板床睡的。春分临走时，祝老爸阿姨新婚快乐。秀花忙递了红包，说是见面礼，让他明日上街自个添新衣添新鞋。听了我带回来的消息，爹觉得不可思议。我倒认为秀花身上多少有城里人的气派。

爹说："兔子的尾巴长不了。"但他也不反对我家三口到西房玩，娘跟着也来了。现在，东房里除了爹，一家人似乎全反水了。

与秀花攀谈，娘才知她一些针头线脑的事。原来她也是分水岭村人，是我外婆家隔壁张婶的小女，前夫是做瓦匠的，爱赌钱欠了一屁股的债，输了回家找她出气，没办法离了婚，儿子给了婆家。她进城开了美容院。有回，她从城里回乡，碰到挖兰花的小舅，听她爹说宝财为挖到好兰上悬崖峭壁、下峡谷的。小舅会拳脚，在村里本有点名气，受人敬仰，可到了下山日子过得不顺心，被人瞧不起，他窝了一肚子的火。他跟她爹喝酒时唉声叹气的，说自己像条龙被困在阴沟里，被秀花有心听了。有天，她说要跟小舅学挖兰，不知怎么地两人热络了起来，觉得各自都是一根藤上的苦瓜。说着说着，秀花吞吞吐吐起来，娘也不多问了，怕说漏了嘴，倒出她弟弟这几年过着"寄生虫"的生活。看起来，娘倒变成了怕秀花知小舅底细……

现出一角初晴的天。

到了廿八，今年是赶廿九除夕，离新年只有两天了。太阳升起，像刚破了壳的蛋，嫩黄嫩黄的。院里脱出一股股水汽，嵌入泥里的碎石子慢慢鼓了出来。

爹娘抬着团箕，上面铺了一层刚用稻秸在锅里熏黄了的豆腐块，接着两人每人又抱出一床被褥，把被褥挂在竹竿上晒太阳。爹看了看天，回头跟娘笑眯眯地说："今年过年准干爽……"

2

爹迷上了种兰花，才三年工夫，从兰盲成为我们县兰主第二，即居第一兰主老牛头之下，这是我始料不及的。我本以为爹是闲得慌才想到种兰花打发日子，我的老丈人除了早上跳跳老年迪斯科就整日在家喝茶看电视养鱼种花。

近年，因有了五一、国庆长假，我家三口回山里过节频了。在我眼里，兰园里每盆兰的相貌都差不多。爹却能如数家珍般地分出春兰、蕙兰、寒兰、建兰、墨兰；进而分出兰花的瓣形，如水仙瓣、梅瓣、荷瓣、竹叶瓣；叶形，如旋转叶、立叶、半立叶、半垂叶、垂叶、卷叶……他向我娓娓道来，我才觉得每盆兰的体貌特征有所辨认了。我想，爹对兰花，就像幼儿园的阿姨能分出双胞胎一样。

我听时心不在焉的，但多少佩服爹这方面已很入行了。我想，在爹眼里，每盆兰都是等价格分明的，比如他刚刚说的那盆西藏虎头兰，现在的市值是 7 万多，还在涨，又说它到了来年至少 1 苗能分出 3 苗，也就是说，光这盆兰，如果生理正常的话，一年的利润能翻两番，那么以此类推……

爹说："你小子就是小觑了你爹！爹跟你说，爹这几年养兰，前两年收回本钱，现在园里的兰都是净利润，傻小子，呆了吧！"我傻乎乎地笑了："那爹不就成了养兰资本家了？"爹嘿嘿地笑，他似乎回到了从前站在庄稼地里见收成不错的山民。

爹除了嗜酒无别的爱好，说退休后的日子软禁在家跟等死没什么两样。爹进了趟城，跟老牛头搭上了线。老牛头当过我们乡卫生院院长，后升到县卫生局长，老牛头升迁时把乡院长的接力棒交给了我爹。两人本是上下级，又站过同一派系，为这一起蹲过牛棚，关系如铜墙铁壁。老牛头在任时就爱兰花，离休后种兰花的规模越发搞大了，被兰友们选上了县兰协会长，听爹说兰友们一说到老牛头无不直翘大拇指的，意思是他的“兰主”之位谁也别想篡夺。

老牛头对要投身于养兰业的我爹自然是喜不自禁的，说他脑袋总算开了窍，种兰既是修身养性，又是一项长线投资，要比把钱存到银行里吃利息强多了。爹铁了心，要紧跟老领导。老牛头想了想，说兰花放在山里养，比城里空气好、成活率高，不如他与我爹共同开发。

爹跟老牛头同吃同住接受养兰培训，还抱了几本兰花书回家狠啃。两人说定了，建个新兰园，合伙做。爹又让我找乡政府，经小杜穿针引线，乡政府批租了三亩半坡地，爹才正儿八经地修起了兰园，决心把余热献给养兰事业。

我对爹如此大的动作，心存疑虑，劝他别蚀了老本。爹跟我开玩笑说：“赔了棺材本，有你小子来垫。爹做事一旦认准了，就是九头牛也拉不回来。”

顾霜说我的长相是我爹的翻版，我知她嫌我个矮，就像娘也常这样开涮爹，说他个头没她高，长得像矮冬瓜。但我跟爹一样，从没为自己的先天不足而信心受挫。相反我会列举邓小平、拿破仑等伟大人物，都是个子不高成就非凡的例子。我祖上是上山人，爹当了兵，在部队里因出身好加上他肯像老黄牛般埋头苦干，从兽医转到人医，复员后转到乡卫生院工作，娘嫁了爹后也跟着农转非，成了乡院大集体职工，生下的我跟着爹娘吃皇粮，不再是上山人了，这完全是爹的英明伟大；后来，我高中毕业考不上大学，听从爹命，也从了军，退伍后按政策分到水洋国营机械厂，接着又听了爹指点，读了党校函授，取得了大专文凭，在文凭热时，借了准岳父找的关系，跳到水洋报社，随后跟城里的小学教师顾霜顺利完婚，可谓我比爹又跨出了一步——从下山人变成城里人，况且女家的底子不错。如果没有爹他老人家的指点江山，我断不会混到今天丰衣足食的样儿。所以，我一向对爹诸事恭敬加从命。

小杜在乡里做文化干事时，每写了通讯报道都找我发稿子，与我往来稠密。当上宣委后，他还坚持写稿，进城时每回他不忘提了溪鱼干、米酒之类的山货，上我家喝上一顿，自然我对他写的稿子格外关照，他年年被县报评为优秀通讯员，他的名字屡屡见报，其前景被人一致看好。为此，他对我带有感恩戴德成分。爹的事通过他的张罗，加上我亲自登门找乡书记乡长，租地的事给顺利地批了。乡书记还说："这是好事嘛，开发花木业，应大力扶持。"因爹在乡里是第一家因地制宜开发特产业，按规定租金每年仅 100 元一亩，租期一定就是 30 年。我明知，乡里是给了我的面子。每次到乡里不论是公干还是私干，小杜不肯放过我，书记、乡长必有一人作陪，一干人不喝醉不罢休，还轮不上在自家吃饭。我喝得醉醺醺的，醒来后才知自己是给小杜小王抬到家的。这种鱼水般的情谊，从某种程度上讲，它来自父训对我所起的作用。

小舅有回进城到我家，见顾霜忽热忽冷的，从此他就没再来过。顾霜数落我："嫁了你别的不错，就是乡下亲戚多。"而我要她对我的乡亲做出热情劲，她却"内外"有别，比如，对小杜等乡干部，她还是客客气气的。这使我有些不快。即便不快，我又拿她没办法。好在她在城里待久了，也喜欢到乡下体验一下，这是因为她对山里的自然风光没有敌意，从另一方面来讲，她自费出版的一本抒情诗集《与风牵手》，当中不少取材于乡土题材。

不过话要说回来，当初我能调到报社工作，我的那位准岳父大人还是多少起了作用的。他当过宣传部长，总编曾是他的部下。所以，我跟顾霜的婚后生活虽无多大浪花，但平静中还是有一些诗情画意，或者按她的口吻：还是有点情调的。

顾霜身材高挑，比我高出一头，自嫁了我后，她改穿了平底鞋，才与我看齐。当初，我俩处对象基本合乎"门当户对"：她在实验小学教书，我在国营机械厂工会工作。从所有制性质上讲，两人是"事业"对"国营"。那会儿，"国营"还是块香饽饽。

但双方之间的差别还是存在的。顾霜大我两岁，要比我显老；她几次恋爱受挫，可能跟她那时是部长的千金有关，眼界高了，从而婚姻大事一搁再搁，成了过了冬仍挂在枝头上的橘子，而我是第一次谈恋爱，就对她显示出心仪已久、心潮澎湃的样子。对于她大我小，我的解释是："我们乡有种说法——女大三，抱金砖。"至于她高我矮，我又跟她说："四肢发达的人往往头脑简单，伟大人物虽矮小可他的智慧往往都到了脑袋里，咱俩来个取长补短吧……"她终于动心了。那年，她离"奔三"进入倒计时——只差 7 天了。不过，后来我娘对这门亲事似乎心情复杂。但很快被我爹接纳了。爹说娘总脱不了农村妇女的意识。爹跟我一样有远见卓识。

我猜想，爹跟老牛头的合作也眼光不错：老牛头养兰知名度高，信息灵，作为兰主，必有不少追随者，他们必定从他那儿进购名贵兰花图发展，由于老牛头的权威性，使他俩合养兰花销路不成问题……爹对我的分析基本上满意，似乎知其父莫如其子。爹告诉我另一个秘诀：养兰从某种方面上讲是大鱼吃小鱼，所以需要有众多下线紧跟着……他的秘籍真传对我点到为止，倒把我弄得一愣一愣的。

据我进一步观察，爹还有其他方面的过人之处：一是养兰可以修身养性，使爹延年益寿；二是到祖国各地采购名兰时，可以趁机饱览秀丽风光；三是它可以带来可观的经济收入，这是因为即使名贵的兰花还是要生儿育女的，这就是一苗兰能一分三、三分六，子子孙孙生生不息的颠扑不破的伟大真理。所以，我试图改变爹的初衷的做法，现在想来，是多么愚蠢。

鉴于此，建成兰园不久，我即给爹出主意，由我出面请县里有名气的书画家、诗人来，给兰园包装一下，提高品位。我在县报兼编《文化周刊》，与文艺圈的一帮人混熟了，他们也需通过我的报纸版面登台露脸，以扩大知名度。爹对我的创意大加赞赏。他在院子一侧挖了口水塘，养了红鲫鱼，盖了个草亭，挂了只横匾，我给美其名曰"兰亭"。文化名流请来了，娘弄了桌山货土菜。名士们在为土菜大快朵颐，于酒酣耳热之际，爹捧出墨宝，请名士赐墨。书家饱蘸墨汁，一挥而就，落泥盖印；诗人踏巡一番，摇头晃脑地吟咏，交了诗笺；画家仿了明书画家文徵明扇画《兰竹图》，一切在有条不紊地进行着。等名士一走，爹就把他们留下的墨宝裱了，挂了。这一切弄得不动声色。就连老牛头也给镇住了，对我爹说：“你这一仗打得好漂亮，像看不见的战线。”逢了外省大兰主来此云游，老牛头必带客过来会一会。走时，大兰主购点新奇的名品，也顺理成章。本土众兰友闻风而动，接着一茬一茬地前来，一时众客盈门，掀起一轮购兰热潮。他们在赏兰之余，总要伫立在墨宝前不由地赞叹一番，认为我爹的兰养得不错，兰文化建设也搞得不错，可谓硬软件搭配得当，相映成趣。从而抬高了爹在兰界的地位。不久，在会长老牛头的极力推举下，加上兰友们的拥护，他被选上了县兰协副会长，坐在第二把交椅，可谓众望所归。

爹要百尺竿头，更进一步。这回，他急急进了趟城找我，生怕灵感半途弄丢了。他跟我喝酒时说，从当前的形势来看，养兰要有全球眼光，让分布在地球每个角落的兰友像在一个村庄集合那样方便，所以，他决定学电脑。爹的高瞻远瞩，吓得我出了一身汗——我为自己而汗颜。由于家穷，他只读完高小，在学电脑方面，他刚开始笨得像头熊，可他愣是有股牛角般的钻劲。他自有办法，暑假时把喜羊接了来，是孙女手把手教会了爷爷用电脑。娘抱怨我教爹学电脑还没孙女细心。喜羊完成了对爷爷的电脑基础操作的辅导，回城上学时，得到了爷爷的重奖：买了架钢琴送她。顾霜简直是喜出望外，她跟我悄悄说：“爹出手好大方，像个款爷似的！”我是一脸的得意，可我没告诉她我爹兰园里兰花的总值，还不包括每年增长的价值。这是因为我将来是合法的第一继承人，不能让她全知道。做什么事得留一手，这是我从爹那儿继承的另一个真传。

我记得刚养兰那年，爹给我家各送了一盆春兰、秋兰、寒兰，顾霜想要值钱的名兰。可爹似乎识破了她的阴谋——把名兰送给她老爹。然而，爹的解释又那样合情合理：“你们家只管四季闻着兰香就够了，怕你们养不活‘贵兰’。”为这，顾霜说我爹身上的小农意识总改不了。现在，她不这么认为了。可能是爹给喜羊的一架钢琴，一下子扭转了她这个儿媳妇当初对公公的成见。

爹让我给兰花分类拍照，这些照片经扫描上他的个人主页“涌泉兰主”。他学会了上网，在网上与各地兰友交流，现在连打字也提速了。所谓熟能生巧。

爹一直反对吸烟，当我的游烟进兰园时，他让我先掐灭了烟，说兰花冰清玉洁般娇贵，闻了烟“她们”会咳嗽生病的。我写文章思索问题，即便闲着，也是烟不离手，可以说，是烟使我进入飘飘然的一种理想状态。这已成了惯性。他问我：“吸烟既费钱又伤身体为什么还恋着它？”我知爹做事大多从实用主义的角度出发。我说：“我只有这么点痛快了，你让我割了这个嗜好，还不如让我割手腕。”爹似乎既明白又犯糊涂。我觉得，我与他既相同，又有些不同。

相同的另一个点是：去年夏天，春分考大学上线，填志愿时，因知小舅负担不起儿子读书费用，见师范类费用低，爹与我商量，我俩步调一致，让他给他儿子选师范。不想过后来了录取通知书是城市学院。原来，小舅瞒了我爹让春分填了这所学院。这学院是二线的，赞助费高，爹替他算了笔账，光一年费用上万元，4 年下来起码 6 万元，小舅拿什么供儿子读书？小舅好像是跟自己较劲，说他儿子读大学，将来出来也像仓满（即我）那样在城里吃皇粮弄个官做做。爹说：“现在大学生满天飞，没门道还轮上你这个贫农子弟？”最后因凑不起钱，娘发动全家搞赞助，才使春分在最后一天赶到省城报到。爹说我们中了小舅的计。娘就是为这犯了头痛病的，住了半个月医院，爹从此怕了。爹说小舅这人除了自不量力外还不知羞耻。娘发过咒，从此再也不管他儿子学费的事了，但说归说做归做，访贫问苦依旧。爹和我都无可奈何。

但现在看来，开春后春分的读书费用，由于来了秀花，可能不会再让娘发动大家搞捐助了吧？爹安慰我说：“但愿如此。”

西屋前，此刻秀花手比画着，让站在条凳上的春分贴正对联。一旁的小舅一手拿着泡得碧绿的玻璃茶杯，一手拿了香烟，笑呵呵的，吧嗒吧嗒地抽着烟。烟在金黄色的阳光里撒着欢。

3

过了抽支烟的工夫，见老牛头开了别克轿车来了。我发现由爹侍弄兰花，省了他不少心，隔上一阵子他才来探回“亲”，这回像是春节前的慰问。

他穿了赭红色休闲装，稀疏的头发给梳得光亮。一见面，他的“大炮筒”就亮开了。看上去他精神矍铄、意气风发的。我说：“牛会长跟老外一样，人老了更打扮得花俏。”

他哈哈笑了，我对他的赞美，他似乎感到很到位。他接了我的中华烟，说：“大记者就是会吹。”

在穿着上，他要比我爹超前。看上去，老牛头比我爹不显老。

他俩一见面，就像老伙计一样，说的都好像是儿女们——兰花的事。爹领他进了散发出暖气的西兰园。以前，这间兰园是用生炉子排出的热气来保暖的，到了夏天，兰园里的梁架上挂了无数小吊扇，一天到晚转着，如今，名兰花们住上了装空调的房子了。西兰园对爹来说，是上星级酒店里的总统套房，不同之处是四周装了铁丝网，加了防盗门，安了警报器。似乎又戒备森严。名兰的高规格待遇，自爹向我私下点拨西藏虎头兰的身价后，我就觉得不足为奇了。

中午，照旧弄了桌山货。吃时，老牛头不时夸我娘会弄菜。他喝着糟烧，一口一口地咂着，嘶地吐口气，似乎酒醇得需他通过吐气方能化解。敬来敬去的，吃了个把钟头，又喝了“高山龙井”，他腆着小肚子出来，拍着我的肩：“大记者，多写写兰花方面的文章！”我又反复说：“会长，几时收我为徒？”这些话每次总要说的，仿佛是我与他之间话题的源泉。说笑着，到了车门边，爹请他过年时再来，娘在一旁帮衬着。他爽快地应了，又跟爹说：“冬瓜，别忘了，明年给弄块风水宝地！”他要在涌泉造栋乡间别墅，老死在山里，说这么个山清水秀的地方，是他养老送终的桃花源。见了爹递来了眼色，我忙说：“这事包在我身上。”老牛头夸我：“没有大记者办不了的事！”

爹和我目送着老牛头的黑色别克车溜下坡。

沙皮和皮皮一前一后追在轿车后面，撒开四足，一阵猛追。要不是爹喝住，它俩似乎还欢送下去。坡道上腾起一团灰土，灰土慢慢地散了。

日头西移，拖了影子下来。天空，不见了云。我和顾霜一人一手牵着居中的喜羊，从山间小道漫步走来。一条如练的小溪从兰园前唱着歌绕过，一溜白色的房子藏在绿林中，升起袅袅炊烟。

三人身上披了淡淡的暮色归来。

4

天渐渐地黑了。

小舅与秀花在西房忙着，准备除夕夜的一桌酒菜，春分对着电视唱卡拉 OK。午后，小舅来我家打招呼，说今年的年夜饭他一家人就不过来了，又说秀花买了套“家庭影院”，他们也不来我家看中央台春节联欢晚会了。他恳切地请我一家人晚上上西房吃年夜饭。爹淡淡地说：“免了。”小舅怏怏地走了。

除夕夜，乡街那边，依次传来零星的爆竹声。

西房在谢年了，这是小舅家到了下山后第一次谢年。春分点起挂炮，挂炮在房前蹦跳着。

爹喝足了酒晃着步子，拿了串钥匙，朝西兰园走去，嘴里念着：“观花一时，赏叶经年，观花一时，赏叶经年……”

脑袋重重的我到了西房，跟小舅一家碗碰碗，又喝了一通。我感到头更重了，就与小舅斜靠在席梦思上。原先的那张木板床移到东间一角，给春分睡。屋里摆了几盆山兰，堆在南北一角，墙上糊了一组大小不一的韩国美女画片。秀花在灶间洗刷。

我说：“小舅，日子滋润了嘛！”

小舅的下巴剃得光光的，像上了层油。他笑声朗朗：“哪里哪里，跟你家比，一个在天上，一个在地下。”

舅甥俩抽了会烟，跟着他的嘴巴移近了我耳边，说："陈家有你这个外甥还看得起我，我姐更不用说了，我信得过你。不瞒你说，秀花说是开美容院，什么美容院呀，那是唬人的，开的是发廊，前些日子我与她进了趟城，把发廊盘给小姐妹开了，那些卖笑的小姐妹还办了桌酒贺她从良了。我用的是她的皮肉钱啊，她是想洗脚上岸，一门心思跟了我想过巴实日子……"

小舅嘴里喷出的酒气，轰轰作响，犹如一列火车喷着蒸汽进入月台。

刚才的他似乎喝了足足一溪江的酒，收不拢话头了："等开了年，求外甥跟杜宣委捅捅关系，要钱要礼找咱要，给咱也批个三亩半坡地，我俩没别的门道，也想好好整整兰花。秀花还想让你爹扶我俩一把，咱也养点尊贵点的兰花，秀花手头有些钱，外甥啊，这回你无论如何得帮帮我。我要是再不好好过日子，就对不起她，对不起儿子，对不起自己了，再不抓机会就没机会了，再要是这么混下去，我真的是连猪狗都不如，再……"小舅两眼湿乎乎，像一溪江的酒化出了泪水。

小舅来的那年，爹娘还在乡卫生院上班。陈家腾出柴房给小舅安顿，娘送来了米、肉、零钱。本想等他落了脚，会找些生计。不料他终日东晃西晃的，老做着赚钱不出力的梦。爹催他租亩荒地种谷子种菜也成，再没别的路子到乡街踩黄包车拉板车也行，总之要自力更生、奋发图强。小舅说坐着说话腰不酸，那种活比上山人过的日子还不如，上山人又怎么看待到了下山的他？小舅不肯干粗活，似乎面子比肚子要紧。乡里没什么工业，再说小舅没念完小学，他眼高手低，可两张嘴总不能闲着。春分正在长身体，他喉结突出，嗓音变粗，肚子饿得快，说他的胃一节课的工夫能磨掉一头牛。可小舅要做宁愿站着死的马！要不是娘偷偷地瞒了爹给小舅家送温暖，他家怕是有一顿没一顿的。爹终于有天耐不住性了，骂小舅是寄生虫，让娘少管事。娘不服，说她用的是自己的退休费，她爱怎么用就怎么用。爹说小舅家是填不满的窟窿。闹得舅子与姐夫有了疙疙瘩瘩，见了面像生人一样。在小舅看来，我家的人是小肚鸡肠，斤斤计较的，上山人做了下山人就看不起上山人了。他大概指的是，要不是我爹当了兵立了功，还不是照样在分水岭种番薯。“看不起人”，这是我们山里人意气用事的重话，被骂的人听了往往会狗血喷头，急了性子来……

秀花不时撩了帘子闪进身，又捏了东西出去，里外拾掇，进进出出的。她进来时，小舅把话题倏地转了，她出去了，他又把话续上了。看样子小舅不是很醉。

刚才，秀花的眼睛一闪一闪的，意味深长的样子。我想，我跟小舅说的话，她可能听进了一些，又像似他俩心照不宣，一切早预谋了的。她咧着嘴笑，眼珠子闪烁放光，像荷叶上的露珠，又像是落到溪江上的星星。

传来乡街上的鞭炮声、焰火声，家家像比赛似的，天空不时绽开火花，色彩缤纷。因了晴朗的夜空，每粒火星落下时，都让人感到真真切切。

酒使我身上像充满了电流，皮肤发烫。不知何时，西房的人也出来了，跟东房的人站在院子里，两个人堆渐渐拢成了一堆。在靠近“兰亭”的院地中心，大家看着天空，点评焰火，你一句我一句地说着话。

爹站在人堆中，不时对夜空中的灿烂美景评头论足，像乡院长给职工做年终总结报告。他啊哼地打着官调，话语中不时来句夹生的普通话。似乎不这样，他说话就不顺达。天寒地冻的夜，因了热烈的焰火变得暖和了，大家嘴里呵出来的是来自心底的一团团热气。

喜羊人前人后跑着，沙皮、皮皮跟着她转，像玩过家家。

一时没续上焰火的夜，突然静了下来，可以闻到浓浓的火药味。噔的一声，不知谁家的焰火又冲上了夜空，焰火莲花似的散开，映得东西两房人的脸，时红时绿时蓝时黄时白……

世界越来越传奇

1

又是个梅雨天，黄包车两只轮子吱呀呀地碾压在水井巷狭长的青石板路上，转轴响动不一，表明车子所经过路段积水的深深浅浅。

这月的15号晚七点半，是陈伯瑞跟赵老板约定的秘密接头时间。两人是同乡，有时会用瓯越方言交谈，不是这地方出来的人会感到像听洋话一样；有时会讲些“切口”，故意让旁人懵懵懂懂。两人衣着鲜亮，叼着雪茄烟，在省城最高档的大世界舞厅消遣，身边各有一位曼妙佳人陪伴，依翠偎红之余，悄悄完成一桩“富贵”生意。等舞会近了尾声，叫上舞女外出消夜，下榻豪华饭店，享受一夜鱼水之欢。在省城，两个“白相人”因此浪得虚名，倒也符合社交界潜规则。

然而，这晚大世界舞厅里没有出现赵老板，第二晚也是如此，陈伯瑞心头忐忑起来，不光是为他，也为自己。

不管如何，陈伯瑞决定第三晚如约而至。按照惯例，这也是最后一次接头机会，若是赵老板仍不来赴约，则意味着他凶多吉少，陈伯瑞也随时可能会招致被逮捕乃至被灭口的危险。

城里水汽弥漫，空气闷热而湿润，连吸入肺腔里的空气也带有水分，有点黏。

出巷口，到了花牌路上，灯光渐次亮了起来。过了卖鱼桥，临近丁字街口，这里灯火一片通明，车水马龙，霓虹灯变幻闪烁。

车夫阿四将黄包车泊在舞厅对面的小广场上，一手掀了门帘，一手撑了油纸伞，连声招呼：“陈先生，小心，走好！”

一幢白色圆廊式大楼，哥特式尖顶，墙面分布着古罗马浮雕，台阶上分列着竖条纹的石柱，一扇高大宽亮的迎宾门，前厅华灯璀璨，大理石铺砌的地面光洁如镜，倒映出众舞女飘逸的裙裾。领班阿咪宛如站在两行争香斗艳的花树中间，猫步轻移，朱唇微启招手示意，一手揽了陈伯瑞臂弯，似醒非醒地眯眼，“陈先生，今夜，勿晓得哪位姑娘有福？”他摆了摆手，径直走向要去的包厢。阿咪怔了怔，来个华丽转身，很快“嗨——”的一声清亮，以同样的姿态迎接拾级而上下一个衣冠楚楚的舞客。

这间半开放式的包厢叫荷雨轩，也是陈伯瑞与赵老板几乎每次固定的订座。从窗格中，映出圆舞池以及周边座位上舞男舞女身影，烟雾袅袅。

乐队奏起一支舞曲，灯光下歌女莎莎对着麦克风仿唱金嗓子周璇的《夜上海》。

男侍者阿宝端上茶点，向陈伯瑞耳语，头朝对面座位上一位头戴鸭舌帽穿西式便服的年轻英气男士努了努嘴，说是他想见陈先生。“鸭舌帽”投来友好又似乎带有急促的目光，陈伯瑞一时踌躇。

赵老板向来守信如节，但这次两晚爽约，而眼前却有一位陌生男子不请自来，这件事一下子变得诡异起来，莫非来者不善？以往在大世界，他与赵老板之间的交往，像一对密友，不喜欢旁人插入，出于礼节，与其他舞客寒暄一下作罢，外人也许会感到这二人高深莫测，但对他俩来说这样至少落个清净。大多舞女知道这两位老板的脾性，每次来了换一个舞女，对此也见怪不怪了。由于前两晚赵老板的不在，陈伯瑞无了叫舞女的兴致，光顾了一人抽烟喝酒。

陈伯瑞掏出挂表一看，已超过半小时了，他想快速付账之后撤离。这当口儿阿宝已引了“鸭舌帽”走向荷雨轩，陈伯瑞虽有点不悦，但面子还是要给阿宝的。在大世界阿宝对陈伯瑞的服侍细致入微，当然他每回也不忘给不菲的小费。阿宝轻敲了包厢门，那“鸭舌帽”顾自进来了，阿宝随手掩上门，走了。

“先生，可认得它？”“鸭舌帽”轻了声。

“怎么在你手上？赵老板，人呢？”陈伯瑞很惊诧。“鸭舌帽”手里拿着一方刺绣手帕，上面绣有红梅傲雪图。

陈伯瑞示意“请坐”。

“鸭舌帽”把方帕对角叠放在桌边，这曾是陈伯瑞跟赵老板约好的一种联络暗号，表示平安无事；如果是对折，则表示怀疑有人跟踪，当然还有其他暗语。

“赵老板，他……”

“我先生，他——出事了，我来迟了，为他丧事……”那人摘下帽子露出一绺青丝旋即戴上，哽了声，赤红了眼，用手帕轻拭眼角。

“原来是——赵太太？怪不得刚才嗓音有点女……”陈伯端压低了声，环顾左右。

2

陈伯瑞决定走一趟赵宅，地址是乌衣巷支弄 32 号。他跟赵老板联络以来，对方从未公开他的住址，当然陈伯瑞对他亦然。家有家法，行有行规，不该问的绝不多半句嘴。

阿四拉着黄包车送陈伯瑞，快寻到了巷尾，见一座石拱小桥，过了桥是三岔路口，其中一条弄堂环河。黄包车沿河边兜转了一圈，确定无人监视之后，陈伯瑞这才下车，朝临河一栋黑瓦白墙的院落走去，看了看门牌号，轻叩铁门环“笃笃笃”。

开门的不是“鸭舌帽”，而是换回女人妆的赵太太。这回陈伯瑞细细端详，她年轻貌美，头绾一条鹅黄色发带，乌发齐肩，刘海垂眉，一双滴溜溜转的丹凤眼，似乎颇解风情。这一幕让他想起梁山伯初见女儿妆的祝英台。

进入台门，走向斜雨中的影壁。两人合用一把杭州绸伞，肩并了肩，她让他不用叫她赵太太，贱名张素兰。她说跟死鬼——赵志明过的生活不像是夫妻，倒像是露水姘头。

陈伯端心头“咯噔”了下，很快点点头，作为同道人还有什么不明白？他头一回听说跟他打了两年多交道的赵老板名字叫赵志明，他曾说过叫赵子汉。说不定全是化名。

赵宅是独门独院，从台门到过影壁再到内宅，瓦檐重重，庭院深深。陈伯瑞双脚踩踏在从甬道拼砖缝上探出的柔软青草、苔藓上，险些滑倒，被她一把扶了，两人相视一笑。

对陈伯瑞来说，此番前来是想探到赵老板生前有否留下重要线索，特别是这批“富贵”的下落，以及接下来的生意怎么做，等等。

陈伯瑞要先去灵堂。他给赵老板遗像上香跪拜，双手合十念念有词：“赵大哥你在九泉之下安息，保佑我们未竟的‘富贵’事业后继有人，财源滚滚，保佑你太太及家人平安！”

完成祭奠之后，陈伯瑞想：赵老板尸骨未寒，刚才赵太太对生活已有所抱怨，虽然不妥，但站在赵太太这个角度去想，也能理解。当然，他也明白，做“富贵”生意的人，其内人成为怨妇旷妇也在情理之中。

进入内宅坐起间，张素兰递了一盏盖碗茶，陈伯瑞接了，吹了吹气，呷了一口，是人参茶。他直奔主题，提到赵老板的那批货，张素兰说不明白。

陈伯瑞只好破点题：“我们说的‘富贵’，很值钱的，是我跟赵老板的长期合作。”

“什么富呀贵呀，难不成是黄金白银、烟土、军火？”莫非张素兰的脑壳似榆木，真的一点也不开窍？

“是非常时期的重要药品，减少前线将士流血和疼痛的。”陈伯瑞这才显山露水，其实他们之间的“买卖”不仅限于此。

张素兰摇摇头。看来赵老板与她同床异梦，纵然是夫妻也不吐露与此有关的半个字。

知道得越多反而会越不安全，这个道理对道上人乃至家眷、沾亲带故者也一样。陈伯瑞觉得赵老板是对的，换作他也会这样。

她说自己只知一个秘密，书房里倒有一道暗壁，正是它才让她躲过了这一劫。这让陈伯瑞浑身一激灵，差点喷茶，他霍地站起。

走过窄窄的走廊，临小花园，书房靠北围墙，书橱三面靠壁，张素兰指了指临门近墙的第二格书橱："它可是机关重重哟。"

在陈伯瑞看来，这样的设计应验了一句"越是危险的地方越安全"的江湖行话。

书橱的结构分上下两部分，就像一个人分为上下半身。上部的三个格子堆放着线装书。张素兰打开下部的橱门，底部堆放着三五把蒙尘的破纸扇，一把断弦的月琴，一支系了卷曲红布条的长箫，陈伯瑞知道这些过时的物品只不过是障眼法罢了，如果里面空空荡荡，反倒让人猜疑。

她翘起滚圆的后臀，茶绿色旗袍开衩处豁然开朗，露出一节粉藕似的腿儿……一时，陈伯瑞心旌飘摇，强作淡定。她两只纤纤素手各在内壁一端用力向上一顶，"笃"的一声似乎是插销断开，接着推移开一扇暗门。再往里三寸许就是墙面的木板壁，用同样的手法推开第二道暗门，这就是暗壁，光线暗淡。

张素兰掌了灯，由她先进入暗壁，听到她的招呼，陈伯瑞跟进，然后将所有暗门关上。暗壁里有点逼仄，仅容纳两人，好在壁柱边凿有几个小小出气孔。两人并了肩，他的右臂贴了她的左臂，有滑腻之感。一阵缄默不语，她脸面赤潮，低了头半闭了眼，神情似闭花羞月。两人听到各自的呼吸声。陈伯瑞的一只手轻捏了她的一只手，那只妇人的手似乎在酥软成泥中，好大一晌，两手分开。之后两人出来，重回坐起间落座，气儿顺畅起来。

"刚才……我。"陈伯瑞望她一眼。

"你……没事吧……"她避开他的眼中锋芒。

"我说……可是为什么赵老板被追杀那晚不与你，太太——噢不，张素兰，一起躲进暗壁？"陈伯瑞提出疑问。

张素兰吹灭美孚灯，开始回忆——

赵老板进门后感觉有什么不对劲，神色慌张，第一句话是"该来的还是来了——”他不知被哪路人追杀，她更是说不清。

当时，省城驻扎着日军、汪伪军，活动着国民党特务、新四军地下党，还有尚未归属于哪一方的民间勇士。

赵老板趴在门缝向外望，让她赶紧躲到暗壁里，并交代若是他死了，让她按他的嘱咐去做。

这是他生前跟太太交代最多的话，也就是如果他遇难时，当月的几号，最迟推迟两晚，7点半，到大世界找一位名叫陈伯瑞的先生，求他帮忙也罢，投奔他也罢，当中还有联络方式……张素兰虽熟记于心，但她硬是闹不明白，这人活得好好的，怎么尽说断气话？两人一起生活很少有话，特别是有关他的生意。有一次，两人云雨之后，都有点兴奋，她就问了，他正想说，“啪”地打了自己嘴巴：“这要掉脑袋的，是绝密，不可告诉外人，你也是……”随后，换了软和口气：“你不懂不怪你，别哭了啊！再说了，你知道得越多会对你越不利……老话讲，夜路走多了，总会碰见鬼的！”张素兰先是为把她说成“外人”一愣，继而含泪劝道：“既然这么冒险，不如远走高飞，到乡下图个逍遥自在，哪怕是男耕女织……”

等到张素兰钻进暗壁，传来“砰”的一声闷响，随后“嗒嗒嗒”枪声大作，一阵骚动和响声，很快静了下来。过了一会儿，似乎更多人马来集结。随后，人员似乎全散了，一片空寂。张素兰出来，看到影壁后面一具遗体，是她先生，衣裤上的口袋全给翻了出来，地上凝结了一摊血……

陈伯瑞分析道：“这是赵老板声东击西，为引开追杀者，以保自己太太的安全。”

张素兰“唉——”的一声，欲言却无语，黯然神伤，心头似古井激起涟漪，胸头如两只热水袋左晃右动。

然而，暗壁里除了一些糕饼和水瓮，连一点钱财都没有。

陈伯瑞嘀咕，光是他跟赵老板的“富贵”生意做了两年有余……

上级让他到了省城先跟拉黄包车的阿四接上头，又通过阿宝的搭桥，他跟赵老板在大世界连上了线，开始做“富贵”生意。至于赵老板是干什么的，只知他开了一家有名的药材货行……

张素兰不语。

3

夜渐深，天空星光点点。

陈伯瑞再访赵宅。这次一人前往，换上带帽的黑风衣。

赵老板一死，“富贵”生意供应链一下子断了一个关键部位。此前，他俩虽过从甚密，然而也从未探讨过两人当中一人若有不测后的后续计划，可能也不好意思挑起这个话题，对于死毕竟是人所忌讳的。

此前，陈伯瑞问了，张素兰也不知她先生是从哪儿搞到的“富贵”。接连几天，上家也没有给陈伯瑞明确的指示，只是让他重接线头，这要从哪儿接呢？以往，赵老板给交货地址及联络暗号，陈伯瑞带阿四去提货，接上了头下面的事由阿四办了。他只负责下次与赵老板的联络，两人每次见面会安排下一次的接头，而地点多半仍是大世界舞厅，包括荷雨轩包厢。陈伯瑞趁舞女不在时，把装在包内的现款交给赵老板，算是将上批的货款清了。再拿到了这一批“富贵”的提取方法及地址，如此循环往复。问题是这线头到了这给掐断了，而原有的提货点自从赵老板牺牲后，一夜之间，不是关门大吉，人间蒸发了；就是改换了门庭，新东家是一问三不知。让一一回访的陈伯瑞神情沮丧，几近绝望，尽管他好想掘地三尺。

赵老板到底是被哪一方组织追杀的，尚不清楚，但把最后一颗子弹留给了自己，还出于保护自己女人，这让张素兰很感动。对他的安葬方式只能尽量不张扬，再说张素兰在省城望断眼无亲人。她只好出钱，请附近一家卖丧事用品的老板出面，另由经纪人在郊外买了一块墓地，再叫了和尚做了水陆道场，就草草地将他安葬了。

“我好想将他的尸骨迁回他老家，”张素兰叹了口气，字正腔圆，如昆曲念白，“可他却从未带我见过公婆也——”

张素兰带有软绵绵的苏南口音，说自己是苏州乡下人，年少时死了双亲，被人拐卖到省城“东洋姑娘堂”，先是学琵琶弹唱，等到出落成人，赵志明起怜香惜玉之情，为她赎身，她跟了这位恩公。自此恪守妇道，深居简出，除了出去买点卤杂小菜针头线脑，成天就像关在笼子里的金丝雀。

“我来给你弹一曲吧，”没等陈伯瑞答应，她噌噌噌地走向卧室，出来时怀抱琵琶，步子娉婷婀娜，“许久未摸过它啦，怕是技艺生疏了，请包涵！陈先生，爱听啥曲子？”

“请便。”

“那就苏东坡填的词《昭君怨》。”

“谁作桓伊三弄。惊破绿窗幽梦。新月与愁烟。满江天……”

陈伯瑞联想到自己的入道也是恍恍惚惚的——

他老家活动着一批“绿壳”（当地土话，指流寇兵勇或海盗土匪），常来海岛抢劫，有钱的乡绅筑了碉楼，买枪雇人来防守。他在一家大鱼行做账房，老板也分给他一支火药枪，参与防卫。

一天早上，起了大雾，海边突地来了一艘小汽艇。不好，日本鬼子进村抢劫了。他跟村人边抵抗边撤，不想他来不及给土枪装火药，身上却中了一枪昏死了过去。

等到醒来时，他在一个陌生的小岛上，水边停了几条舢板。一批衣装杂乱的人，每人一顶箬帽，手里拿着长短不一的枪，还有装铳的火药枪，大刀长矛。他以为自己被“绿壳”绑了票。

一位大胡子长官，满脸横肉，吧嗒吧嗒地抽着竹筒烟，嗓门大，说是他们把那些鬼子赶走了，把他也救了。还好，子弹只中左肩胛一侧的肉里。等他伤好后，大胡子问他：“愿不愿意留下来干点大事？等把小日本赶回老家去了你再回家？”

于是，他随了大胡子。见他有文化，大胡子派人把他送给他的上级，接受教官的短期训练，之后派往省城。

他虽孤身一人，但做完“生意”，每月还有不错的津贴费，把余钱汇给老家，报了平安信，只说自己在省城做职员，忙得连过年都难回家……

“……欲去又还不去。明日落花飞絮。飞絮送行舟。水东流。”

琴弦戛然而止，弹唱者潸然泪下，陈伯瑞的思维回到眼前。张素兰自言自语起来：“我命苦哉，成了寡妇不算，还勿晓得以后的日脚（日子）哪能过？”

见问不出有用的信息，知道她跟赵老板的生活真的很枯燥，而下一步他的工作又无从下手。眼下，还有一件事要做，必须将赵宅卖了变现，重找宅子安顿她，以防追杀者卷土重来，斩草除根。这话他闷在自家肚里，欲言又止。

倒是张素兰吞吞吐吐起来。原来，她请大夫诊过脉，现在算起来有了两个月左右的身孕，正在反应期，吐得翻江倒海。她说原以为自己此生不能生育的了，没想到偏偏到了这节骨眼上，总算给赵家留下种。她把目光停在他那儿：“我在想，要不要留下这孩儿？可他（她）一落地就没了亲爹爹。”

陈伯瑞见她眼里似乎是一池被风吹皱了的秋水。他油然生情，好想抚平这哀伤，又不知如何，隐隐觉得自己出入赵宅过于频繁不好，会引人注目，可又信马由缰，不由自主。

“我看……不如快快变卖了房产哉，贱卖也罢，换个地方隐居起来笃定牢靠些，跟伊介许多年，成天提心吊胆过日脚，吓死人哉！”张素兰的一声声“哉”字颇有韵味。

“这样好啊，生孩子也踏实些。”陈伯瑞脱口而出。

“是啊！”张素兰的神情柳暗花明。

两人越说越拢，话也多了。

4

天热了起来，张素兰的肚皮渐已隆起。

自从跟张素兰一起后，陈伯瑞感觉自己陷入安乐窝里，简直是乐不思蜀，开始厌倦冒险的生涯。他知道，如果把这些想法跟“家人”交底必定会遭到反对并追究。

阿四到底是他的上家还是下家，陈伯瑞也不得而知，私买“富贵”的经费是阿四给的。从某种程度上讲，他还担负保卫、单线联络等使命。

陈伯瑞悄悄找了一家房产经纪人，将赵宅卖了变现，钱归张素兰。此前，陈伯瑞到三十里外的城郊小镇塘堰，买下一座六间连屋小院。

两人在此落脚或者说隐居。

陈伯瑞蓄起了山羊胡子，自称半仙，找些养生之道的书看，修炼，倒也打发时光。

张素兰几乎窝在家中，连邻居也懒得搭理，有回买菜碰到好管闲事的邻家阿婆，东问西问。她这才说背靠大树好乘凉，老公贪图安逸，是因家有祖业在省城，一年回去一两趟收收款而已。那阿婆羡慕不已，连夸她嫁了个阔佬，好福气。

张素兰成了陈伯瑞的太太，最初两人之间不免有愧疚之感，随后如鱼得水起来。正如佛说，一切皆有定数。陈伯瑞要把赵老板的遗腹子当作自己的亲生子来待，不管是生出来的是儿是女，无论以后两人有没有孩子。这么一说，让张素兰去了一桩心病。

张素兰对眼下的生活十分满意，唯恐失去，有如害怕自己稍不小心会打碎一只珍贵的花瓶。对陈伯瑞来说，在享受这份安宁的同时仍有一些担心。首先采办药品的这笔钱也就是最后一笔经费被他卷走了，这是他出于担心日后的开支，虽然张素兰让他不必顾虑，但她的底子到底有多厚，他也不好过问，再说吃软饭可不是他的风格。陈伯瑞觉得自己为组织做了这么多贡献，仅仅最后挪用一笔经费也不算什么，只当给他一笔安家费罢了。

张素兰——陈太太在院子里三步一歇，一手抚摸自己的腹部，喃喃自语，似用手在跟顽皮的胎儿交谈。这样的情景很温馨，连上前搀扶太太的陈伯瑞也不禁涌起一股父爱之情。

一天，日上三竿，陈伯瑞去买点时令蔬菜，远远看到巷口阿四在晃头晃脑，东张西望。幸好他躲在肉铺后面，再拐进鱼店装作俯身看桶里水中挣扎的鲢鱼。

躲过这一劫，陈伯瑞提出搬家，说此地河道淤塞，水质浑浊，他水土不服，三日两头拉稀，烦躁不安，再待下去会……他的赌咒被一只软软的手堵了嘴，回过头见到张素兰从脸颊滑落而下的一行泪滴。

于是，由他再次探路，选择了离此地百余里临山的琴湖，两人安心住下。

第二年春天，张素兰产下一个女婴，陈伯瑞给她取名安子。

等到安子满月那天，陈伯瑞想去集市上多购点酒菜，打副银镯子作为安子的满月礼，营造一下庆贺的气氛。这天上午，他发现阿四也在这个集市上出现，换上了一顶毡帽。

凭着多年道上行走的直觉，陈伯瑞大气也不敢出，躲闪之后，迅急赶回家，路上不时回望自己身后，确定没有“尾巴”，这才急急进门连忙关上。

张素兰见到篮子空空，似乎明白了什么，“你脸色不好！”

陈伯瑞这才说出实情，但他隐瞒了卷走公款一事，只说可能上头派人让他回去。

“我宁可脱离组织也不愿离开你半步！”陈伯瑞的一番表白让张素兰很陶醉。

于是，两人决定再次搬迁。这回她听他的，回陈伯瑞的老家。

5

这水桶形的海岸叫陈家湾，当地民居全是石头屋，就是墙基也是大石块垒的，屋顶上也给压了几排粗石头，为的是瓦片不被大风刮走。

这是个海岛渔村，偏于浙江东南一隅，村民全姓陈，祖先来自闽南，当地人会说三种方言，一是母语闽南话，二是当地原住民的太平方言，三是因近乐清湾，会说温州话。

迎接他三人的是正房王彩凤和已满五岁的女儿陈诗筠。此前，陈伯瑞跟张素兰做过交代，说老家有妻女。张素兰不在乎做小，就像陈伯瑞不在乎安子非他亲生女，当然已给安子改了姓，随了陈姓。

张素兰向大太太磕头行礼，先是递了自绣的鞋和手帕，继而是一对金手镯，亲热地叫了声“大姐姐”，见面礼出手宽绰，让大太太倍感有面子。礼毕，妻妾分主次坐，有一搭没一搭地亲切叙话中。

一家人围坐在大圆桌上，吃热乎乎的团圆饭。儿子落叶归根，有妻有妾，再添一孙女，让陈伯瑞的爹娘乐开了怀，爹娘仍叫陈伯瑞的小名阿海。他没被派往省城前，一直用此名。

几天后，陈伯瑞看好背风的水桶岙一块可以盖十间房的地，准备新修一座四合院，让全家人住得舒泰些。老宅有点破旧了，最怕的是农历六七月的台风季，处于巨大的风口，像一棵种在浅地表的树随时会被台风连根拔走。这觅地造新宅的事，他其实暗中是受张素兰指派的，但当着家人的面由他来说，这笔钱他来出，让他很风光。

这款子其实是张素兰出的，她心甘情愿，为了一家人过上好日子，包括她和安子。当她跟他私下一提，连陈伯瑞也为她的豪气惊呆了。同时，他暗自揣测，她的私房钱怕是远远不止这些。早知如此，他何必贪那公款。

秋去冬来，又是春暖花开。

安子尚在蹒跚学步时，张素兰挺起了大肚子。

见了她走路时屁股后坠的样子，婆婆笑呵呵地说："肚中娃儿准是个'小细佬'。"这是当地话，指小子。

陈伯瑞肚子也发福。做衣裳时，裁缝师傅量了他的腰围，说比上次量的尺码大了一寸半。回到陈家湾，他仍无所事事，闷时到处转转，想找点事做做，包括做水产生意，或办私立学校……想法很多，却又一次次自我幻灭。

明天是农历七月初七，既是七夕，又是此地的"小人节"，家家都要为未成年的孩子摆供品祈愿。

这一天，阳光金黄，天空白云朵朵，如吹大的棉花糖，一团团飘移。

陈伯瑞到街头转悠，顺便给孩子们买点糖人儿。张素兰生了个胖小子，还在坐月子。近来家中喜事连连。

他走到十字路口，一位车夫拉了黄包车惊马似奔来，他避让不及，身子被刮擦了一下，弄得他的学士帽也歪了，墨镜也掉了。车内坐着的是陈郎中，背了药箱，起身向他拱手行礼："得罪行罪，救命如救火，乞谅乞谅，回头上老夫诊所弄点云南白药伤湿止痛膏不用钱……"黄包车很快被淹没在赶集的人流中。

陈伯瑞身上有点痛，还好没什么大碍，他"哎——"了一声，一念倏起，如烟花照亮夜空：哎呀呀，真是踏破铁鞋无觅处，得来全不费工夫。此地只有中医郎中，何不开间西医诊所外加西药房？没有医生何不到大地方高薪聘请？如此一来，既不再坐吃山空，还能治病救人，造福桑梓，功德无量。他不由喝彩起来："妙也，善哉善哉！"便把那重新戴上的学士帽抛向街两边屋檐留出的一线天空，也不顾旁人当他是老秀才中举人一般，跑着跑着，连那半尺长的胡子都随风飞扬起来。

"陈先生，陈伯瑞！"有人叫他，声音好耳熟，头戴一顶箬帽。

陈伯瑞停步，身子一趔趄。此地乡亲除了叫他陈先生，只叫本名阿海。

糟啦，他先是瞥见乔装打扮的一个熟面孔——阿四，再是从弄堂的鱼圆店出来的另一个熟人阿宝。两人先后发现了他，陈伯瑞熟悉地形，从巷道三岔口拐进里弄，进入石屋的角角落落，七拐八弯，之后往马鞍山顶奔逃。山顶上留有明代抗倭的残墙断壁。他发现自己的后面有两人一前一后追来，等快到了半山腰，后面的人越来越多，就像孙悟空拔毛变出的猢狲。一路人穿对襟衫，另一路人戴箬帽。

关于他老家的情况，陈伯瑞向来只字不提，但这些曾跟他有过渊源的人还是一路追来了，即便他到了海角天涯。

陈伯瑞只是躲，追杀者可能怕他手上有枪，追追停停。等了一晌，见没动静，他这才猫腰向前。

风越来越大，带有浓浓的咸腥味。

陈伯瑞刚从一块岩石背上翻越而过，感觉有人比他跳得更快，已站在城墙垛口，早把一柄乌黑的枪管朝向他额头："不许动，识相点，放枪吧！"那人阴森森地笑。

"答应我，放过我家人……"陈伯瑞哀求着，双手慢慢举起，一高一低，拿手枪的右手忽地转向自己。

"砰"的一声，先是陈伯瑞对面的阿宝头上绽开了血花，"砰——",岩石冒出一粒火星，阿宝枪口朝下手枪随人一起掉落，身子栽葱似的向前扑倒骨碌碌翻滚几下被岩石抵住，血流如注。

陈伯瑞身后依稀传来阿四的追叫："别……别……我们来迟了——"还有一副大嗓门喊得山响声音好似"大胡子"："兄弟，不要——"

"该来的还是……"这两人声音似乎都追不上那比音速还快的枪声——"砰"的一响，他感到一粒子弹从自己口腔穿过后颈，一股股热辣辣的液体喷涌而出，甜腥腥的；周遭世界声音全部消失，万籁俱寂；山上所有的树、草、石头、茅草屋齐刷刷地从泥地中离开，轻如羽毛飘向空中……

6

我气喘如牛，心头突突突地跳。口腔内似乎像被一把利器重重一刺，如水管轰然爆裂，红色液体喷发……

我睁开眼，发现自己汗水淋漓。没有吞枪自尽，脖子脑袋安插在两肩上完好无损，妻子与女儿安睡在我各一侧，鼾声此起彼伏。

我和太太各吃公家饭，旱涝保收，有房有车，衣食无忧。虽说生活按部就班，平静如水，可好端端的，我为什么做起这吊诡之梦？

我起床上卫生间撒了泡尿，回卧室，轻掀窗帘一角，一轮圆月西移，高过阳台的桂花树叶子簌簌摇动银光闪闪……清风明月之夜呵！

漂流岛

1

十年前，我跟阿秀还没有孩子。去医院查，医生说我精子缺少活力，无力游到卵子里。

这段日子我一直很消沉，在家坐吃山空，到了山穷水尽地步。之前我跟一个道上人合伙办歌厅，没想到他沾了白粉，初一吃起十五的粮，将账款划走了，连小姐的坐台费都难支付，生意一天不如一天，终于散伙了，最后歌厅盘给了债权人。我玩不过道上人，只好打断牙齿往肚里咽。阿秀骂我没出息，我虽很窝火，又找不到新的路子。我俩三天两头吵一次架，我像一个充气气球，随时要爆。

一天，我转到街头报亭买了一份报纸，看到一则招生启事，一家国家级刊物与地方联合举办春季人文学院进修班，地点在东部漂流岛，还列了一串前来讲学的名家名单，要求学员有文艺基础，学期三个月，颁发结业证书。

我觉得不像是搞传销，无非是东部某个小地方“借壳生蛋”，而且这个地名也蛮有意思。

我马上打电话，说自己当过兵，当过文书，出过板报，给战士教过歌，八一节表演过文艺节目，回到地方发过文章……接电话的女士说我符合条件，届时带上学费，算正式确认。

我算了下账，学费六千元，包括住宿费，加上吃喝车钱，起码一万元。这笔钱上哪找？

我跟两位哥们摊牌："这钱不是最后一次借，纯当作友情赞助，给不给？"

做外贸的王欢问多少，我开口六千，又朝在烟草公司工作的"钱员外"伸出一个拳头加一个指头。

王欢说，数目不大，相当于看一场世界杯门票。"钱员外"开了腔："要是这钱用来二次创业，倒也二话没说，可都到啥时候了，还拿钱打水漂漂，你有这闲心？"

"所以说不是借钱嘛，是向你俩要，先救我的命，我病重了！"我指了指心窝，又拍了拍脑门。

两人相互对视一下，说明白了，各掏腰包，劝我出去散散心也好，又嘱咐我不可对不起嫂子，好去好回。

我说："她想不通也没办法，我是真的到了崩溃边缘了，再迈出半小步，就跳崖了。"

王欢笑了说："缺了你，不又少了个酒友？少了个半夜一起看世界杯的？""钱员外"劝我喝酒，痛快后早点回来，别让他俩去收尸得了。

吃了送行酒，我回家跟阿秀说了。

她说："真是败家子，反正家里也没什么好败的了。你出去三个月算作分居，加上以前的九个月，正好分床一年，到时候办起离婚来也有依据。"阿秀拿了几张白纸和一支水笔，让我立字据。

我想，不同意也得同意，这种生活过下去反正没多大意思了，就写了"分居一年，以此为证"。阿秀让我再写一份，我说不必了。

2

坐上火车，一路上我肺里氧气泡泡多了起来，就像搁浅了的鱼等到了涨潮，向深海游去。

25日早上到了终点站，转中巴车，大约一小时后闻到浓起来的海腥味。我当过水兵，这种气味久违了。车内的乘客，有几位搁了大包的，互相打量探问，有人手拿一张地图，放大镜映出图上红箭头，在漂流岛方位画红圈，像个阵地指挥官，猜想可能同是学员。

与我并排的女子约莫三十开外，个子不高，身子结实，肤色白净，左脸颊隐现一块淡褐色蝴蝶斑。她不时往窗外张望，见到晒在马路边竹棚上的鱼鲞，很是好奇，几番欲言又止，一会儿手拿纸巾捂了嘴鼻，有点想呕吐又忍下去的样子，见我盯着她看，不料连打响亮的喷嚏，一抹水星喷到我脸，忙用纸巾替我擦了，连说“不好意思”。她脸色涨红，问我是不是上艺术进修的，我答了，她伸出手：“认识了，四川的，柳含烟，多关照!”

到了石塘镇车站，我随着一批提大包小包的乘客下来，见到有位牛高马大的女子举着“人文学院”字牌，一堆男男女女，有老有少，朝举牌女子围拢过去。那女子用小扩音器喊话：“我姓李，管接待的”。刚才在车上拿地图的那位中年人背了只蜗牛壳似的包，忙低身合手行礼：“李老师，您好!”她回个古人女礼：“您好，你们可千万别这样叫，羞煞小女子也。”大家哈哈笑。

我提议：“那就叫师姐吧?”她说：“这样叫也不错。”大家师姐师姐地叫。这师姐在我们这拨人中差不多高出一头，有如鹤立鸡群，脸面有几分粗糙，红扑扑的。我估摸着是从北方荒漠地带来的。一问，是内蒙古汉族，上届生，留校。

跟着师姐，一会儿那中年人手指前方尖叫：“啊，大海!”顾自扭摆起来，像老太太跳迪斯科。蓝蓝的海水，航行中的船轮，远处有一团朦胧的黑影。

埠头边挂了三排防撞的旧轮胎，两条小木船停在边上，各坐了戴斗笠穿斜襟衣抽着烟的船老大。

师姐按了下喊话器开关，用带了翘舌音的北方话喊道：“同学们，咱们的漂流人生第一课开始了，船将开往目的地——漂流岛，两公里半水路，每船只能坐五人，坐船有两种方式：一，坐摇橹划桨的船，上岛时间要久一些；二，坐挂帆的船，此地的风呈螺旋形盘旋，全球只有此地风光独有，那帆布顺着风，想往哪漂就往哪漂，这跟我们漂流人生是切题的，你们选吧！”

有两男两女选了一，被船老大接了包，坐到摇橹船上。师姐又说：“这边还缺一人，那边多出一人，得乘第二趟船，需等一小时。”柳含烟环顾两船，举棋不定，说自己是第一次见到大海。

我劝道：“既是漂流人生，先尝尝这滋味儿也不错，哪怕是翻江倒海。”

“别磨磨蹭蹭的了，这么娇气来这干吗？”师姐的脸说变就变。

柳含烟吐了吐舌头：“我选二。”又跟我轻声说：“这人好凶哦——”

那位中年人柔声柔气起来：“喔哟哟，我想，我想，还是选——”

“真婆婆妈妈！”师姐推了一把，那人上船时像只老母鸡，“喔喔喔”地叫，身子随船晃动起来，被我用手往肩头一按，像拍进一只螺钉，稳住了。

“您好，谢谢，我叫花想侬，真名刘国柱，当过乡卫生院院长，提前退了……”他的手还在跟空气握，我早跟柳含烟坐在一起了。

两船人又笑翻了……

上了岛，柳含烟不吐了，刚才在船上她吐得一塌糊涂，只差没吐出血来，被我扶着。她说：“这会儿才感到双脚从棉花堆中踏到坚实的土地。”

岸边斜坡，沿着小岙湾，筑了一排平顶石屋，屋顶给压了一块块大石头。师姐介绍，是为了防台风把屋顶掀翻。

穿过峭立两壁中的一线天，前方是几幢环海而建的楼房。

“喏，这个是碉堡，这里过去是边防哨所，西边这幢是学员楼，中间是教学楼，东边是专家楼，还有食堂、篮球场，学院边上有条小街，有海鲜排档，东西不贵，有活海鲜，嘴馋了去换换胃口，食堂里的菜特难吃，周末可以搞搞舞会，待久了会闷得慌……”师姐像个导游。

这女人为何大老远地跑到这来？还留了下来？我打起问号。

“等安顿下来，你们会慢慢熟悉起来的。”师姐嗓门大，略带沙哑。

3

来到漂流岛就像到了桃源地，我早把在家的事儿抛到九霄云外了。

第一天报到，我给分到205室，领到了一把钥匙开了房门，见里面放了两张行军床。

我正整理床铺，听到敲门声，“您好，可以进来吗？我也是205室的。”

见是他，我头有点大，怎么跟娘娘腔的他做室友，他伸出手，我缩了，“不是握过手吗？花——想侬同学。”

“喔哟哟，您记性真好！唉，这间寝室不好，我刚跟院方反映过，要求调房，没办法，不同意，”他耸了耸肩，摊了摊手，跟老外一样，“您闻到怪味了吗？”

我知是205室斜对着男厕所，可我不在乎。

他戴起袖套，系了白围裙，整理内务。

我卧床抽烟，花想侬又“喔哟哟”一声。我说：“与我做室友，活该你倒霉，我一天起码抽两包。”

“喔哟哟，真要命！”他拿毛巾一遍遍地东擦西抹，这房间倒让他给收拾得一尘不染。

我感到自己坐享其成，他倒像是我的老婆，顿时产生几分惭愧，“改天我请你吃一顿。”

他欢天喜地的，弄得我直想吐，赶紧开溜。

我到女宿舍看看，向走廊上扫地的老伯打探。女生住三楼，一间一间巡过来，一一跟女同学打招呼，转到308室，房里传出嬉笑声。敲开了门，见是柳含烟和师姐。

师姐说，来了53名学员，女生有23名，正好柳含烟多了出来，又无空房，与她搭伴。

“不打不相识啊，”我打趣道，见柳含烟手抖开一条薄如蝉翼的内裤，“你们忙吧，知道你俩的房号就行了。”我退了出来。

第二天上午开学典礼，主席台坐了一干人，院长坐中间，讲了话，接着分院长念了一串名单，有班主任、指导老师，念到“班长兼学习委员李香香”，见站起一个高个子，是师姐，有三人带头鼓掌，一个是柳含烟，另一个是花想侬，第三个是我。

念到“文艺委员柳含烟，原在文化馆搞声乐的……”我带头鼓掌。

念了“支书”，又念到“支委陈仓满”，柳含烟带头鼓掌。我差点笑出声来，我的组织关系从部队转到村支部，要说过四年一次的组织生活，都是选支委支书时来投票的。我站起来：“这个，还是让给合适的吧！我……我吊儿郎当的。”

刚给封了班主任的姜老太说：“我看过每位学员登记表，你当过海军，第二年就入了党，还被政治部借用过。”

我怪自己填表写履历时这项太细了。不再推了，来的反正是乌合之众，不就是挂个名呗。

全体人员合影时，我让前排的柳含烟请客，她让我先请，说我的政治地位比她高，差点笑痛了我肚皮。

中午上食堂吃了饭，美美睡了一觉，精神大增。

下午学员分组，分为文学部、演艺部、视觉传播部、综合部，文学部又分为小说组和诗歌散文组。

我被分到小说组，报学员创作计划时姜老太找我谈过心。我说自己办过歌厅，有来自天南天北的坐台小姐，还见过黑白两道通吃的强人。姜老太问我，要不要将这段生活写成一本畅销书，她有交情不错的书商。我觉得这倒不错，可我只登过豆腐块文章。她说：“没事的，就像过年前灌香肠，每一节给灌得满满的，一节连一节，不就挂成串儿?”

我庆幸自己，一来就遇到武林师太。

散了会，各部学员集中在四楼大教室听讲座。师姐提前给每人发了一份课程表，我照表一对，第一节课是《理想社会》，张福民教授授课，简介中有一串身份：社科院博导，《文坛报》社长，著名批评家，电视“梦工厂”栏目高级评委……似乎文艺界的名头都让他一人占了。

姜老太早早坐在第一排，转身巡视着到来的学员。分院长做着请的手势，陪同一位半百老头来到讲台，掌声停了后，分院长简短介绍，与张教授道了声别，姜老太跟着一同退了。

张教授不揭茶杯盖，倒从黑色手包里取出两听青岛啤酒，学员们顿时笑了。他讲了一会儿又喝口酒。到了下半堂，有学员走动，我也出去了，上完厕所，留在走廊继续抽烟。碰到师姐，“大家不要开小差，第一节课是走程序，不过是给新学员洗洗脑，以后这种课就没了，以后你们不想听，中途溜了都没事。第一课大家还是规矩点，这老头讲的这节课虽枯燥，但他能量大着呢，上天揽月下五洋捉鳖，大凡文艺圈的腕儿无不敬他三分……”

我先掐了烟，那些开小差的同学也进了。

4

来这里别的都好，没想到了第四天早上，我身下那玩意儿坚挺起来，像桅杆般，迟迟不倒，好久没这样的状态了，原以为自己快废了。又想，这么多人在这岛上要过这么久，这方面的出路往哪找？特别是男生。

我拿外衣遮了裤裆上厕所，蹲了一会儿才消下去，回来时把外衣披了，见卧在床头的花想依架了老花眼镜翻看《金瓶梅》。

“我说，花大哥，要是男人也有提早绝精期——精子的精，该多好啊！你我哥俩就用不着遮遮掩掩的了，你还——”

“喔哟哟，什么话，老夫还不减当年啊！”花想侬坐了起来，嘴边喷出鸟屎一样的唾沫，“等着瞧吧，老夫当过医生，还当过院长，研究过房中术，不出半个月，同学们就会雌雄配对，女人还好耐，耐个一月两月的，之后会耐不住了，不信我俩打赌！”

“跟你实说吧，我他妈的已蠢蠢欲动了，按都按不住。”

“喔哟哟，你没问题的，小白脸，肯定会泡上妞的，老夫嘛，只能另行解决喽。”

见他暗藏机关，我做谦虚状，抱拳作揖：“请老哥给愚弟略施一计。”

“喔哟哟，老夫嘛，没关系的，大不了花点钱嘛，不过眼下还没到时候，睡觉，反正今天没课。”他把《金瓶梅》放在一边，拉了被头，把乌龟头缩进被窝。

这老狐狸报过选题，计划写大部头《名妓列传》，料想他也不是个吃素的。

学员之间熟络起来，暗中拉帮结派，今天你请明天他请，吃吃喝喝，我也被花想侬请了一回，更不要说那些有点姿色的女学员，被连请着。

我在校门口溜达，撞见脸吃得红红的柳含烟，唯独不见师姐被人请过，有人私传请不动她。该轮到我请了，余下六千元生活费，虽比不上那些带薪读书的。

我头一回请客，去308室约，柳含烟爽快应了，轮到师姐时被拒了。我有点狼狈，不知她葫芦里装的什么药。

我想请张教授又怕不给面子，师姐说：“这事倒好说，我出马，准搞定。”这女人让我捉摸不透。

岛上有四五家排档，分布在小街上，这街长不到百米，石板铺的路。

定在阿龙海鲜排档，阿龙指着地上四五口盛了水装了换气泵的大塑料盆，里面装了游动着的鱼虾蟹，“都是渔民刚用小网捕来的，有岩头虎、鹰爪虾、海鲫板、海蜈蚣、虾狗弹……”

我们四人进包间，主客是张教授，居中，东道主的我与他作陪，柳含烟坐右，花想侬打横。

见有卡拉OK功能，柳含烟去调试，用气吹了吹话筒，冒出一句川版普通话："音响啷个蹩嘛。"

张教授来了兴致，用川语跟柳含烟聊了起来，两人"老乡老乡"地互称，我插话："一会儿，柳含烟同学先露一手，请张教授点拨点拨。"

花想侬拍手叫好。

龙嫂捧上虾狗弹，我先把目光递给张教授，再扫视一番："今天很荣幸请到了张教授，张教授边上课边喝酒的风采，让同是好酒的我一见如故，今天又是我第一次请客，大伙儿不醉不休，喝什么酒？"

"还是照岛上的规矩吧，杨梅酒，再说吃海鲜也不会皮肤过敏坏肚子。"张教授提议，得到一致拥护。

一玻璃坛的杨梅酒下去一大半，大家话多了起来，大了声要"吼一吼"，让文艺委员先示范。

柳含烟唱完《辣妹子》，众人叫好来敬酒，她一口闷了，张教授指出一个音节的发声有点小问题，他用手按在胸前示范，"啦——"，柳含烟仿了下，张教授赞道："很有悟性。"

柳含烟找到一张经典老歌碟片，塞进影碟机，张教授唱完《三套车》，众人觉得不过瘾，因没帕瓦罗蒂的唱碟，张教授来个清唱《我的太阳》，那男高音呼啦啦引来别的食客，挤在门口听。

花想侬唱起《天涯歌女》，他那份投入，那份温情，我跟柳含烟暗挤眉眼，又强作不笑。

轮到最后一个是我，我摇起手来，说："我天生一副公鸭嗓子，好在练过霹雳舞，献丑啦！"

把音响放开到最大，伴随着嘶啦啦的杂音，我仿机器人动作，柳含烟上来跟着学。

也不知喝了多少酒，也不知最后付账多少，四人互相搀扶着走。

第二天醒来近中午，我脑子昏沉沉，花想侬在写字台看《金瓶梅》，记笔记，说我昨晚喔哟哟差不多灌了两暖瓶白开水，进了四五趟厕所，全是他帮忙，又说张教授路上就吐了，被柳含烟扶到专家楼……

星期五没课，公告栏上贴了一张周末舞会通知。

柳含烟还不放心，逐个上门通知，又拉了几位男同学帮忙移桌搬凳，花想侬是其中一员，我借口宿酒未醒，她让我一定要来捧场，一个劲儿鼓动我跳霹雳舞，晚上的场地和音响是阿龙排档没法比的。

晚饭后，周末舞会第一次开场。大教室临时改舞厅，虽然比不上正式舞厅，但在这座孤岛上还能凑合，陆陆续续来了人。

第一支舞曲是慢四步，大家有点不好意思，男同学没勇气“吃第一只螃蟹”。我本是舞场老手，也不敢太嚣张，见有点冷场，柳含烟脸挂不住，倒是她主动向我邀请。师姐也站了起来，花想侬忙迎上去，有了两对领舞，其他同学纷纷上场了，最后还留有几位男生，毕竟女少男多，剩下的男男组合，跟两只熊猫拥抱似的，我跟柳含烟想笑又不敢，只得跟她耳语，又见花想侬舞姿不错，但屁股扭得像女人似的，他跟师姐搭伴倒像师姐是男舞伴，我先笑了，被柳含烟扯了下手，只好强作目不正视这假男人，大概我的表情有点怪，柳含烟也终于憋不住，“扑哧”一声笑了，这回她的腰被我的手捏了下，我俩目光有了正负极电流相交。

迪斯科舞曲一响，我领先独舞起来，很快有男女同学上来，围着我跳，我似乎回到小青年时代，同学们边跳边学，热血奔涌，汗水出来了还在跳，我跟柳含烟手连手，一个个同学连成大圆圈，做关节转动。这舞曲足足放了半小时。

接下来得需要慢步舞了。柳含烟差不多成了我的固定舞伴，我把四步变两步，她还不知道以前我曾是咪咪舞老手。这次我俩身贴着身，听到双方的呼吸声心跳声……

我约了她吃夜宵，回来时，手挽手走向渔村小宾馆。

5

春暖花开，人们衣衫渐渐单薄，女同学更是花枝招展。

开学一月余，多半同学成双成对，男女宿舍性别发生变化，有男生到女生寝室夜宿的，或是反之，剩有小众没搭伴，花想侬是其中之一。有一天，他早出了，傍晚时回来，很兴奋，说他去了趟县城，花了钱，找了小姐，喔哟哟地自卖自夸，像馋猫偷吃了一回腥鱼。

渐渐地我逃课了，《歌女泪》写作进展顺利，状态好时一天写一万字，多亏柳含烟把带来的二手笔记本电脑借我用，那时还没有 U 盘，怕我写的文档被病毒感染，她给我一只软盘，有次还真发生了乱码，幸好有备用软盘，光在这点上我很感激她。我俩差不多隔日去排档吃，加上住小宾馆，我感到费用紧张起来，但我没跟她说。

张教授又来上课，这回他讲京剧，没带啤酒，装扮旦角，眉目传情，“咿咿呀呀”地唱，迷倒了全体学生，当中有两大粉丝，一个是柳含烟，另一个是花想侬，两人争相上台跟旦角的张教授“娘子娘子”地学架势。

下了课，却不见了柳含烟，急得我团团转。到第二天傍晚，我又去 308 室，只见师姐一人，开着旧笔记本电脑，让我别急，柳含烟会回来的，先看她写的书稿，给提提意见。她偷偷用电炉烧菜，让我留下一块儿吃。

弄出三盘菜后，她拿出一瓶蒙古奶酒，让我尝尝，我没心思，她动怒：“你着啥急？你那位八成跟他放浪形骸了！”

“是谁，老子灭了他。”

“她又不是你老婆，再说你有老婆。”

我觉得她说得在理，又不服，“至少在这儿，她是我老婆！”

“瞧你，又来孩子气了，这里发生这种事太正常。”

“告诉我好吗？她跟了谁？”

“你先喝着，听我讲个故事。”她递来满满一杯白中带浑的奶酒，我一口喝下，直喘气。

“很早以前，有位蒙古女子来到江南一所大学读书，遇上一位从杭州来的小伙子，长得像你。两人相爱了，毕业后他准备带她回杭州结婚。就在毕业前一天，他还没回校。噩耗传来了，他给汽车撞了，蒙古女子来到杭州拥着他的尸体，哭得伤心欲绝。之后，她回到了家乡教书，她太想他了。有一天，她辞了工作，来到了漂流岛，想过着与世隔绝的生活……”她泪流满面，掏出一沓粉红色信笺，“这是我取回来的，是我读大学时写给他的信，我俩虽是同窗学友，都喜欢用鸿雁传书。我蒙名琪琪格，汉名李香香，我来到这还有一个原因是为了写这本《遗情书》。”

她把头伏在我胸前，呜咽着，吧塔吧嗒掉泪，我胸前被濡湿了一片，她抬起脸，青丝纷乱，一对红肿的双眼，“看到你，我就想起从前的他，我情不自禁……”

我想抽身而退，听到一声：“回来——，今晚……算我求你啦！”

我吼了：“不，我已有了她，再也不想有第二，我要跟她走完最后一程！”

又等到日落时分，柳含烟才回来，穿了身我没从没见过的碎布花裙，一脸的倦怠，像长途跋涉归来。

我连连责问，她只说跟一位朋友出了趟远门，其他让我别管，关门便睡。这是跟她好上后我第一次独睡，整夜失眠，直到东方发白才迷糊起来。醒来已日上中天，我来到308室门口，听到两个女人说话。

我擂起门，开了见是师姐，她拉了我到走廊一角：“没事啦！我说通了她，把你跟我说的话全告了她，她想通了，为你的真情感动了，说自己一时迷失了，要与你走完这段人生旅程，你待她好一点。”

“嗯。”我朝房门飞奔，扑倒床上，我俩抱着吻着滚着……

柳含烟哭着说：“我错了我错了，是我主动上门找他，跟张教授出去玩的，想让他助我上‘梦工厂’，还——”她的嘴唇被我嘴唇堵了。

这晚起，308室的女生柳含烟住到205室，205室男生花想侬搬到了308室，白天又回到各自寝室。

只是花想侬像贤惠媳妇，替师姐做家务，包括偷偷用电炉烧菜，他改口不叫师姐了，叫香香，“香香，喔哟哟，别光顾了写累坏了身子，来尝口刚做的老鸭煲。”

看着她吃，他对香香永远看不够似的，她嗔怪道：“讨厌，回家看你黄脸婆去!”

师姐的笑很祥和，我跟柳含烟不光为自己幸福，也为他俩。只是我改不回叫师姐的口。

6

天气闷热起来，之后刮了场台风，又风平浪静。

我的书稿杀青了，给姜老太看了，她提了意见。我改个不停，晚上柳如烟替我校订文字。直到夜深，我俩相拥而睡，每夜至少做爱两次，第二天我照样精神抖擞，这是我前所未有的。

最大的奇迹出现了。有晚，我发现柳如烟隔了半小时又起来换卫生巾，她的第一次例假大约在一个月前，她告诉过我，她隔 25 天才来，每次例假只有 3 天，那次例假，她快干净了，我俩爱抚各自身体，还是克制不住，做了爱，我很内疚，她说自己身体棒棒的，还好没事。这一回让我好生奇怪，我追问不停。

她终于说了，用了药物流产，前几日发现自己怕冷，起汗毛，上卫生院买了试纸，一验怀孕了，就悄悄打了，怕我改稿分心。

这让我难过又惊奇，惊奇的是我居然让她怀孕了，我不是精子游速慢吗?

关于我俩身世，我曾说了一些，她也说了一点，只说她男人爱要小心眼，而她不想被管束，为了孩子，两人分居没分离。我说起自己办歌厅失败的事，她也没追问下去。

我手头很紧了，卡里只剩一百元，她似乎早明白了，一应开支她抢着付，说自己是带薪的，比我日子好过。我想，她在四川县级文化馆工作，工资好不到哪儿去，何况她来进修，奖金被扣。我俩似乎一切都用不着多说。

六月，是学期最后一月，寝室里有了嗡嗡叫的蚊子，我俩日夜厮守一起，做爱的频率增加，又心情焦躁起来，那是离结业的日子一天一天近了。我俩虽不说，都心知肚明。

修订稿交给姜老太看了，夸我改得很舒服，说马上电邮给书商。过了三天，北京书商马力跟张教授来了。

柳如烟塞给我一千元，让我接风时派上用场。这回请姜老太也请来了，平常同学们请她不动，说学生不容易。

马力不时喷出雪茄烟雾，这位70后书商，蓄了短胡须，先夸姜老师伯乐识千里驹："这本书正赶上写底层热点，咱不会走了眼，得趁热打铁，快出。"

姜老太开门见山，说："张教授才是真伯乐，热心为《歌女泪》写序，以他的名望，足以让这本书蹿红，下一步还要请他操笔在主流媒体上写书评。"张教授谦虚起来，说："不敢邀功自赏，功劳另一半还得算在柳含烟身上，敢为他人作嫁衣嘛。"

马力掏出出版合同，说："一切得按流程走，何况众人拾柴火焰高。"

这一切对我来说，就像天上掉下了大馅饼，我连说："众人对我的栽培，没齿难忘。"我把目光投向柳如烟，她似乎装作没看见。

签完合同，我拿到了5万元定金。

马力说："这本书第一次开印不少于10万册，暂定价26元，按版税10%付……"大家举杯庆贺。

柳如烟拥抱正在发呆的我，吻我。

掌声，还有窗外海滩上哗哗的浪涛声。我想起诗人江一郎的诗句：

幸福太巨大了

我背不动……

终归要分离，在岛上我俩是最后走的一对。

临别之夜，我把1万元红包塞进她包内，被她重放回我包内。语言成了多余，唯有默默对视。

我俩同坐一船，来时选择了漂移，这次也一样。

在火车站，她的启程时间比我迟半小时。火车动了，刹那间她追着跑，直到我坐的火车驶出月台，这一刻永远定格在我脑海里。刚才，一个奔四的男人与一个奔三的女人在演生离死别，可能旅客们觉得太煽情，可对我俩来说很自然。

这份余温伴随着我的返程。

回到家，我打开门，奔了去，拥住阿秀，紧紧不放。

这本书出版后，我又有了 20 万元进账。在漂流岛时，那 5 万元定金，其中 3 万我分装三只红包，姜老太和张教授各自推辞了一下接了谢了，柳如烟坚决不要。

回家后，我用三分之一书款马上创办文化创意公司。这次是独资。渐渐有了二次腾飞。

一个月后，阿秀惊喜地发现自己怀孕了。之后，有了女儿，取名陈喜羊。

十年之后。

我跟柳如烟的约期已至。临别前，我俩对面大海有过约定：十年内互不通音讯，十年后再上漂流岛，除非死亡把我俩分开……

代　课

1

楼海燕脸色发黄，看上去像常年吃素的尼姑。来前我知道一些底细，该不是独身的缘故？

过道上老有人走动，木楼板发出嘎吱嘎吱的响声。

信皱巴巴的，弄得我都有点不好意思。她又看了一遍，不时用手帕擦着细汗。我身上热了起来，痒痒的。

“怎么把这么重要的信弄成丑八怪似的，还是个复员军人、党员。校里倒有两个党员，总凑不成支部，每次只好上中心校过生活，你来了正好，噢，我忘了。你是……”

我心里打起了鼓，掏出剪报本：“这些是我当水兵时发表的诗，请楼校长多指教！”

我曾在军报上发过一首短诗《海燕》，看它能否派上用场。

木板壁开出一口小方窗，上面搁了架手摇电话。铃响了，那边有人接了去，喊楼校长。看来这架老爷机是两屋人合用的。那边又是嘻嘻哈哈的，倒也不冷清。

坐回藤椅，她眼睛陡然一亮，双颊漫上一丝血色：“哦，这首诗居然跟我同名，哈哈哈，怪不得‘白扁豆’如此器重你！有位冤家也写了，叫《海燕之歌》，一百二十四行，全无标点符号，我都读晕了……”似一口老井起了微澜。“可恨的他把这首诗又给了另一女人，还换了题，叫什么《大海做证》……嗨，我干吗跟你提这些陈芝麻烂谷子的事，‘白扁豆’跟你说起过？”

我忙说：“没没没。”我方知我的举荐人，以前在地区师专读书时有这么个诨号。

楼板没了响动，我轻掩上门，将旅行袋拎到桌上，取出一只大纱布包说：“山里没啥好东西。”

她板了脸，我口吃起来：“是豆腐皮、笋干、绿豆面、腊肉。你要是不收，就看不起我们山里人……”

“别来这一套！陈老师，这跟诗人的身份是不相称的……这样吧，下不为例吧！”她把纱布包放到桌底下，再盖上一张报纸，朝小方窗喊：“王小吉老师，请过来一下！”

楼板响起紧密的脚步声，跑来一个女孩，像带来一股穿堂风。楼校长刚一介绍，我伸手便来握，她的一只小手在我双手里，像捉到了一条滑溜溜的溪鱼。

隔壁是大房间，她一一介绍，边拿左手揉右手。老师们噢噢地应着，人太多，我记住张三就忘了李四，这回记住跟人握手时我减了力气。

王小吉说去传达室一趟，一会儿来了个老头，叫老唐，点头哈腰的。我跟他握了下手，他倒有点受惊似的。我俩尾随着她走向后院。

一爿天井，一排两层楼，黑瓦木屋，坐南朝北，底楼一大间像是伙房，屋檐下堆着木柴和蜂窝煤。墙角种着枣树、鸡冠花。

王小吉介绍说，过去这里是地主家，给土改了。

“当当当”，钟声传来，学生倾巢而出，涌向西边搭的黄砖房，该是厕所。枣树底下有口井，孩子们大概上完体育课，其中一位个头稍大的男生从井里提水，争着把汗涔涔的脸伸进水桶，像一窝猪崽拱食槽。

“老师大多是城里人，到了晚上整栋楼空了。”跟她上楼，到了一间女寝室，一位女老师坐在椅上织毛衣，大脸盘，高挑个儿，身子发了福，像吹了气的猪，身上的肉跟着嘟嘟地抖。姓戴，是王小吉室友。我忙伸出手，只握了空气。“又来了个代的，王老师可有伴了。”这人说话有点冲，我还是挤出和蔼可亲的笑容。

原来，王老师跟我一样，也是代课的。一根藤上的两个苦瓜。

钟声又响。戴老师捏了课本匆匆下楼，王小吉朝背影啐了一口：“这人架子大，看不起代课的。其实，她以前还不是代的，去年才转了正，才敢要孩子，之前吃了好多避孕药。”

看来两人虽同室却不同心。

趴在窗口往里看我的新寝室。一抹斜阳射了进来，房里堆了无数破桌凳，结了层灰，梁上挂出蜘蛛网。王小吉很霸气地吩咐着身后的老唐。他费了半天劲，才摸出一串钥匙，又鼓捣着开了门。老唐低了头，像犯了错的小学生。倒弄得我怪难为情的，就递了根烟，他恭敬地接了。

还余下十来张桌凳，楼下的杂物间搁不下了，出了汗的老唐不知所措，又不拿正眼瞄王老师。我拣了张稍好的桌子和三张凳子，说是待客用，其余重码一角。老唐夸我有办法，收工似的回了。王小吉说，老唐家在校后边，地多劳力少，老担心自己被校里开了。

枣树叶被夕阳染成血红色。

该吃第一顿教书饭。因没带碗筷，我想到外头凑一顿，正抬脚，王小吉喊了：“饭弄好了，权当接风宴。”我心头热乎起来。

一荤一素一汤，味道不敢恭维。她说她不会弄菜，从小让爹娘惯的。我吃得有滋有味。边吃边聊，知她与我同乡。她说，这顿饭算请对了。她家在长潭水库下游，她爹靠水库捕鱼为生。山里分下游上游，是因为下游人比上游人日子好过些。但我看不出她对我有上下游人之分。

饭后，我抢着洗碗。说自己当过兵，在革命大熔炉里锻炼惯了。我还说自己当文书时还给中队长洗内衣内裤。她咯咯地笑，走开了。

水井边，我洗着碗，吹起口哨，吹的曲子是《同吃一锅饭》，是当新兵蛋子时学的。

她出来了，换了一袭白衣黑裙，袅袅地下楼，对我说，要赶在落日前到江边：

拾下太阳落下的碎片
让缕缕头发在风中畅快呼吸

小女子出口成诗，吓了我一跳，我差点说出自己在这方面也有兴趣。她个头不高曲线倒也玲珑，额头上箍了一条鹅黄的发带，一蓬刘海乌亮亮地挂了下来。有点像电影里二十世纪三四十年代女生。风鼓动着黑裙子，像只蝴蝶，在我视线中慢慢飞去，又定格出来。

暮色从天边渗了出来。

此时此刻如能在江边碰到王小吉，跟她一起谈谈诗，多好。这个念头越来越强烈，只差没掀翻我。

我提了股豪气，双脚迈向学校大门，却见小道上闪出一个小伙子，穿戴整齐，头发油亮亮的，似喷了发乳。

王小吉介绍，男朋友，叫林雪。我心头像猛地给插了一把钢刀。他长了猴腮脸，满是青春痘，坑坑洼洼的。与他握了手，知他与王小吉同岁，也是去年退伍的，因老爸老妈都在教育战线，就顺理成章给招为正式教师，分在县一中管后勤。

有点冷场，我忙理出个话头来，问王老师为何对花儿草儿如此热爱。像踩到了一颗地雷，王小吉说："爱诗啊。"林雪插嘴道："什么露珠儿、月儿、星儿，她从没撂下过一个。"王小吉说："有啥好奇怪的，满街的年轻人都在谈论诗歌，如果天上掉下一块石头，会砸倒地上一大片诗人的！"

从两人长相上看，林雪配王小吉太不般配了。我说我也写点诗，似乎终于找到了一个朝着有利于自己的发展方向。见林雪撇了撇嘴，有点文人相轻似的，我只好刹住话头，感到自己的身体向前倾了下，仍有余力。我本想把自个好好展示一番的，却如刚蹿出一星火苗，就给掐了。

王小吉邀我："不如一起散散步，聊聊诗吧！"

江风习习，岸边橘树摇曳。跟在两人身后，我亦步亦趋，仿佛是两人身后拖下来的一截尾巴。遛了一会儿，我借口备课，撤了。

为一个小女子乱了阵脚，犯得着吗？我想。

2

让我试讲第一节课，好比种第一亩试验田。如果种不好，滚回老家修地球去喽。得使出吃奶般的力气。

选的课是毛主席七律诗《长征》，移到下午最后一节。晨会上，楼校长就吹了风，教务处还贴出海报，写着“有个诗人来当代课老师，做课程演示，欢迎大家点评！”

王小吉先到，还带了笔记本，最后一位才是楼校长，似乎大家都在等她。

我开讲了，怎么结结巴巴起来？昨夜从江边回来，我开足马力到大半夜，设计好这堂课的每一环节，又反复操练。总之，把每个细节都梳理了一遍。

可这会儿却稀松了，这不要了我命？想到自己在中队教唱歌，打着拍子指挥台下这么多战友，都不怯场，就把自己从教室切换到军营中，于是生发出一股昂扬的革命斗志。甩开了课本，我昂首挺胸，来回走动，仿佛自己也是长征一员。我用了很多形象比喻，画了图，渲染红军长征中的悲壮气氛。四周静静的，折断下来的粉笔掉地有声。

讲完了，第一个起立鼓掌的是王小吉，跟着是楼校长，凳子噼里啪啦响，掌声雷动。

楼校长挥了挥手：“就差没人送鲜花呵，真不愧是诗人啊，太有想象力了，太有感染力了，连我都觉得自己穿上了草鞋扛起了枪，一路上煮皮带啃树皮吃草根……”

又是掌声。我像跑完了马拉松，只差一头栽了。

人未到声音到了，是王小吉。我说：“刚才不是祝贺过了吗？”她说：“刚才是刚才，这回是单独。”我呵呵地笑。

她让我把剪报本拿出来，欣赏欣赏。王小吉说，她只在文学社办的油印刊《月亮岛》上发过几块“臭豆腐”，见了我的铅字，才感到山外有高人。

这一刻，感谢诗歌让我受宠若惊。

她鼓动我加入月亮岛文学社，她与林雪都是社员，两人做我入社介绍人，让我带上剪报本，准备一组新诗，作为入社资格。还说社里常办“沙龙”，我入社条件绰绰有余。话多得连针也插不进，怪的是她一点都不觉累。

我不好意思起来，说来前因想到自己要离乡背井了，思绪万千，借着酒兴，写了一组诗《涌泉老家》，想投给《中国诗人》。

“好哇！”她要先睹为快。又啧啧开了。我感到自己退伍回乡因政策“从哪里来回哪里去”，心情一直糟透了，头一回这么爽。

王小吉说要出去一下，一会儿回来，手上多了一瓶红葡萄酒，还带了卤菜：“你嘛，带张嘴就行了。”

喝起庆功酒，她话更多，执意要做我学生。我说，只做诗友。

她打开剪报本，朗诵我的《启航》：

锚机从海底拉出
一轮鲜淋淋的太阳
……
今晚你将收到
我从远方捎来的月亮

饭后，我有如释重负之感，正好林雪也来了，王小吉把我上课的情况又播报了一次。他敬了我酒，加入谈论诗歌行列。诗歌似乎使两人的关系变得暖和了。

3

星期日。

日头西斜。林雪拿了木勺给王小吉浇头。洗了头，她甩着头发，朝墙角的我走来：

我要收拢阳光
碎金点点

我回道：

别让阳光用金针
刺痛了你乌云似的忧郁

她要拿笔记本：“陈老师，这个句子归我！”

我笑了，忘了一旁的林雪。他神色有点阴郁。

等王小吉上楼，林雪拉我到背光处，说他俩的事发展到……是哥们了，他才跟我交心，让我保密……正说着，王小吉头上搭了块干毛巾出来，趴在阳台上，身上披了太阳光：“光天化日之下，搞什么阴谋？”林雪说是阳谋，急急折向厕所。

她噔噔噔地下来，非要打破砂锅问到底，否则就要跟我同志加兄弟般的关系断交。我支支吾吾起来，只好坦白。

王小吉生气道：“我信你不是‘高音喇叭’，才与他光明正大，所谓避外不避内，他倒生怕人不知，哼！”

又说林家一直不同意两人好，嫌她山里人，又不是正式教师，门不当户不对的。当初她与他在文学社相识，他发起一阵猛攻，她问过他会不会吃后悔药，他说他是王八吃秤砣，铁了心了，才有今天这地步。记得她初踏林家门，林母不时提醒她山里口音。从此她赌气，不进林家门了。她在课余读教师进修学校函授中专，不蒸馒头想争口气……林雪这人心眼小，不知安的是啥狼子野心。

见林雪出来，我让她别刨根问底了，弄得我里外不是人。她低了声说：“好吧，我不会让亲密诗友为难的。”

我到伙房把年糕炒了，香香的大蒜味。拎起一壶黄酒倒了，主动向林雪敬。王小吉说："手艺不简单嘛。"林雪也附和着。我说："穷人的孩子早当家嘛。"见林雪还绷着脸，就说自己当兵时常给中队长半夜开小灶，练的！气氛还是活跃不了。刚才，两人在外边叽叽咕咕的，似乎闹了别扭。

饭后，我提议他俩出去散散步，呼吸一下新鲜空气。我为他俩吟唱：

在江边，与风牵手
夕阳给一对恋人颁发了
一枚红艳艳的印章

王小吉欢叫着，林雪这才闪出了一丝笑。目送她挽了他的臂弯走出。

我早早地躺下，睡不着，直到楼道上响起两人脚步声。我还是睡不着。

4

灰蒙蒙的天空，像结了黑垢的锅，倒扣下来。雨水旺得像要满世界寻欢。

读早课。戴老师打来电话，王小吉接了，喊我来听。电话里夹杂着农村广播声，嘶啦啦的。那边戴老师急不成语，半天我才听懂了。原来，她孩子发高烧了，老公又在外开会，想找我代课，是节劳动课，本来找王小吉代，她身子不舒服。这种事该由教务处安排，正巧楼校长带了一班人马上中心校开会，而我的音乐课与戴老师的劳动课撞车。啪的一声，那边搁了电话。

明知王小吉无课，她倒好，把书一摊，病了。"什么病？"她答道："妇女病！你还不懂，多一事不如少一事吧！"

王小吉似乎有意要出戴老师的洋相。记得我代课不久，戴老师跟我吹她老公，年纪轻轻，混上了副科，又是两口子如何恩爱……看起来，戴老师图的是“别想让她红杏出墙”，尽管我跟她也不会“同流合污”。

是不是跟戴老师有过节？王小吉认了。她跟林雪有时过夜的事，有人跟楼校长打了小报告，有回让楼校长来巡夜给逮了。楼校长语重心长地教导她，什么不能因“一粒老鼠屎败坏了一锅白米粥”，什么外人会联想到全校女教师的贞洁……王小吉说：“我一猜是戴特务告的密，咸吃萝卜淡操心！”

两班同时都有我的课，我恨不得把自己分成两半。

屋檐下，雨水飞溅。

这种鬼天气，怎么上劳动课？反正这种课是万金油，往哪儿都能涂。我布置四（3）班学生分两组，玩击鼓传球。看他们玩得欢，又立马调头到四（1）班，教唱《军港之夜》。

偏偏出了事。四（3）班的“小地主”恶作剧地做了个假动作，紧接着把篮球用力掷了过去，球从“黄花菜”头上越过，砸在她身后的玻璃窗上。咣啷一声，震裂了的玻璃碎片划向“黄花菜”的脸，顿时血流如注。“黄花菜”双手捂了脸哇哇地哭，哭得血泪飞溅。“小地主”吓得一屁股坐到地上，乱蹬腿，尿了裤。

一位男生激他：“是你让‘黄花菜’破了相，将来要娶她做媳妇哦。”

“小地主”哭闹着：“我不要，她变成了丑八怪……”

送她上医院。医生取出她脸上的碎玻璃，缝了十一针。“黄花菜”家长赶来。医生说：“要想你女儿脸上疤痕完全消失，就是华佗再世也回天无力。”“黄花菜”一家呼天喊地，她爹大了嗓门：“往后要是我女儿嫁不了人，找谁？”

校长扩大会议开到天黑，才给定了性。说我别出心裁，在劳动课安排学生做游戏，“黄花菜”的医药费、营养费，统统由我付，至于家长提出的容貌损失费校方还得跟家长谈，对方定会狮子开大口。

我暴跳起来，王小吉让我镇定。静下来一想，自己好不容易进城找到这份工作，不说日后前程锦绣，起码也得对得住爹娘，还有恩师

"白扁豆"。

王小吉上校长家理论，气呼呼回来。

第二天一早，戴老师回来了，死活不分担。王小吉气道："摸摸自己良心，陈老师是代你的课，你也是从代课过来的，太不像话了！"

"像不像话你先自个拿镜子照照，他是你的谁？"戴老师脸涨得血管暴出来，"别装了，若要人不知，除非己莫为。"

在我老家，女人之间一旦斗嘴往往会翻出无数本"变天账"。城里也不例外，两人牵出了线线脑脑，来个隐私大曝光。正好下课，老师家长越围越多，听的人比劝的更来劲。倒把"黄花菜"的事给晾在一边。

楼校长大概平生最恨移情别恋："王小吉，你未婚同居，还一犯再犯，我不追究也罢，但你不要对抗学校。又给添乱，还嫌乱得不够？又是男女私情的，弄得全县人民都知道了。"

王小吉捂了脸飞跑出来，身上带出一汪雨水。

楼校长同意戴老师换房，她来寝室收拾东西，与王小吉碰上了，两人装聋作哑。

晚上，一间女寝室传出吵声，是林雪与王小吉。林雪夺门而出："你狗拿耗子多管闲事，是不是对陈诗人有意思，我早看出来了，明说了吧。"

王小吉追到雨中："混蛋，连你也这么说，这辈子别来找我了，滚——！"

我拿了把伞，举到湿漉漉的她头上："对不起，王老师，祸因我而起！"

"你干吗一人把责任全揽了，这事也有我一份，可我说了没人理呀。呜呜呜，真缺德，以为代课的可以欺……"

伞似乎撑起了一片天空，听见顶上竹筒倒豆一般的雨声。

过了一天，"黄花菜"的家长又来校里闹，带来了一伙人，扛着锄头，似乎要农民起义。一位壮妇上来揪楼校长的胸头，几位男教师来挡，楼校长让我快跟她走。等到农民军回了，我俩才从器械室出来，见砸坏了些门窗桌凳。教友们嘀嘀咕咕。

我给停了课。

天放晴。

“黄花菜”的爹来到校里，神色慌张，说他女儿的损失费不赔了，先治好女儿的伤就转学。楼校长半信半疑，让“黄花菜”的爹在调解书上按手印。

我舒了口气。楼校长找我谈话，说事后她想了想也不能全怪你，但校扩大会议定了，她也为难，现在家长只要求赔点医药费，说明家长觉悟高。“医药费还是由校里出吧，没事了，安心上课吧，学生爱听你的课！”

王小吉来到我寝室：“这事怪了，风向突变，好比来了齐天大圣在助你也，这几天，我丢了魂似的。”

我与她近了身。说：“我在伸手不见五指的夜里，徘徊许久，万念俱灰，也不知自己喝了多少酒，闯到‘黄花菜’家灶间操起一把菜刀，吼起喉咙要把自己废了。吓坏了她爹，抱了我来夺菜刀，他老婆还为‘小皇帝’护驾。事先我探到他老婆生了五朵金花后才有了这根独苗，他才做了绝育手术……”我当过村治保组长，深知农民的劣根性，兵书上云：不战而屈……我飘飘然。

王小吉半晌不语。

我吐着烟圈：“我算是看穿了世道，软的怕硬的，这些人都是纸老虎！怎么啦，你？”

她张大了嘴，半天才合拢，脸发青，眉头紧锁，许久才展：“没想到，我倒小看了你，本想我来化干戈为玉帛的！恭喜你，陈老师，逢凶化吉了。”

我吃不透她心思。

5

天越来越热，眼看就到期末考试了。

晚饭后，王小吉吃下的东西全吐了，最后吐出的是黄水，脸色比纸还白。

王小吉拍了拍肚皮说，怕是有了，可孩子没了爹。

就在下午课间，我听到戴老师跟张老师传达内部消息。大意是，林雪找了个官家千金，是她老公手下的文书，两人快扯结婚证了，女方住到男家。张老师问："是戴老师介绍的？"戴老师见我来听，忙转了话题。

第二天，我去县一中跟林雪说："王小吉有了你的骨肉。"他说："好啊，你俩志同道合，趁热打铁，诞生出一个小诗人来。"

碰了一鼻子灰回来，把这事跟王小吉挑了。她说我是热脸去贴冷屁股，她接过他电话，是最后一个。"这么一来，你是在长敌人的威风灭自家人的志气。你你，诗人的骨气都哪去了？"

我说："我错了！"

"……好吧，你是好心办坏事，我刚才有点急了乱说话。别放在心上哦，我亲密的诗友……"

"我错了，老师！"我像个虚心接受批评的小学生。她咯咯地笑。

星期天。我陪王小吉上医院，把肚里不是林雪的所谓是我的小诗人胚胎给拿了。出来的胎儿快成形了。我听到手术室里的王小吉哭得喊爹叫娘。

王小吉似生了场大病，没了元气。我让她请了一周的病假，她的课由我来顶，作业由我来批。一连几天变着吃的花样，买来鸽子、乌骨鸡、黑鱼，为她滋补身子。忙得我不亦乐乎，可她只动了下筷子，说没心情。

戴老师把内部消息转为公开化了，还生怕漏了一人。连楼校长也烦了，把她叫来批了一通："你呀，没一点革命人道主义。"

楼校长送来一篮鸡蛋，外加姜片、红糖，眼圈发潮，让王小吉好好养身子，这种时候是女人重要时期，养不好身子会毁掉一辈子的。楼校长将心比心，说她早先落下的这种病根到现在还没好，服了好多帖中药，都快垒成喜马拉雅山了。两人惺惺相惜，开起了对花心男人的控诉会。

出来时，楼校长还拿着手帕抹泪，欲罢不能似的。

我折回身："楼校长说得没错，身体是革命的本钱，你可以跟别人过不去，可千万别跟自己过不去！"

她一骨碌起来，哎哟一声，捂了捂腹部，还是向我行了个少先队礼："听君一席话，胜读十年书。从现在做起，从我做起！"

她呼呼地喝起了鸡汤，我心头响起甜滋滋的响声。

午休。我悄悄来她寝室里搓洗衣裳，之后挂在各自的晾衣架上。水欢快地滴，一颗颗水珠滴到水珠上。

一早，趁走廊无人，我掏出钥匙先敲门三下，像地下党接头暗号，开了门一头进来，掩上门。她正褪了裤子坐在搪瓷桶上尿，我想拔腿而出，来不及了，刚才一眼撞见了露在桶外的两爿白屁股。我慌慌张张端出尿桶。

里面的尿没了血迹。我喜滋滋地向她汇报："从红变黄了！"

她拍着腹部："去你的，仓满！"

她第一次去掉了我的姓。推开玻璃窗，进来一片红霞光。

6

放了暑假，人去楼空，像宰了的猪给掏空了内脏。老唐坐在传达室里，给摇头电风扇吹着，歪了嘴，打着呼噜。

王小吉找人帮忙，想让我读函授中专。

我爹像接到了一封鸡毛信，挑来了两竹箩山货，跟她"闺女闺女"地叫。王小吉说："区区小事，何足挂齿，那校长当初受过我小恩小惠，我只不过如法炮制罢了！"

给那校长送了谢礼，我爹在我寝室里踏实睡了一觉，一早，他挑起两只空竹箩，晃悠悠地说："多好的妹子哟，儿子啊，你得快马加鞭，赶快把她转正！"

我爹是听书迷。我逗他："欲知后事，且听下回分解——"

周末，到县教师进修学校听课，我跟王小吉双进双出。

五洞桥下，一列船队浩浩荡荡过桥洞，漾开了水波向两岸涌，哗哗地冲上埠头，一位洗衣妇光着脚丫，舞起双手，阳光跳跃。

王小吉来了诗兴：

阳光让一江的水笑了

我说："这个句子不错。"

王小吉脸色绯红。她脚蹬中跟皮凉鞋，短裙包了两只滚圆的小屁股，小腿肚一甩一甩的。

"诗兴不错嘛！"

"就你一潭死水，躲躲闪闪的，仿佛全世界都是纸糊的！"

下桥坡。王小吉来个猛跑，朝我挥手："冲啊——"

我在后面追："我要随风——而去——"

快到校门口，我与她隔开，她让我跟上，又倒回来跟我并排走："你做人累不？"

我给传达室里的老唐递上烟，匆匆跟上王小吉。她问我干吗对这老头客气，我把进城前我爹嘱我的话照实说了，我爹让我处好上下级关系，尽早从代课教师转正。王小吉笑了："够婆婆妈妈的，你不写诗时倒像个十足的山里人。"

到了农忙，老唐要回去抢收抢种。他掏出开大门的一把钥匙。

我说："你安心抓生产吧，我跟王老师是因为读进修才……要不……"

老唐嘿嘿地笑，似看穿了我心。他让我俩不要告诉楼校长，免得老说他开小差。他似乎跟我攻守同盟。

王小吉对我说："巴不得哪，这老东西，半夜三更常溜到女宿舍，鬼鬼祟祟的！"

王小吉二十二岁生日到了。我买了些酒菜，再下厨掌勺。

生日宴上，又喊又唱的，喝高了，连表决心，日后要举案齐眉，海枯石不烂……

月光如水，倒了校园一地，熠熠生辉。

一双眼眸闪亮，似水上浮起两颗星星。她移了身："这阵子，你为我累坏了，今天又忙活了半天，我拿什么报答你？"

闻到了她嘴里的热气，我像颤动的弹簧片："你不也一样嘛，为我上函授的事颠上跑下的，这叫一报还一报！"

"你太谦虚了，不准这样！今天我好快活。"王小吉偎了过来，挽起我的手，"今晚我是你的新娘！"

"等一下！"我转身到寝室，拿了《普希金诗选》，"是早有图谋的，生日快乐！"

"谢了！"她靠在床头眯了眼，脸像一朵静悄悄开放的红玫瑰。电风扇吹向裙子，波涛滚滚，裙摆时而被风撩起，白玉兰一样的大腿，忽隐忽现。我心头有成千上万条虫子，向一道高墙爬，墙身在不断拉高。

她似乎睡着了。我脱下了她的皮凉鞋，把搁在床沿下的双脚移进床。放下蚊帐，我忽地被她抱住了，我嘴唇上多了两片嘴唇，温软湿润："想不想进洞房？为啥要等我开口？我的小学生。"

我觉得我的灵魂本来遮了块布，一下子被揭开了，跑进一万道白光。"好吧，听老师的，其实小学生的我早想着老师了。"

我本像一个姥姥不疼舅舅不爱的孤儿，生活虽清苦，可体内老滋长出一股股力量，此刻的我像一颗原子弹爆发……

回到寝室，我想：王小吉与我似乎是为了相互取暖……

第二天，跟她一起时，我故意把她掩上的门又拉开。逗留了一会儿，起身告退，回到寝室，看不下书写不成诗，就一人上江边，遛到半夜，像被人遗弃的狗。

走回校里，枣树上面长满了星斗，有人靠在树旁。王小吉盯着我，像看天外来客，不言不语。我跟她打了声招呼，急急回房关门。关了灯，一人躺在黑暗中。听到轻叩的门声，过了一会儿，等我来开，那边的门嘭地关了。

自此，见了面，我俩照样打招呼，照样说说笑笑，也谈诗，似乎多了一分客套，少了什么东西。

7

终于开学了。

校里传开了，说王小吉向楼校长递了辞职报告，进城卖鞋，店名都想好了，叫“小吉鞋庄”，专卖女人鞋。

我是一头雾水。

晚上，王小吉双手各拎了一瓶长城红葡萄酒，倚了门说：“天下没有不散的筵席，哥们要不要痛快一下！”

杯对杯地干，她比我似乎先有了醉态：“我再也不读什么鸟函授了，东方不亮西方亮，想挣点钱，证明自己不吃这碗饭照样过得好。”

“我已脚踏大地
往事如烟而去——”

“趁着国门初开，把雪球滚起来。如果哪天输得精光，只要女人的身子在，就人在阵地在……”话语一顿，她严肃起来，“干吗老躲我，怕我这个坏女人拉你下水？你是得了便宜就卖乖，跟林雪一路货？”

我连连表白：“我是先天不足，怕拖你下水，让你过着水深火热的生活！”

她吃吃地笑：“我说过要嫁给你？真是想象力无比丰富无比多情的诗人啊……说实在的，仓满，咱俩还是做哥们吧！说实在的，我还真有点怕你，你这人急了也会跳墙，你跟‘黄花菜’家长玩的那一招，让我服了你。不过，你还是个诚实的小学生，我没看错你，哈哈哈……”

我愣了，其实我一直想等王小吉一句话，说她跟了我哪怕上刀山下火海……我浮想联翩。

太阳高高挂起。来了一位车夫推着手拉车，跟老唐打招呼，两人来搬王小吉的行李。她跟教友们一一道别："别忘了我，楼校长，张老师，黄老师，李老师……光顾鞋庄哟，给最低折扣！"

她的笑声串起众人笑声，如一箩谷子倒在谷堆里。她向教学楼望去，窗口的戴老师忽地闪了。

我脑门发痛，浑身发虚。昨晚跟她喝多了，吐得一塌糊涂，又粒米未进。

我来送她一程。王小吉说："我又不是往火坑里跳，嫁给了第三世界，干吗这么隆重？我还在城里哪，哪天你招呼一声，我会从天而降的！"

王小吉立在桥头，风不时撩拨着头发，两腮酡红，仿佛她在放眼世界，要解放全人类。

江景如画。一渔夫撑了竹筏，一行鸬鹚扑入水中，一会儿衔出一尾鱼儿，活蹦乱跳，水花激扬。

前面，车夫拉着装了行李的板车。后面的我像个伤兵，磕磕绊绊地跟着王小吉，如同她身后滚下来的一块山石。

我还是坚持再送她一程。

"当当当……"钟声远远传来。

我与王小吉握手，握了一遍遍，我不肯松手，被她手用力捏了下，这下，我的虎口有了一点生痛。她朝我眨了眨眼，我似乎被充进了一些电流，觉得自己体内渐渐有了气息。

她朝我挥舞双手，牵出丝丝缕缕的阳光，像一只巨大的飞鸟。

乳

1

先父见来自乡下的项桂花模样周正，双乳丰硕，遂将其雇了，做我乳母。

——摘自父亲《龙翔斋杂记》第 1 页

“天亮了，佣人们听到东厢房的小太太杀猪似的号叫，嗓音渐渐低了下去。许久之后，听到娃儿嘹亮地哭开了。女佣们喘了一口气，可接着她们哭声连天了。是我生母大出血殁了，时年廿二岁……”父亲曾这么跟我提起小祖母。

父亲是小祖母生的，小祖母是大祖母的亲妹，给祖父纳了妾。小祖母为陈府终于产下一子，功德圆满，撒手归天。

可娃儿因没奶吃哭闹着，得喂养这位来之不易的少爷。女佣小翠受陈府差遣，赶了一趟船，到分水岭村领来奶妈项桂花。这天，下着梅雨，天空阴沉沉的，西江水面上像倒扣着一口大黑锅。

小火轮缓缓驶来，水浪冲到岸边，发出哗哗的声响。

汽笛长鸣，小火轮两舷各挂了一排旧轮胎，侧着船身向埠头靠。船靠岸近五尺时，挎了靛蓝色包袱的小翠一个箭步跃出，跟着是项桂花。她长得敦实，身体险些滑倒，岸边有位头戴笠帽、穿短褂的脚夫伸手来扶。项桂花发现自己身体向前倾去，抵伏在脚夫的胸头，她脸腾地红了，忙用手推了。脚夫身向后仰，趔趄了几步。他意犹未尽："好一对活蹦乱跳的大奶子……"几位上了埠头的船客围了脚夫笑话他："癞蛤蟆想吃天鹅肉！"

"雨簌簌地下，天空像抖落着密密的绣花针。陈府屋栋擦着低低的黑云团，廊檐下排出的雨水落到地上满满的积水中。院内浮着几只空酒坛，酒坛与酒坛不时撞得嗡嗡响……"这是项桂花进陈府的第一印象，她跟成年后的父亲说起这段往事。

一落地的父亲吃不到奶水，拿啼哭来发泄自己的不满。祖父在书房里踱来踱去，扔了狐皮帽，又摔了怀表。管家捡了，吹了吹灰，低眉顺眼递上……一缕金黄色的阳光从东厢房工字窗格里射了进来，照在项桂花的发髻上。吃饱了奶水，三岁的父亲听奶妈讲他出世时的事儿。项桂花穿了青荷色云绉斜襟衫，摇着怀里的父亲。父亲听着，渐渐合上了眼皮，入了睡。奶妈把他抱进了卧室，她轻轻地拍打着他的屁蛋蛋，奶妈把父亲放在挂了蚊帐的雕花红木床上。奶妈站在床前，拉动着吊在栋梁下的大蒲扇，蚊帐里鼓起了一股股凉风。

奶妈说，父亲第一次吮她奶水时，伸出小手来捧她的奶子，两只小手捧不住一只奶，手指深深地勒了进来。要不是大祖母说，头遍奶不能让饿了的孩子吃得太贪，父亲还像小猪崽乱拱奶妈的奶子。父亲吃饱喝足后，沉沉地睡了第一个觉，嘴角淌出一抹奶汁，父亲呼吸均匀，伴有奶香味。大祖母朝祖父嗔道："这小馋猫！"

雨止初晴，拉出一片瓦蓝瓦蓝的天。东厢房里，鼓瑟齐鸣，八仙桌上摆了八荤八素，小祖母的尸身给两位负责落材的寿桃穿上寿衣，安放在楠木棺材里，合上棺盖，三位寿桃朝棺材上下左右共钉上三十六枚长铁钉。亲友一一跪拜后，大门口响了三响开门炮，棺材被六位大汉抬着起运。长龙似的送葬队伍向街后蜿蜒而去。

出世才一天的父亲也披麻戴孝，被项桂花抱在膝上，坐在蒙了白布的轿里。奶妈替他捧着生母的遗像。

吹吹打打的鼓乐，杂着亲友们的哀号声，在声声爆竹中，引路人挑了一支青竹竿，一路撒着黄纸幡，漫天飞舞。

2

我五岁时，陈府请来民国老秀才刘鸿儒，教我断文识字。

——摘自《龙翔斋杂记》第37页。

春天。飞来一群南来的燕子，到了陈府的梁上筑巢，呢喃着。

庭院里，三棵白玉兰盛开。太阳斜照在青石板铺的甬道上。

父亲放学回来，女佣小翠上前弓腰问安："少爷万福！"

父亲绷着脸摇着步子，小翠在他身后道："恭送少爷！"

父亲回过身来，朝小翠突地发出怪怪的笑声。小翠浑身筛糠似的抖。父亲指着一只在地上蠕动的毛毛虫说："你，给我吃了！"

小翠慌地趴在地上吃了。等父亲一走，小翠先是吐得满是黄水，之后才是清水。第二天一早，小翠脸色惨白惨白的，与甬道上的父亲再次相遇。她问安："少爷万福！"

"昨日那虫子可好吃？"

"好好——吃！"说完，翠儿在干呕。

"好，好。"父亲扬长而去。

祖父知后，数落了父亲一句，父亲便倒地哇哇直哭，像蚯蚓卷灰土似的。大祖母喝了声，让祖父别吓坏了根宝。根宝是父亲的乳名。

父亲给大祖母哄了半天不肯起来，奶妈到房里，拿出拨浪鼓，摇得咚咚响。父亲立马从地上爬起，接了拨浪鼓，哦哦哦地欢叫着。

祖母跟祖父相视一笑："好了好了，小祖宗，阿弥陀佛。"

中秋。月儿圆圆挂上柳梢头。

小翠给父亲在东厢房表演走马灯。父亲看得很开心，想赏她一块月饼吃。

父亲搞恶作剧的念头又来了，把练功夫的铁砂袋撕开，掏出一些铁砂子，藏在月饼里。

奶妈看见了，就问父亲："根宝少爷，月饼里头放铁砂子可叫人怎么吃呀？"

"奶妈，我要看看她咬月饼是什么模样。"

"那不崩了牙吗？崩了牙就吃不动东西了，吃不动东西人就会死。她以后像你奶妈一样也要当妈妈的呀，你看小鸟都有妈妈！"

父亲盯着窗外，说起白天见到树梢上的灰喜鹊。奶妈指着说："它们有大有小，都在欢叫着，互相说着话儿，唱着歌儿，从这棵树跳到那棵树，还跳着舞，要是小鸟没了牙还会这么开心吗？"

父亲想着，眼珠子滴溜溜转着。父亲说："我要瞧她崩牙的样子，就瞧一回嘛，奶妈！"

奶妈说："那就换黄豆吧，咬黄豆也挺好玩的！"

小翠咬着一颗颗黄豆，脸色从青转红，变得暖和起来。她朝项桂花投来了感激的目光。

深秋。一群麻雀在枝干稀了的石榴树上叽喳着。

父亲在花园里玩弹弓射麻雀，麻雀扑腾飞了。没了麻雀，父亲用弹弓布包了石子向女佣的窗户射，看着窗户纸给他打出一个个小洞，女佣们在屋里抱头鼠窜，往桌下床下乱钻，又不敢出来。父亲站在房前，咧着嘴笑，又拉开了弹弓。父亲好玩的劲头愈发大了。噗地，石子又穿窗而入。

小翠去搬救兵——奶妈来了。

"根宝少爷，屋里有人，人是会被打伤的。"奶妈抱走了父亲，跟他说："她们和你一样，也是人。是人皮肉被石子打着了哪会不痛的。"

父亲点了点头："奶妈，我错了！"

3

民国二十一年春，水洋县台风肆虐，连日淫雨不止，水淹良田，西江时有饿殍狗尸从上游漂来……

回到乡下的奶妈被父亲重新接回城里，住到陈家。土改后，人民政府给陈家留下了三间厢房，父亲让奶妈住在朝阳的南屋。

到了“文革”，街上闹哄哄的，地上被撕下的大字报被风吹着满天乱跑。有晚，县中操场搞万人批斗会，父亲跟地富反坏右站在一起。戴红袖章的小翠边念批判稿边呼口号，她揭发新中国成立前地主陈家是如何欺负贫下中农的。小翠不叫小翠了，复名叫朱翠香。

小翠到了十八岁，祖父替女佣小翠做主许给了陈府运米的船夫小乌皮，贴了一笔钱替小乌皮购了条乌篷船，还贴了一笔嫁妆，把小翠风风光光地嫁了。有了自己船的小乌皮成了船老大，运稻谷。小翠与船老大婚后育有两子两女，忙不过来，讨了个女佣，她做起了内当家。新中国成立后，她跟我父亲一同响应政府号召参加公私合营，进了国营粮管所工作。根红苗正的朱翠香当上了县粮油系统妇女代表。我父亲是专政对象，她说她深知陈府的罪恶，带头狠批妄想让贫下中农再吃二遍苦的地主阶级的我父亲。

父亲给关进学习班，一年后回来。奶妈与我母亲忙活着，置了些酒菜。饭桌上，奶妈劝他多吃点，说他关在学习班里沾不到半星鱼肉，遭了罪，回来就好了。父亲吃着吃着，停了筷子，说小翠如此忘恩负义。奶妈让父亲别放在心上，说小翠定会有难处，否则她是不会对陈家落井下石的。批斗会前，小翠溜进陈家动员过奶妈，拉她一起揭发父亲，被奶妈骂了一通，小翠羞红了脸，灰溜溜地走了。奶妈瞒了此事，现在跟我父亲说了。她说：“小翠还知道脸红，跟着吞吞吐吐的，心虚。人都有难处，你奶妈也是大难不死，硬是挺过来的。”

项桂花是分水岭村人。

项桂花出身贫农，家里有父亲、母亲和一个比她大六岁的哥哥，连她一共四口。五十多岁的项父种着佃来的三亩半荒地，好年成时，仅够一家人糊口。这年的洪涝灾害，对项家来说是雪上加霜。

一家四口从屋栋头分坐了稻桶、水桶，漂到楠溪江对岸，朝县城逃难。逃难路上，项父几次想把她扔掉，几次又放回了破竹箩里。这一担竹箩的另一头是破衣烂被，是全家仅有的家当，连一粒米都没有。一路上全是逃荒的人，有饿狗在啃吃浮到江边的死尸，狗的眼珠子对着人，碧绿碧绿的。

半路上，她父亲差点把她扔掉，她后来跟我父亲提起时，没有一句怨言。替她父亲说话，她的父亲都饿得挑不动她了，一路上粒米未进。路上全是逃荒人，衣不蔽体，面黄肌瘦，有人走着走着就歪了身滑了下来。最后她父亲硬是没把她扔掉，能活下来，算她走运了。

在破路廊（古时驿站）一隅，项桂花背着呼呼的风蜷缩了一夜，又饥又冷，天亮了。这一家四口，父亲、母亲、一个九岁的儿子和她，好不容易熬着走到了县城。项家四口本想到县城投奔一位在县府里当差的本家。不料被这位本家逐了出来，一家人流浪街头，成了乞丐。县城里有成百上千从乡下涌来的灾民，风餐露宿，死了人连席子都不卷，找块空地一扔了事。此时，官府却在向百姓征收多如牛毛的苛捐杂税，盗贼四起，趁火打劫富户。项父要卖女儿，这是唯一可以卖的，可饥荒年头人们肚子比什么都要紧，没人肯买下她。这时，福龙号米铺老板（即我祖父）在西街办了一个施粥斋，每天施粥时，破衣烂衫的游民一早排队。项家四口夹在难民中，靠稀粥聊以生存，县城有了暂时的栖身之地，项桂花的哥哥被一个老补缸匠收留下当了徒弟，这样好不容易地熬过了冬天。

春天是个种麦子的时节，流浪的农民们想念着土地，施粥斋要关门，都纷纷回乡种地去了。项家四口回到分水岭村，度过了几个半饥半饱的年头。

到处在打仗，土匪常来抢，项桂花这时已是十四岁，又逃难到县城，投奔当了补缸匠的哥哥。哥哥无力养活她，在她十六岁这年，在半卖半嫁的情形下，把她给了同乡一个姓李的小官差做了媳妇。丈夫常赌博，挪用了一笔公款，丢了官差，到山上做土匪，被官府逮了，项桂花生活无了来源，刚生下一个女儿，丈夫被枪毙了。她母女俩和公婆，在城里待不下去了，回到乡下种地。这年春天，麦子遇了蝗灾，收成微薄，一家人吃了上顿就没了下顿。

这时父亲刚刚出生，生母因难产死了，陈府给他找奶妈，她为了用工钱养活公婆和自己的女儿，接受了最屈辱的条件：不许回家，不许看望自己的孩子，每天吃一碗不许放盐的猪蹄子、白米粥。每月一块银洋，把一个人变成了一头奶牛。

4

先父有正偏房两室，两人为亲姐妹。盖因有年大姐产后，妹来值月子，妹被姐夫收了，待姐满月，妹肚里有了陈家骨肉。听说先父收她妹，也是她姐意思，姐生完了五女，已四十余岁，唯恐自己不能再育，误了陈家根系。陈府在城里是中户人家，需要香火传承，与其让老爷纳旁女为妾，不如肥水不流外人田。

她给父亲当奶妈的第三年春天，她女儿（名叫春燕）死了，奶妈也不知。怕引起她的伤悲，影响奶汁质量，陈府封锁了消息，连有所风闻的小翠也向大祖母做了死守秘密的保证。她的月钱也是由小翠隔时托人寄送的，因为月钱使婆家的人不至于饥寒交迫。项桂花的哥哥到外地补缸去了，新中国成立后，父亲听奶妈说，他哥哥一直音讯全无，可能死在他乡了，嫂子也改嫁了。直到我看到了父亲所记的这段杂记，才知奶妈家人的遭遇。

后来，父亲继续在杂记中写道：“朱翠香带了一群革命小将来到陈家，要铲除毒草。他们翻箱倒柜了一番，连旮旯里都抄了，但没抄着《龙翔斋杂记》……”我以为被父亲早自行焚毁了“变天账”。我小时爱躲在陈家小阁楼里（原是陈府的储物室）翻阅父亲的这本“杂记”，后来再也找不着了。父亲病故后，直到有年老宅给政府派来的拆建队拆了，从墙基侧挖出一只酱菜坛子，坛里的《龙翔斋杂记》里三层外三层地被油桐布包了，封了蜡，有股呛鼻味。我重用小楷将此书抄了一遍，因县博物馆的要求，把父亲的原稿捐了，成为县志史料。

往事如烟，父亲的杂记中却有奶妈临死时的清晰一笔：“给乳母过完八十寿辰。有晚，她躺在树下的竹椅中乘凉，摇着蒲扇打着盹，渐渐扇子不动了，她老了，似睡着不醒了。天空满是星斗。”

据我了解，父亲到了九岁，大祖母决定赶走项桂花，虽然她奶水依然饱满，但陈府后人已无须哺乳了。原以为项桂花会赖着不走，没想到收起包袱，轻风似的走出陈宅，似乎她老家有什么重要的事在等她。到家后，她才发现亲生女儿早已不在人世了。奶妈走后不到半个月，她女儿没了奶水吃，给饿死了。

父亲临死前，在标注时间为“书于卯年暮春雨夜”的《龙翔斋杂记》后记中写道：“我年少时常常怀疑，乳母趁我一入睡（我有时假寐），她就从屋角的乌皮箱里拿出一只蓝布包袱，抚摸它半天，神情发呆，似乎想起了什么。然而乌皮箱给挂了锁，加上压了些杂物，有一回，我背了她想打开乌皮箱，却搬不动打不开，再是想想那些下人的东西没什么好玩的，又嫌脏，就罢了。

“有年除夕，更深人静，我轻手蹑脚起床，偷看乳母在干什么。她的脸埋在油灯下，桌上散了一团零头布，她缝补着一件花衣裳，一针一线，不时拿针头往自己头皮中拭了一下，似乎让针头变得更锐利。她缝着缝着，不时扯了嘴角笑，不知她有何开心事，却独自享用着。我搬来一条矮凳踮起脚来看：桌上的那只蓝布包袱给打开了，叠了大约有半尺高的大大小小的花衣裳，最上面的那件花衣裳上绣了一只小燕子。零头布五颜六色，是陈府的小姐们不要了的旧衣裳，给拆成了一块块，有大有小。乳母一针一线地绣着小燕子，嘴巴一启一合着，她似乎在跟手上已做成的一件花衣裳说着什么体己话儿。

“那时，我想，乳母该不是跟花衣裳上的小燕子说话？”

乡村突围

1

乡街还是这条乡街，走上百来步就过了。沿着鸡肠似的小路，翻过两座岭，慢慢近了村庄。村口，那株空心的老樟树，张开巨大的枝丫，小杈杈上长出一丛嫩绿。昏黄的天空下，扭来扭去的溪水分开两岸。岭上住了零落人家，一溜溜土屋，鹅卵石垒的墙，披了茅草的屋顶，压了缸片，才没让风吹走。

我当了五年兵，相册里全是我与祖国海港的合影。爹娘巴望我能弄个一官半职回来，无奈举国上下一片文凭热。连考了三次军校，原在乡中学念的半拉子的英语和我最烦的数学，虽经几番恶补，但还是重重地拖了我后腿……

娘宰了只鸡，算是置了接风酒。丰收闷声不响，呼噜噜地吃着。他比我年长 4 岁，讨老婆的事一直缓着，本乡女子没指望了，爹娘想攒足五千元钱给买个贵州女人，于是一家人节衣缩食，把这当作一项重点工程建设。偏我赤手空拳地回了，陈家又添了个“老大难”问题。

这酒，喝得不闷才怪呢。

娘静静坐着，吃得不多，光看着我们。她是让给我们多吃，还是她的鼓胀病又犯了？也许我的问题成了她的当务之急。按照士兵安置政策：从哪里来回哪里去。此刻，我好想回到娘肚子里去。

爹早早放下筷子，坐到门槛上，一窝一窝地抽着竹烟筒，插在柱子上的松明，牵出他长长的影子。他话少，似乎说多了反会累着他。

睡在里屋的爹娘嘀咕了半宿。

一早，娘捋起袖子老高，在热气中褪鸡毛，木盆里的两只老母鸡昨晚下了蛋今儿一早给刀抹了。娘费力地从缸里鉺起块大岩石，取出一块带盐粒的猪肉。

日落西山，弦月探出。村长与刘支书拿火柴棍剔着牙出来，他不时拍了拍肚子里的鸡肉、咸猪肉，打着带咳的嗝儿，又脚步晃悠悠地，站到竹篱墙角，射出锃亮的尿，溅起一地月光。村长回转身，裤裆的“大前门”敞着，对院门口的我说：“‘老扒灰’埋土大半年了，你小子来顶缺吧，啊哼……”

爹替我抢先应了。村长被矮墩墩的刘支书搀着，一干人下坡。山谷里回响着咳嗽声，渐去了。

娘胡乱吃了残羹剩菜，接着洗抹开了，似乎腹部也不闹了，笑脸像不时有人用石头扔进池塘里，漾起一圈一圈波纹。突涌上了股酒劲，冲到我喉咙口：“妈的，弄个芝麻大的村委像给舰队封了个司令！”

一觉醒来，头沉沉，里面有昨夜来不及滤掉的糯米酒。灶间搁了一瓮粥，我盛了出来，走出院门，脚踏在崖石上，放眼世界。一丘丘梯田在逆光下，像女人扭动的腰肢，曲线起伏。

活下来的母鸡咯咯地从窝里奔出，又咯咯着蹦跶到我跟前，似乎向我送喜报。我用筷子拨出块红薯，对地上啄食的它说：“吃吧，过一天算一天！”

走马上任。我跟在村长屁股后，在村里转来转去，像条摇尾乞食的狗。村长语重心长地教导我：“管治保的，啊哼，黑脸白脸都得唱。”我这人顶怕唱黑脸，所以村民有了鸡零狗碎的纠纷，还是先到村长家告御状，再由他啊哼啊哼地把我传唤了来。我按他啊哼啊哼说的，立马撒开脚丫子，像个跑堂。

然后，村长虎着脸给两方各打五十大板，原告和被告都觉得透了气，自以为占了上风，然后两方挑开日子各摆酒菜，然后官们挨家吃喝。也没把我撂下过，仿佛自己这会儿才正儿八经地回到角色中来。让众人刮目相看的是，我那碗对碗跟人碰得当当响的酒量，他们说我喝酒从不含糊，跟群众打得火热。

一觉醒来，天放亮，望了望窗外，从山顶爬出来的太阳，比军港日出慢了一拍，像老牛犁田。

好在每月有百来元的补助费，我当新兵蛋子时就迷上了烟，算是杆“老枪”了，虽说是歪烟，现在抽得越发凶了。娘心疼：“仓满啊，指缝紧着点，等你哥娶上媳妇还有你哪。”

娶谁呢？回乡多日，不见旧人陆子纯登门造访，这门亲事悬着呢。几番路过陆家，见她家房门关得紧紧的，门外挂了把大铜锁。该不是随她爹娘走戏了？

在家度日如年，心思早飞进城去了。城里倒有个早年退伍的小孙，当兵时他常从艇上到中队部找我玩，那时对我还算客气。脱下海魂衫，因他有好爹好妈，让他在爹妈单位系统中挑工作，他挑了工商银行。与他重逢，也不给泡茶，嘴上说中午请我，一会儿又说为一家企业贷款的事跟行长要出去应酬应酬，一句“不好意思、下回吧”，脚底板抹油——开溜了。想当年，我把中队长招待大队长的“毛峰”偷偷泡给他喝，那会儿我这个文书，跟在中队首长身边，多少有点狐假虎威。

士别三日，当然今非昔比喽。

另一个熟人纪祖荣，调到城里当上了分管文教战线的副镇长，过去是我班主任，一直把我当弟子来待。我托他给我找份工作，他是我眼下唯一的救命稻草。他总让我等一等，说这把交椅他屁股还没坐热，下面的情况不熟。我怕催急了，这根稻草给急脱了。一趟一趟地跑，倒把千来元的退伍安置费差不多跑在水陆两路上了。

待在家里闷得慌，不由记挂起她，明知大势已去，却也心存一线希望，又想想自己多少算个男人，终于鼓起勇气，趁着夜幕掩护，捏了电筒，趟过溪滩。未到陆家，心头的退堂鼓先响了。

陆家的狗从小黄变成了老黄，吠了半天，这老黄的眼珠子也不像做小黄时会认人了，以前跟陆子纯热乎时我还扔过肉骨头，它见了我远远地摇着尾巴，热烈地朝我身上乱舔，生怕舌头不够长。老黄还在狂吠不已，叫得更勤快了。

开了门，闪出颗盘发插簪的脑壳，老黄跟陆婶摇尾请功。慌得我一头钻进草堆中埋伏起来，听见自己的胸部像贴在涌浪上，起伏不已。陆婶瞅了半天，骂了声“犯鬼了”，“咣当”一声掩了门。我一溜烟逃向溪滩，水哗哗地跟着我脚跟，老黄在后面追，在对面岸上叫。上了岸，我把自个身体摊在鹅卵石上，仰望天空，星星像长满了无数颗白眼珠。

当年，陆婶改唱样板戏，调儿总提不上来，有人民群众向公社革委会揭发，说她演的阿庆嫂像招客的老鸨。就这样她给清理出无产阶级宣传队了。陆叔种了大半辈子的地，眼看打定光棍，这天上掉下了块天鹅肉，他做梦都没想到——名小旦想脱胎换骨，要下嫁给贫雇农的他。对陆叔来说，这种阶级立场又怎能站得稳？捧在嘴里还怕化掉！光阴荏苒，日月如梭，古装戏开禁了，陆婶恢复了从前的艺名“小凤仙”，贫下中农看腻了钢铁做的李铁梅、柯湘，这下来了个一百八十度大转弯，迷上了水做的泥捏的“小凤仙”。陆婶演得如鱼得水了，很快招了批年轻女子组了个戏班，走乡串村的。陆叔不用种责任田了，雇了人种，他摇身一变，成了戏班“掌柜的”。陆家日子滋润起来，除了办了竹木场的村长家就数她家了……

风起，溪水皱皱地向远处流。

2

苦楝树结出满满的籽儿。

爹跟丰收一前一后扛着锄头回来，说陆子纯回来了。乡亲们说她考上了城里戏校，鸡变凤凰了；也有说她走了你纪老师的后门……爹像噎住了。丰收收不拢话篓子了，似乎把她描得越黑才越过瘾。

娘拍着小腹出来，似乎不那么痛了，颤着音说：“丰收，别瞎说！仓满啊，看你这几天像似走了魂，这下，好了好了！”

这下倒好了。吃过晚饭，陆婶行色匆匆地来了。她打开蓝布包袱，把戒指和两套裙子整整齐齐地取了出来，往桌上放上一沓钞票，说是按老辈子的规矩办，本金加利息，一个都不少。接着说：“女儿上了‘小百花’，总算捧上了金饭碗，了了我一桩最大的心愿。金饭碗跟了泥饭碗，生下的还是小泥饭碗，大道理我就不多讲了。常言道，水往低处流，鸟往远处飞。你们要怪就怪我这个‘陈世美’！我家闺女还在屋里抹眼泪，被她爹看着，她一会儿要拿剪刀，一会儿又说要跳水库……”

爹和娘还在追问。陆婶突变脸：“想当初，你二老不是也不满这门亲事，到如今却……”

我挥挥手，让陆婶别唱了。

半夜里，我睡不着，又起来，把半坛糯米酒通通喝了。醒来，舌头干得像焦了的炭，足足喝了一桶水。娘手上的簸箕掉了，毛豆子撒了一地，哆哆嗦嗦地问：“怎样了？”说我睡在床上身子像翻饼子似的。我说我认了。娘说：“这就对了，仓满啊，我早看出来了，戏子无情，早先她娘嫁给‘陆和尚’，跟他成日里磕磕碰碰的。这叫‘种上种，冬瓜像水桶’。要怪只怪你命里缺个‘官’字。”

娘这不是往我伤口上撒了把盐？

那时，村里只有我跟她在乡中学念书，她读初中，我读高中。教语文课的纪老师，是读师范中文系出来的，见我语文扎实，又爱唱唱跳跳的，着实喜欢，一心想把我栽培。陆子纯书能念进去不多，可每当校里会演时她却成了闪闪红星，长得水葱一样的身段，一副脆生生的嗓子，把台下的男家长看得也擤鼻子抹眼泪的。乡亲们说她的戏份是从娘胎里带来的。我俩成了台柱子，可把导戏的纪老师吟唱起来：“台上一对，台下一双，天设地造，珠联璧合……”

星期六下午放了学，我俩一起回到村，天擦黑了，到了老樟树下分开；星期一天蒙蒙亮，两人又从老樟树下结伴出门，在山道上一前一后，或一左一右走着。针头线脑的话儿拉扯着。有回，我冷不丁冒出："是做我媳妇，还是做你上门女婿?"她咯咯地笑，我心头像是打翻了蜜罐。两人倒觉得这个问题比阶级斗争还复杂。家人勒紧裤带供我上高中，是想让我百尺竿头，更进一步。可我的学生时代倒别有洞天。

不光是纪老师看好我，陆家也老夸我会有出息。陆婶自嫁了陆叔，当家做主惯了，她不反对我俩交往，自然陆叔也妇唱夫随。

陆叔陆婶出门揽活串戏，一去就是半月一月。我放下筷子，夹了课本，匆匆出门时，跟娘说给她辅导功课，替家里省点灯油。娘嗯啊哈地笑着应了。在陆家，我的辅导课辅得不怎么样，她为我唱唱戏文，倒快活。每晚她不忘煮上两只鸡蛋，一人一只，我很快吃了，露出一副馋相，她剥出蛋黄到我嘴边，被我舌头一把掳了。有回，陆婶醉得两腮酡红，夸我长得眉清目秀的，扮小生准红。陆叔自从跑戏后，衣着也干净多了，人也活络了："这不，一家子可以凑成一台戏了，就不用请生旦了!"说得陆子纯脸红扑扑的，边让她爹娘不要再说了，边拿会说话的眼珠子瞟我："娘说的是哪门子的话，唱戏要紧还是状元及第要紧，鞋紧袜不紧的。"

我只感到那时的她那扑闪闪的眼珠子，像浮在水面上的两颗星星。星星又亮成了路灯，胸前戴校徽的我，站在弧形的大学门口，远远地她提了包风尘仆仆走来，她飞跑过来叫了声我名一头扑在我胸前，有好多人围了来，啧啧地说："陈仓满的女朋友真漂亮!"……响起越调声，把大学里的我拉了回来，陆婶唱着："金榜题名，洞房花烛时……"陆叔快板跟上，捋着光光的下巴："老夫我，哈哈哈，状元郎，不!贤婿请——，哦哈哈哈……"陆子纯朝她娘怀里打滚，做了个掩袖状："娘啊，小女羞煞也，羞煞也——"

对面那户人家升起袅袅炊烟。

3

苦楝树上的蝉儿叫开了。

割完稻子种上秧，娘腹部两侧又痛了，开始整宿整宿地叫。我们三人轮流急急抬她到县人民医院。

熊医师扶正鼻梁上的眼镜，耸耸肩，摊摊手，说：“长年干体力活，身体就是机器做的，也得不时添油。这还拖了那么久……侍弄好了，还能活上半年。准备后事吧！”

熊医师打开冰箱门，取出听百事可乐，“嘭”地冲出股气。丰收把手伸进冰箱门，冷地打了个激灵，手缩了回来，又凑近了看：“啥玩意儿，像搁在雪地里的铁柜子？”熊医师关上冰箱门，慢吞吞地说：“这叫冰箱，洋鬼子造的，里面的东西放上几年也不坏。哎，你们也弄台回去，就不用长年吃腌猪肉了，腌的东西吃多了容易生癌，你妈妈就是吃……”丰收说：“我们那儿没电，点松明……”被我一把拉了出来。

娘死活要回家，我们知道她舍不得花钱。抬娘回家，她哼出来的痛，就像腹部扎了无数根针。

娘躺在里屋的木板床上，龇牙咧嘴。每日打杜冷丁，从一支加到三支，我们骗她说是消炎针，娘信自己得了肝炎，歇了就好。她说：“等我下地了，多养几只公鸡，家里那只老母鸡，开始隔日下蛋了，怕是没公鸡的缘故。”

丰收悄悄出屋，躲在苦楝树下抹眼泪，上茅坑回来的我见了。“哭什么哭，还没吊丧呢！”

县医院配的每日两支杜冷丁，用光了，我找乡卫生院要。乡院承包给朱医师：“碰到了从城里念书回家过节的他女儿朱锦绣，是陆子纯的死党，跟我熟络。她撒着娇让她爹想办法，说我是她老同学的对象。朱医师说，这年头生癌病的人多了，杜冷丁供不应求，看在女儿的面上，每日供一支。不够的，我想办法从黑市弄来，从中不赚一分钱。这是没办法的办法。”我谢了。

来送我的她轻声说：“你跟陆子纯的事，别怪她，她也挺难过的，说欠了你的情。不过她老向我打听，我也不清楚你在村里到底混得怎样，她让你想办法进城找份工作，日后再帮你。”

国家定价的杜冷丁一元七角一支，黑市价翻了十倍，朱医师弄到货，我家里又凑不起钱。因老挂账，上朱医师那儿，门难进，脸难看，话难听。给娘的用针有一针没一针的，因剂量不足，痛得她杀猪般地叫，可能她也明白了这病是一时半刻好不了的，多半是绝症了。临死前的人大概一副束手无力的样子。娘不痛时，眼珠子朝上，怔怔的。

爹尽量多陪娘说话，让她分心。爹的话再多，对娘来说断针比什么都难受。爹说娘跟他在一起的日子不多了，娘自从嫁到陈家过着牛马不如的生活……他老泪纵横，却无声地流着。

白天，爹照样在村长的竹木场做搬运。一回来，就到娘床前，他一遍遍地回忆从前。爹说娘做姑娘时拖了根长辫子，扎了根红头绳，赤着白白的双脚，在溪滩洗衣裳，洗得衣裳发白，天色发黑……

乡里来了禁伐竹木通告，县里在水库下游设了检查站。须持有县政府的砍伐指标，方能往山外运竹木。有了检查站，使原本红火的竹木生意大大降温，村长办的竹木场苟延残喘。开了春，乡信用社催还贷，信贷员脚头勤了，村长用酒肉打发，还贷的事一日一日往后推。他比热锅上的蚂蚁还急。

我一家人在为杜冷丁急，有货缺钱，娘痛得直打滚。爹反正没活干了，就陪着娘，差了丰收找村长支工钱，好为娘买针，好让娘去前少点痛，还让我想法到乡街弄点海货，说娘只在出嫁那天吃过带鱼，临终前要让她再尝一回。爹变得啰里啰唆了。

我跟朱医生说了，就差没跪下，他拿出账本，上面密密麻麻的字，是我签名的挂账，他这会儿死活不肯赊了。说再赊下去，他家要拆梁卖屋了。朱师母急急走来，手拎了咸带鱼，朱医师接了来往我手里一塞："看在我女儿的面上，以前的账一笔勾销，这带鱼算是我给你娘的革命人道主义。"

空着手回来的还有丰收，一趟趟地跑竹木场，又上村长家。爹只好自个去了，回来的他学村长的样，双手摊了摊："这老王八蛋说：'形势越来越糟了，我恨不得把自个当作一副棺材板卖了！'"

上头的政策咬着不松，村长欠了我爹一千来元工钱，这钱对我娘来说太重要了。我去了，好话说了一箩筐，怕的是日后竹木场缓过劲来，村长断了我爹的副业。村长指了指堆满了的竹木，让我扛堆木头回去，说别的就是砸锅卖铁也砸不出个钢镚来。

竹木场奄奄一息，村长的小儿子国彰的花销给断了奶，狐朋狗友们弃他而去，他手头也不活络了，像人贫了血，说话无了力气。丰收还是赖着要工钱，怎么骂他他都笑不还口的。午后，信贷员醉醺醺地前脚刚走，丰收后脚跟了进来。国彰脸上的酒色涨成了猪肝色，把滚烫的茶杯掷了来。丰收额头霎时涌出股血来，流到起泡的脸上。回来的丰收满脸是血，呵着气咧着嘴，如斗败了的公鸡。

娘咬着被子，嘴角沾了带血的棉花絮。

我身上的汗毛顿时像刮起了十二级台风。随手操了杀猪刀，急急奔出。

一路跑回，我的蓝军服上沾了一身血。家里哭声连天，我手里的一卷钞票，撒了一地。娘咽气了，爹在给她抹身子。他的哭声像山洪暴发。

我闯了祸，爹和丰收劝我快逃。刚才，我拿刀捅向国彰心窝，却被他手挡了，一只胳膊断了，像断树连皮。我心想，自己什么都完了，即便被村长一家剁成肉酱，倒也落得一身痛快。平生第一次做这等惊天动地的事，我血气冲天。我没呆，郑家的四个儿子先呆了，过了一会儿，三个儿子回了神，冲了上来，被村长一声断喝，喝住了。我本想拼个爽快，见一个杀一个，我大概是杀红了眼。村长让谁也别动，又让我等一下。他从办公室出来，拿出一沓钞票，甩给我，说这是他的棺材本。三个儿子齐声叫："不要——爹！"他吼道："还愣着干什么，救你弟要紧哪！"

隔壁家的麻雀婆从乡街回来，上我家气喘吁吁地说："喔哟哟，你们家闯下天大的祸了，满街的人都听说了，朱医师给国彰消完毒了，手给绑上夹板了，朱医师说接骨的活儿他做不了了，喔哟哟，国彰身上满是血，像刚给宰了的猪，给转县医院了……"

爹跟丰收惶惶不安的。唯有我死猪不怕开水烫，坐在门口，手按杀猪刀，稍有风吹草动，将跃身而出。刀上的血变成了褐色。

我像只篮球被爹和丰收推来推去，推到院门外。我却回了来：

"爹，要死死在自家门口，人在阵地在!"

爹让我跪下。我跪在爹面前，求他让我给娘尽完孝。爹叹了声长气，迸出句："孽子。"

爹让准备为娘出丧的我和丰收腰部插上砍柴刀，给孝服遮了，他拿了杀猪刀插在自己腰上："反正老太婆走了，爹也一大把年纪了，就是拼死了也够本了。记住，你俩等你爹战死了，才可以动手!"

发完丧，爹早早地把怕事的四亲六戚打发走。

挨着过日子。村长一家终于回来了，国彰像王连举吊着胳膊。爹像到了前线的侦察兵了，东瞅西望。

村子里死气沉沉的，像闹了场瘟疫。

下起了雨，屋檐水落地，吧嗒吧嗒响。

穿雨衣的纪祖荣来了，带来了乡政府管民政的老曹。刘支书亲切地接了来，又将两家人请到他家。

烧了桌菜。刚开始，两家人桌前的酒碗都满着，一动不动。纪祖荣说我是他的学生，又说跟村长是老熟人，两家跟他的关系都是断骨连筋一样。村长和爹朝酒碗沾了沾唇，我们也跟着喝了一口。纪祖荣让两家互相碰碰碗，爹先跟村长干了，最后是我跟国彰。喝着喝着，两家人从不说话渐渐话多了。等酒上了各自的头，大家称兄道弟起来，大有不是冤家不聚头之势。

纪祖荣掏出一卷钱，说学生家庭困难由他先垫着医药费。老曹朝村长使眼色，刘支书忙接了钱，递到村长手上，又对着大家说："纪镇长大老远地从城里赶来，是念他是从咱们村出来的，纪镇长惦记着咱乡亲哪，我代表步路村全体村民向纪镇长再敬一碗!"

响起一阵爆豆般的掌声，交叉着碰碗声，咕噜噜的喉头滚动声。

这顿酒接着轰轰烈烈。

雨过天晴。我在乡街上碰到放假回来的朱锦绣。她告诉我，此番是陆子纯好说歹说才请纪老师出马的，这笔医药费是她出的。朱锦绣说："她让我告诉你，快找纪老师想办法，逃离苦海!"

说完，她挥动双臂，像鸟儿张开了翅膀："怎么样，人家对你还够意思呗?可你总像人家欠了你一辈子债似的!"

我按朱锦绣带来的面授机宜做了，给纪祖荣送了两坛糯米酒和山货。我说：“恩师，我待在村里会被活活憋死的，恩师，你送鬼不如把我送上岸吧，恩师……”

渐近中午，纪祖荣放下电话。说他的一位老同学催他，请他喝乔迁酒，几天前就约了的，说我来得早不如来得巧。

路上，恩师说老同学的她恋爱受过挫，誓将独身进行到底。让我认识认识她，是个巾帼不让须眉的女校长，让我嘴勤快些腿脚麻利些。这下，我用心听了。

我让楼校长别动手了，一切由我来操办，包管她满意，说我在革命的大熔炉里锻炼惯了的，凡首长来了老乡，都让我半夜里给开小灶。我十分卖力地在她家厨房里工作着美丽着。

回来后，我跟爹吹了，又商量着把家传的那对铜酒壶送给纪老师：“现在只差一分火候了。”爹摩挲了铜酒壶半天，才递给我，他显得一脸庄重，仿佛他是败家子。我说：“舍不得孩子套不到狼，爹！”

“这宝贝你娘一直压在乌皮箱底，连我也给瞒了，你娘临去前，才让我给拿出来，她看了才咽气，”爹说，“将来儿子发达了，再打一把吧！”

我送了礼，又给纪老师连写了两封信，表达了我的殷切期望。

月底，终于接到他信。信上说他给我弄妥了，到西街小学当民办教师，校长是他的老同学，姓楼。

我回忆起了那个“老处女”，似乎跟恩师甜甜蜜蜜得暧昧不清。想起她家乔迁那天，自从来了我，我在厨房间忙得满头是汗，那个胸部鼓鼓的女人在客厅里陪着纪镇长喝茶聊天，插科打诨的，她还时不时地问我弄好了没有，连口水也没招呼我喝，也没敬我一杯酒，不想她将是我的顶头上司，怪不得架子大着呢。想想自己能在她手下当个民办老师，每月有三百来元的收入，有集体宿舍住，还是不错。

纪祖荣在信末勉励我先从民办教师做起，想办法转正。恩师真不愧是我大海航行中的舵手。

接着，收到了陆子纯的来信，信末的口气怎么跟纪老师一模一样，只不过多了句像戏文里的唱词一样的话："祝君鹏程万里！"我想，这事说不定还是她使的手脚。又像是一场戏从头到尾看不出一丝破绽。

夜上了色，灯火点点。

松明下，爹吧嗒吧嗒地抽着竹筒烟，烟飘进屋里，一缕一缕地散开，带着香。

爹肩挂了竹烟筒进来，拍了拍我肩，说："进了城更不能再闯祸了，要与人为善，要像广播里说的——迈向辉煌的明天。上次的事吓坏了你爹，差点出人命。不过……"

我嘿嘿地笑，说："知了，爹！"

"还有铜酒壶！"说着，爹咧开嘴，露出几颗黄浊的板牙。

我终于笑出了眼泪。

圆月挂在树梢头。月光下，村庄似泡在奶汁中。

4

一早，起了雾，到处都有雾中景物，不时有人从雾里游离而过。

从涌泉乡到水洋城里，先要从白云山水库摆渡，再从下游的埠头换坐小火轮。

太阳从白云山升起，阳光拖到水面上，波光潋滟。

我接过爹一路挑来的背包，他叮嘱我到了城里要常写信，别写得潦草，不然的话丰收会看上半天也念不出来的。

我说："我是人民教师了，马虎不得了！"我让爹进城来看我，往后发达了，再接爹来住，等自己站稳了脚跟，有机会给哥找份工作，就不用买贵州女人了，买卖婚姻是犯法的，听说人贩子会把生过孩子的妇女说成是黄花闺女……

爹滋滋地笑。

爹说："陈家指望你了！"

爹有点弓的脊背，紫黑的脸，硬硬的胡子茬，满是太阳光，金灿灿的。阳光勒进了他深深的皱纹里。他站在埠头上朝我挥手，像在春天撒着谷子，水面上激起闪闪金光。我眼里涌出一粒粒滚烫的泪珠，似溅起了小雨点。

小火轮离爹渐远。

从船尾进舱，一眼瞥见国彰盘腿坐在长条凳上，茫然地把目光投向一方窗口，窗外，波浪划向岸边。

我叫了他一声，两人都有点吃惊。他愣了下，落落大方地接过我背包。

我俩挨着抽着烟。他沮丧地说，郑家一无所有了，他想到城里闯一闯，说不定能东山再起。

前不久，村长换届选举开始了。老曹蹲村抓选举，他在村民动员大会说："老村长'超期服役'了，老村长觉悟高，愿将接力棒传给年轻人。"老村长咳出句话："革命自有后来人嘛!"接着他光是咳，像卡了壳。爹让我家三人的选票全填上国彰的名字，说是做人要知恩图报。结果选上的是刘支书，兼了村长。听麻雀婆叽叽呱呱地说，选举前，刘支书把一切可以团结的力量全请到了乡街的"为民饭店"。这一招他是跟村长学的。国彰落选了，村民们叫他爹为"老村长"，只有我爹和丰收还叫村长。

才选出新村长，法庭来人送来了起诉书和答辩状，郑家遭乡信用社诉了。法庭判了下来，把竹木场和郑家的六间楼房（只留了一间）封了，说是先还贷，再还人工钱。老村长没现钱，法官准备把竹木全拍卖掉。一男一女两个法官挨家来核实，问起我爹，爹说早清钱了。爹一再嘱咐我和丰收，断不能说郑家还拖着陈家"尾巴"。

国彰说："陈家出了条血性汉子，让人佩服。陈家没给落了难的郑家踩上一脚，更让人佩服。我爹说了，与陈家的事算是拉平了，往后要客客气气，都在一村子住着，低头不见抬头见的，两家人要像中日一样世世代代友好!"

来了卖票的，我抢先买了两张船票，国彰递了根烟来，算作谢了。我俩递来递去的，抽着烟。我心头活泛起来。

舱里堆了只只竹箩，有装了番薯，有装了洋芋，有装了香菇，有装了鸡鸭：鸡呜鸭叫的。旁边，三个老伯坐在一条凳上，像是搭伴做小买卖的，系着黑褂，头戴箬帽，吸着竹烟筒，有一搭没一搭地说话。

烟气跟烟气聚了，又散了。

英雄饭

1

吃过晚饭，接到宋鱼儿打来的电话，约我上 F4 慢摇吧。说有好事儿，不见不散。

那酒吧属于欢乐天地娱乐城。里面的年轻人奇装异服，似乎不打扮得怪怪的就显得老土，他们跳舞的样子像得了急性阑尾炎，面部肌肉都在拧着扭着，此情此景让我也多少生出一分痛苦，似乎不痛苦不行啊。

舞池中伸出了小树林一样的手臂，有一双手朝我漫游了过来，是宋鱼儿的手，戴了黑色网纹手套，像长筒丝袜。她汗淋淋的，娇喘吁吁。跟在她身后的是位酷小伙，出的汗也是水鸭子一样。介绍说，网名叫猪猪，本名王小帅。我说：“不小帅，帅呆了！”宋鱼儿说：“晕。”气氛轻松。

那高大的音箱传来震耳欲聋的声音，有如轰炸机俯冲下来扔炸弹，把我们的说话声都盖了。此地不宜久留。酷小伙前头开路，引我和宋鱼儿进入走廊，绕过假山，到钱柜量贩 KTV，有服务员朝他招呼。这地方隔音不错，让我有从闹市区步入小巷之感。

到包厢坐定，上了冰镇百威啤酒，那酷小伙啪啪啪开了，递来中华烟，先给我点上，再是他自己。我吸了口，吐出烟圈，问："什么好事儿？跟搞一夜情似的。"

宋鱼儿说："问猪。"

"猪——王——小帅。"我一下子卡了壳。

都笑了。那酷小伙倒也不窘，落落大方地说："陈老师，网友都叫我猪猪，没外人时，你也这么叫吧，不生分。"

"自然自然。"

宋鱼儿说："这名儿是他爷爷起的，他是王阿福的孙子，听说过啵？他爸爸叫王……卫国，对啵？猪！嗨，也是他爷爷起的，革命传统代代传嘛，可眼看要传不下了。我晕。"

她嘻嘻地笑。倒像挖出了他的一点老底，猪猪朝她做鬼脸。

王阿福，早些年连拖鼻涕的娃娃都晓得，现在的年轻人怕都忘了。是位抗日英雄，有很好的水性，把二十来个小日本从小汽艇上揪到江里沉死，还作为英雄代表，上过北京，参加国庆。我还记起，那年飘着鹅毛大雪，他送孙参军，男人敲锣打鼓女人扭秧歌……没想到，他孙子这么快就回来了。噢，我忘了，现在的服役期减为两年了。

起先我以为两人在处朋友。宋鱼儿说："是哥们，网上认识多年了。猪猪现在在这做保安头，今晚轮他休息，咱们放松放松。"

我总算摸到了一点道道。猪猪当兵回来，没好着落，在这打工。眼下连城镇兵都不好找工作。他爷爷为他的事没少跑脚头，没人理，现在讲的是"刺刀见红"，他爷爷不会搞腐败。老板看上他爷爷的名气，加上猪猪当的是武警，会点擒拿格斗，才接了他。遇到客人打架，让他来摆平，吃血饭呗。看来这份工作对他挺没劲的，我朝宋鱼儿瞥了一眼。她耸耸肩说："这事儿，我老爸也帮不上忙。能帮上忙的，怕是你。"

我？原来，宋鱼儿请我，准确地说是替猪猪请的，给他爷爷写本书。老人都快八十岁了，孙子要赶在他有生之年，把他当文物一样发掘出来。按我们吃新闻饭的说法是回炉重炒。

我太有兴趣了，可能有点喜形于色，也没法控制住，写书能让我在这小地方声名远播。当然，天上不会无缘无故掉个大馅饼。从总体上讲，猪猪是得大头。三人都觉得应该好好“谋划谋划”。

宋鱼儿也插了一杠，虽然她推让了一番，我见她是顺水推舟似的，再说拉她入伙，会把这本书整得巴实。出的书她的芳名具在我大名之后。对她摆正了位置，我无异议。

猪猪来了牛气：“首印五万，找名气大的出版社，写的字数不少于十万，两位按销量提成，我会保守秘密的。”

也就是说卖得越火，我俩的好处越多。这小子很有脑子，把三条蚂蚱拴到一根线上了。

我灵感一喷：“书名就叫‘水上抗日英雄王阿福’。”

两人击掌，三人碰杯，为本书的即将动工。

猪猪不错，拉上宋鱼儿更不错，不错的是她有个不错的老爸。

宋鱼儿的老爸是宣传部常务副部长，分管我们县新闻战线。我是从她到我们单位报到那天才知道的。

那天，阳光白晾晾的。

总编室里那台立式空调打出雾气。我见一位美女盘了一条玉腿坐在红木椅上，两耳挂下一根白线，在听 MP3，不闻身边事。

总编指了指，她叫宋鱼儿，又介绍了我。她似仍未听见，念念有词，后脑勺上挂了一根粗红肠似的辫子，裹了白帕，晃来晃去。

每年报社要招进几名记者，先见习半年再转正。头儿的意思最明白不过了，她是来跟我班的。她的态度显示，一点儿也不尊重师傅。

她手里端了一盒蒙牛酸酸乳，不时吮上一口。我朝总编摆了摆手，还没摆够，她霍地起立，将酸酸乳一抛，咚的一声，那酸酸乳应声落到离她约一丈地的垃圾筒内，跟飞镖手掷飞镖一样准。总编呆了。

宋鱼儿上前，递出一只软乎乎的手：“陈老师，不好意思哦，我可是打小特崇敬你，您做《芳草地》副刊，我从娃娃起就爱读，上高三时，我还发过一首比豆腐干还小的诗，那天，我晕死了……”

我回忆起来了，那篇诗稿是总编拿来的，都四年了，当时我觉得宋鱼儿这名儿蛮有意思的，那首诗的打印稿被我的朱笔改成千疮百孔，才上了版。我嘿嘿地笑："欢迎欢迎热烈欢迎！"

"向你学习，多多指教！"她握了握我的手。我的手变得有点滑腻，似乎凝了一层油脂，留有奶香。

本来我嫌她是个还没吃够奶的孩子，这下我的意志发生了动摇。

我出来时，总编送我到走廊上，拍了拍我肩头："知道她吗？宋部长的千金！"他这么一说，让我一惊，被总编扶了。

宋鱼儿的老爸是我们头儿的头。

2

写书仪式算是启动过了。那晚，我们三人都喝高了，连表决心。

写书进入倒计时，要化为行动。先采访老英雄，上长浦，选在双休日。那地方离县城有三十里地。头一回去，由猪猪引见，听说他爷爷脾气有点怪。不怪才没味儿。

猪猪借来一辆丰田吉普，他来开，看来这小子办事蛮活络的。外头的太阳光被玻璃挡了一道，还是刺人眼。好在车里打了空调，凉飕飕的。

一路上，我向猪猪打听，开始挖第一手材料。他爷爷一直住在长浦，民政局每月发给补助金，加到五百元，逢国庆节、建军节、春节，发点慰问金。老人打打鱼，倒也逍遥自在。我起了疑心："乡下这地方，老英雄怕是花不了那么多吧？"

"不愧是资深记者，现在加上纪实文学作家！"宋鱼儿说得我心头又痒又痛。我是想等这本书一出，我就可以加入省作协了，想想自己这么些年，写了鸡零狗碎的小散文，自费出了一本集子，全是上不了台面的，那申请加入省作协的表格都填了三年都没轮上，每当有人夸我是作家时，都让我觉得不好意思。圈子里一位挺牛的诗人跟我吹："入了省作协才算作家了。"我恨不得宰了他，又觉得他说的不是没道理。这回来了机会，不必自掏腰包就能出书，何况印数比我那本集子翻了五十倍。

宋鱼儿打开了小录音机，悄悄放到猪猪身边，被他从后视镜看见了，想把它拿掉，她不肯，说素材越丰富越好写，她跟我递眼色。我说："是的，反正我俩整出来后拿给你审定的。"

从猪猪嘴里得知，他爹也当过兵，回来当上大队书记，娶了当妇女队长的他娘。猪猪六岁时，他爹娘参加修水库，挖泄洪道，到了秋汛期，遇到塌方，给活活地埋了，那次事故死了二十三人。后来，他跟了爷爷过。再后来，他爷爷送他进城读书……

大约过了一小时，车停了，不能开了，没了车路，只有一条窄窄的烂泥路，四处长了蒲草，遮天蔽日，迎风摇曳，层层叠叠，冷不丁从草中蹿出几只灰斑鸠，上了天，扑向前方，现出一片水域。

猪猪带路，宋鱼儿居中，我殿后。猪猪让我俩一会儿见了他爷爷，就别叫他网名了。他爷爷是不知道的，也不喜欢。

"记了没有？宋MM。"我问。

"还用你说？我的陈GG。"

三人到了竹篱门，蹿出一条老母狗，朝我和宋鱼儿进攻，对我攻得最凶。猪猪"花儿花儿"地喊。那花儿温和地趴下，来舔他脚，跃了起来。

立了一栋小木楼，长了一棵柏树，张开了巨大的枝杈。屋前，一根竹竿上挂了渔网。屋后是埠头，泊了一条小舢板。

猪猪喊开了："爷爷——爷爷——"

出来一位黑不溜秋的老头，瘸了条腿，迎了上来："小帅小帅。"那亲热的样子，当他还在吸奶瓶的娃娃。弄得猪猪怪不好意思的。

王阿福握宋鱼儿的手，久久不放，轻轻地摩挲了起来，她脸色绯红。一旁的王小帅嘀咕道："爷爷。"老英雄手臂上青筋突起。他对宋鱼儿的那份慈祥，像鼓胀的老蛤蟆，衔了一朵带露的喇叭花。王小帅来了气："爷爷！"

这才轮上老英雄与我握手，还没松开，老母狗龇了牙朝我吼，被他"花儿花儿"喝开了。他让我和宋鱼儿各自脱下一只鞋，他左右手拎了，让花儿嗅了嗅。我俩金鸡独立，相互搀着，才没倒下。

老英雄说："好了，花儿记住你俩了，往后就不隔生了。"

花儿真有点老了，夹了杂毛，掉了一颗牙，到底传了多少代，老英雄记不得了，反正每回生狗崽时，他要留下一条母狗做种狗，都叫花儿。

开始弄午饭，爷孙俩在灶间叽叽咕咕，像有一辈子没说话了。我俩在堂屋，宋鱼儿用笔记本电脑啪啪啪打字。这里没通电，幸好来前给电脑充足了电。按照事先说好的，她写前五章，兼做笔记；我写后五章，兼统稿。分工不分家。宋鱼儿很用功，记下刚才有关花儿的细节。

不知怎么的，里屋的爷孙俩争了起来。听出来了，老英雄不知我俩是替他写书的，看来他并不赞成。

老英雄气呼呼地出来，不理我俩，径直到屋后，抱了一捆干蒲草，回灶间。我怪无趣的，宋鱼儿停了打字，望着我。大概我眼神中有股打道回府的味儿，她把页面最小化，点出游戏版，玩起打地鼠。我踱来踱去，拉长了耳朵来听，随时准备撤。

老英雄说："那不是往我老脸上抹粉？"

王小帅说："现如今谁会记着你？那些有权的，都忙着把天下的钱弄到自家里，挖个地窖藏起来，子子孙孙用不完。"

"老子当初打小日本，本来就不是为了当英……"王阿福嚷嚷的，生怕外头的我俩没听见。

似乎被什么堵了他嘴巴，该是他孙子的手。

王小帅的意思是他当保安队长，是在刀口上混饭吃。等到他爷老了，留下孙子怎么办，孤零零的一个，不如趁着自己年轻趁着爷爷身子骨还硬朗，干出点名堂……

老英雄吭哧吭哧地喘着粗气，也不开调了，似乎被打败了。

我懒得听下去了，觉得自己是违背了老英雄的意愿，跟做贼差不到哪去。

宋鱼儿说我脸色蜡黄，才过三个时辰，该不是水土不服？

我说差不多。我做了做手势，示意里面的人。

宋鱼儿给我打气，说革命尚未成功，同志仍需努力。她竖起大拇指，又双掌合一，做大师传功状。

倒是给了我一点点内力。心想，这事就像河上漂来了一根木头，不捞白不捞。又想，那位诗人的口气也太牛了……

抽风箱的声大了，爷孙俩似乎和平了。出来老英雄，这回热情来打招呼，掏出中华烟，这烟我知是他孙子给他待客用的。他自己抽上游烟，说它劲大，惯了，嘿嘿地笑。那笑分明是肌肉牵出来的。又说饭菜快弄好了。我说添麻烦了。宋鱼儿“是啊是啊”地应。他“哪里哪里”的，说给他做好事，还客气，城里人真有教养，不比他老粗，说有多粗就有多粗……思想一通，万事就中。我打算安营扎寨了。

晌午，王阿福捧出一只大粗花碗，装的是鲫鱼，又捧出一瓮胖头鱼，加上咸肉腌鲤鱼、煎花生米，弄了八个菜，说是图利市：发。又说乡下都是粗糙货，城里人会吃不惯的。一番客气。我们四人围了小方桌，边吃喝，边听他打开话匣子。宋鱼儿眼疾手快，往坤包里动了下，我知她打开录音机。机灵。

老母狗叫花儿，原是他老婆的名儿。那年立秋后，天色昏黄，母狗有了小狗崽，小日本驾了小汽艇从东海进入长浦江面，上了岸，机枪一通乱射，把母狗先射死了，只余下一条狗崽，半夜呜呜地叫。他老婆被日本兵糟蹋后，用刺刀捅死。他躲在蒲草丛中，用手捂了才满月的儿子的嘴，不让儿子哭出声来，为了保儿子的命，王阿福只能眼睁睁看着自己的老婆惨遭鬼子轮奸，他不能跳出来拼命，只好咬自己嘴唇，咬出来了血，是血替他哭。那孩子给憋得脸孔发紫，直到小日本回到小汽艇……

说着，老英雄朝身上乱抓乱挠，那黑紫紫的脸变得通红通红的，发出一股灼热。他双手勒进那条瘸腿。王小帅跟我俩说：“爷爷腿里有块弹片，卡进骨头里，没取出来。爷爷的老毛病又该犯了！”他的话音未落，老英雄撇下我们，一路狂奔，甩掉衣衫，扑到江里，“扑通”一声，水面扬起一股大水花。

“到了水里，我爷爷会没事的，他嘛，就像鱼，不能离水太久的。”王小帅笑嘻嘻的。

我还是不放心。三人到埠头，半天不见他浮出水面。宋鱼儿咋呼着，让我俩来救命。我急了也没用。风吹皱了水，波光粼粼。

王小帅吃吃地笑，递了根烟来，说：“真没事的，等抽完了这根烟，爷爷该出来了。”

真怪，那水能治老英雄的怪病？

3

跟总编请一周的假，他爽爽地应了。写书的事让报社的人全知道了，知道了也好，有总编支持，说等书稿定了，先往报上连载。我知道，是宋鱼儿在起作用，这说明当初王小帅拉她入伙，没错。我谢了总编，说到时候只连载前半部吧，要不谁来买书，给盗版了怎么办，当然越有人盗说明书越走红。后一句是我从总编室出来时说的。宋鱼儿竖了拇指说：“姜还是老的辣。”差点晕了我。

我和宋鱼儿赶往长浦，此前已去过多次，自从第二次起，就不用猪猪作陪了，再说他不能老向老板请假。

这本书写得废寝忘食，如此敬业，连我自己都感动了。从王阿福呱呱落地写起，时间跨度近八十年。否则，弄不成这么多字。一天天过去，向十万字冲锋。我写王阿福人生的一个重要部分：

1944 年春，长浦岸边蒲草疯长，密匝匝的，绿油油的。从海上吹来了东南风，带着咸腥味。

王阿福妻子死后的第二天上午，当十多名日本鬼子乘小汽艇再到长浦时，那个带队的小队长（据我们考证姓小雄），没料到从水面突然跃出一人，向他掷了鱼叉，很快小雄带着身上的鱼叉沉入河里。大约过了一锅烟的工夫，那鱼叉浮出水面，泛起血色，散开了。日本鬼子驾起小汽艇四处寻找，却找不到小雄的尸体，也找不到水下的人，八格也鲁地乱叫。王阿福悄悄上了岸，躲在蒲草丛里。小日本上了岸，拿了机枪朝他屋里一通扫射，点了火烧了。三天后，鬼子小队长的尸体从岸边浮了上来，肿大了几倍，随后被涨潮的水冲走了。

小鬼子的小汽艇出没在长浦，四处寻找王阿福的下落。他有时隐在草丛中，有时潜在水下，憋气一个钟头。饿了就吃生鱼生虾。他神出鬼没，一副浪里白条的好水性，让鬼子奈何不了他。就这样，王阿福逮准了机会就下手，小汽艇上的日本兵没隔多久一个个被他拖入水下。到最后，弄得小日本不时补充兵员，带了一条狼狗，还架起了小钢炮。有一天，王阿福拖下一个小日本时，鬼子朝水面开火，他的腿上中了一块弹片。鬼子牵了狼狗在蒲草中到处搜他。他嘴里插了一根空心芦苇，在水下待到天黑……

王阿福每沉死一个鬼子，就打个蒲草结，直到抗争胜利，日本鬼子投降了，他数了数蒲草结，共二十七个，差不多是一个排。

我一开始试图把他当作是因家耻国耻，走上自发抗日之路，跟着参加抗联游击队，受队长指派回来打鬼子，深入虎穴，孤胆杀敌。这么来写，会达到一种思想高度。但他坚决不肯，对我说，他没那么高的觉悟，是那狗娘养的小日本弄惨了他一家人，不报仇对不起祖宗，更对不起死去的他老婆，她才十七岁呀，那狗日的小日本！他根本没想做英雄，那是别人给的。

说着，他飞奔到岸边，一头扎进江中。是我让他的老毛病再次发作。

天空响起了一声声炸雷，像撕裂着自己。江面上电光闪闪。

雷鸣，风起，木板壁在吱嘎嘎地摇。窗外，一片蒲草似在集体跳舞，如在宽大的慢摇吧里，忽明忽暗。

跟着是倾盆大雨，瓦片被敲得叮叮当当地响。

钻来一股股穿堂风，灯罩里的灯火在摇。三人吃饭，喝着酒，一大盆螺蛳做下酒菜。我俩住了有些日子了，明天得走了。话变得少了，换宋鱼儿的说法是“潜水”。宋鱼儿似乎在喝酒壮胆，脸色涨红，如盛开一朵娇艳的玫瑰。倒是她的话多了，屡向我扔“炸弹”，我还是不肯浮出“水面”。我是为自己想把王阿福拔高的肮脏念头在自责中。

吃过晚饭，我和宋鱼儿到二楼。闲着没事，我在东窗口看雨听雨。她倚在西窗口在听 MP3。

那雨似乎没完没了，院子里的三口大水缸都溢出水来了。我到楼下茅房撒尿，花儿懒懒地跟来，呜叫了一声，用前爪挂到我身上，以示友好。它露出一排猩红色花生米似的乳头，肚皮有点肿，看来怀了狗崽子。楼下东房里，王阿福的鼾声隐约传来。刚才，饭桌上听他说过自己，打从赶出了小日本后，他睡觉才踏实了。睡得跟猪一样，为这种比喻我深感不安。

躺在地铺上，我想早早地睡，却睡不着。那边，隔了一层木板的宋鱼儿似乎也没安分，有轻声的脚步，地板有点晃动。从壁缝漏来一线灯火，我往缝中看，是宋鱼儿戴了 MP3 耳机，手舞足蹈，那脚尖是踮起来的，像跳芭蕾舞，可能她怕惊动王阿福。

灯光沿着她身上的线条流动，女人身体最迷人的部位，线条被简化了，有明有暗，妙不可言的部位，上蹿下跳。她不时用手按住胸部，似乎是浮出水面的两只充气十足的气球，按不住，不时挣扎。

雨声小了，沙沙沙。

我偷窥不下去了，做了无数次深呼吸，把注意力无数次转移……

直到板壁发出声响，是宋鱼儿在那边敲，轻了声说她睡不着。外边，雨淅沥沥。

我揿亮打火机直到烧痛了指头，走到里屋。再次揿亮，天哪，宋鱼儿脸色通红，像块烧红了的铁。

她一下子用手勾了我脖子，吓了我一跳。我的脸一阵潮湿，是她的嘴唇在贴，热辣辣的呼吸……

直到天色渐渐发亮，我都觉得自己还住在天国里。我怎么会跟宋鱼儿躺在一起？刚开始，她的大胆让我胆战心惊。她是如此主动。虽说是她一百个愿意，可这位是跟我差不多矮了一个辈分的乖乖女，是我上司的小千金。真对不住，已经得罪了宋部长，好在他不知。世上没有后悔药。

她问我后不后悔，我摇头，带着感恩之情。问她，她也摇头。说她不知为什么，反正觉得自己很迫切，像有无数只猫爪子在挠她，弄得她无法睡，身子热烘烘的，需要把自己点上一把火烧得精光。我记得她是全身发烫，热得满是水汽，一片水汪汪。

“反正迟早要过这一关的，想给自己留个纪念，也为了咱俩。”

宋鱼儿的眼睛像猫眼，在幽暗中发亮。

我最终放弃了种种杂念，变得单纯了。

这纪念对我来说，太不敢奢想了，但真真切切。是上天的恩赐。我心安理得起来。

我当然答应她，就算她没让我指天发誓。我不会告诉任何人的，包括猪猪。

这份秘密将珍藏在我心底，今生今世。昨晚，那一刻，宋鱼儿还是处女。

4

宋鱼儿对我来说是一份意外收获，甚至超出了写书的意义。这份幸福只能独自把玩。

猪猪说得没错，此书要作为国庆献礼，赶个好时机。机会很重要，需要争分夺秒。书稿杀青，猪猪忙起来了，辞了工作，那老板为他，又请了我和宋鱼儿，摆酒庆贺。

我和宋鱼儿开始一圈一圈地跑，从县委书记县长到宣传部长，到民政局、武装部，写序题词作跋，请画家设计加插图，一应俱全。遇到困难时，宋部长会受宝贝女儿指派，通一下路子，一路亮起了绿灯。王阿福拿出了棺材本，给孙子做垫资，这真是老少齐上阵。按照事先讲好的，等书稿完成时，猪猪得付我俩一半预付款，我俩觉得他目前运作起来资金很困难，就说等他销了书再说，表示要共命运，同呼吸。三人来个紧紧拥抱，就像在战火纷飞中仍留在阵地上的三位壮士。作了别，猪猪带上书款 U 盘书稿上北京，联系出版社。一切工作都像车轱辘一样转着。

国庆前，猪猪押了一卡车书，从北京回来，风尘仆仆。

县里举行首发式。四套班子都来了，武装部长给王阿福弄了一套军便装，他挂上了一排大大小小的奖章，电视台和县报那帮兄弟猛炒。于是，全县人民都知道了。书订得不错，先是机关，接着是工矿企业，宋部长跟街道乡镇宣传委员一发动，他们都卖力地推销，订单雪片一样飞来。

还余下一万来本书，我们按第三步计划走，往学校销，作为爱国主义读本，对学生更合适。这种提法也是我这个狗头军师的创意，得到了宋部长的首肯，通过这本书让我跟他有了亲密的接触，真要感谢宋鱼儿，当然饮水思源还是王小帅。累并快乐着。

先得找所龙头学校，以点带面。我跟实验小学校长说了，到时候宣传部、团委、妇联、关工委的领导都会到会，媒体更不用说了。校长的唯一条件是让老英雄做场报告。

这事有点难办，前面的炒作，王阿福顶多讲不了十句话，无非是痛恨日本鬼子保卫祖国发扬革命传统之类的豪言壮语。为这，我开导过他一次，第二次他都会背了，还做了动作加题发挥，比如提到全人类渴望和平的高度。看来，王阿福不再坚持当初不是为了当英雄杀鬼子的立场，已不知不觉中提高了自我觉悟。可做场报告，没两三个钟头下来，会让听的人很不过瘾的。难了，王阿福是个大字不识一个的粗人，从没当了这么多人要讲这么多的话。真比赶鸭子上树还难。

猪猪再度出马，来给爷爷洗脑。

县里给王阿福专门在国际大酒店开了间大套房。房里，我们三人对王阿福是苦口婆心。他木讷讷的，我们怎么也打不动他的心。猪猪跪了下来，向他爷爷央求，如果不销完书，等于压了十几万元钱，前面的辛苦白费了不说，后面他个人的前程会一片惨淡。我循循善诱似的，让老英雄谈谈，当年小日本是如何像猪狗一样对他妻子的，他是如何报仇的，总之讲得越细越好办，越有血淋淋的场面越有效果。他说，太细了，他不好受，可他也晓得这没法子，为了孙子，只好再豁出去了。好悬。

老英雄要做首场报告会。实验小学全体师生出席，台下是穿了清一色校服的学生。等领导一一讲了话，轮到王阿福做报告。

那天，他老婆坐满了月子，到江边汰衣裳，江上现出一艘小汽艇，她老婆以为是国民党兵，直到突然换了太阳旗，小汽艇直直地朝她驶来，她边跑边朝他喊。王阿福正坐在树下给儿子喂鱼汤……

王阿福猛喝水。说到他抱了孩子躲在蒲草丛中，眼看着哇哇叫的鬼子小队长脱军装，光着满是横肉的身，朝被日本兵死死摁住的他老婆身上扑……不知他喝光了多少壶开水，反正没开水了，王阿福还在拎着空水瓶骂，他奶奶的。我当他在骂日本鬼子。他似乎能喝下一江的水，校里一时没准备多余的水，要闹水荒似的。他嘴唇干燥，嗓音沙哑，双眼充血，东张西望，校长让会务人员快去扛箱纯净水。王阿福咿呀呀地哼，把脑瓜弄得像拨浪鼓一样，火灼一般，双手往身上乱抓。学生叽喳开了，乱哄哄的，老师管不住。猪猪跟台上的我和宋鱼儿大叫："不好，我爷爷的老毛病……"

还没等猪猪说完，王阿福疯一般地飞奔下来，像一头被狼紧追不放的羚羊，他从操场奔向食堂，边跑边脱下衣裤。我们三人跟在他后头喊，学生全站了起来，似乎看三人百米赛跑。

食堂后面，是一口加了水泥栅栏的荷花池。只剩下一条花裤衩的王阿福像企鹅奔向大海，纵身一跃，跳进池里，只听到"扑通"一声，水面扬起一股水花。池边上挤满了人，两位身强力壮的老师，听说是体育老师，准备下水救护，在做扩胸蹬腿深呼吸。

不见王阿福浮出水面，我跟两位体育老师喊："别下去，没事的没事的。"宋鱼儿也跟着喊。两位体育老师还是坚持要下，要做回英雄。

我似乎带了哭腔：

"王阿福是条鱼——"

5

雪后初晴，金黄黄的阳光像透明的火光，映照着长浦江边的大片蒲草。蒲草像长了白胡子，在滴雪水，褪出了枯黄色。

冰天雪地里，花儿领了四只崽儿。花儿还能生育，几时下的种？王阿福端出一锅带汤的鲫鱼，"花儿小花儿"地呼。四只小花儿一拥而上，花儿退了出来，让四只小花儿吃。王阿福心情不错，说花儿怕是最后一次生育了，终还是给他留下了种。母狗发情时，隔了几十里地，公狗都会嗅到，老远赶来，互相追咬，杀得浑身是伤，强者为王，王者才跟花儿配。

小花儿个头有大有小，最小的小花儿有点弱不禁风似的，好不容易挤了进来，大小花儿朝它声声怒叫，咬它，三只小花儿一起朝它怒威。王阿福来护，说大小花儿二小花儿三小花儿都让一让四小花儿。他把四小花儿抱了进来，又被三个小花儿挤了出去，四小花儿远远躲在后头，望了望它娘，再望王阿福，呜呜地叫，又不敢趋向狗槽，站在结冰的泥地上，浑身发抖，背上倒立着一丛茸毛。

王阿福从狗槽里分出鱼汤，倒到另一只破瓦罐里，开小灶。四小花儿慢吞吞地吃了几口，那边吃光了鱼汤的三只小花儿急急地奔了来，四小花儿抱头鼠窜，夹了尾巴，远远地避了。

第二天一早，一轮红日跃了出来，如一团从水中出浴的火球，带着水汽。

我到屋后，见四小花儿躺在铺了干蒲草的狗窝边，身子僵硬。没想到，四小花儿死了。

王阿福把它放到泥坑里，再用锄头把土耙平，他呼出了一口口热气。土上面有块未融掉的冰，折射出一片刺眼的太阳光。花儿在四小花儿的土堆上嗅着叫着，带了哀叫声。树下，三只小花儿咬来咬去，相互追逐，练习撕咬。好开心。

老英雄眼眶里有泪水打转，他抹了下，走向江边，抖着嘴唇说要去摸鱼，做下酒菜。王小帅不让他去。来前，我们带了很多菜。他铁青了脸，弄得我们三人都不敢劝他。这么冷的天。

他一声不吭，把系在木桩上的缆绳呼呼地解下，小舢板晃悠起来，似乎连它也很兴奋。他把孙子拉上舢板，王小帅站立不稳。王阿福怪他怕水了。小舢板载了爷孙俩，王阿福让孙子摇橹，他脱下棉袄，裸了酱红色的身子，跳进江里，一会儿钻到水边的蒲草丛，双手在草中探摸，抓出一尾活蹦乱跳的红嘴鲤鱼，又是一条乌溜溜的黑鱼。那鱼儿像很听话似的，听到他手发出招呼它们的信号。

老英雄像调皮的孩子在戏水。刚才站在岸边的我跺脚取暖，这会儿身上发烫起来。王阿福又摸到了一条鱼，宋鱼儿欢呼了一声，竖了大拇指。她的鼻子冻得像红萝卜，脚上的高帮靴，像马蹄子踏步。

王小帅把脖子缩进围巾里，不看他爷爷，在看岸上。似乎他爷爷的戏，他看多了。

可水里的他爷爷兴致高涨，直喊他下来。王小帅抱住橹。老英雄过来，一把将他拽了下来，举得半天高，王小帅哇哇地叫。我惊呆了，宋鱼儿的脸白了。

老英雄踩着水，水里的他像海豹表演顶球一样，当他孙子的屁股快要着水时，又被他顶了上来。像举了一只大瓷瓶，这才把孙子稳稳地放到小舢板里。

日头向江对岸移去。

小舢板带了他孙子和活鱼向岸上靠，两人的背部隐在光影中。推着小舢板，王阿福身上的肌肉隆起，一块一块的。王小帅让爷爷快点推。

靠了岸，王小帅把鱼一一抛了上来，我和宋鱼儿来接，鱼滑溜溜地从她手上逃脱，又抓了，大伙儿都哈哈地笑。王阿福噔地爬上了埠头，抓了一团衣裳，那身上的水跟他一路掉，飞跑进屋。仿佛是从海洋回到陆地的两栖动物。

“好不好玩，没见过吧？我爷爷，大冷天，这把年纪了，还能冬泳，”王小帅似暖了身回来，说，“我爷爷像个老顽童，小时候，我跟他练了一副好水性。如今，我成了旱鸭子，他倒，嘿……”

天光暗淡，西北风呼呼地叫。

柱上挂了一盏马灯，照得雪亮雪亮。桌上的菜热气腾腾，放了一只生日蛋糕，插上了八根粗蜡烛，给王阿福做八十大寿，他七十九岁了。做大寿得提前一年，这是从老辈子传下来的规矩。我提议把这顿叫英雄饭，宋鱼儿和王小帅都叫好。分吃了米粉做的粗面——长寿面。王小帅递给他爷爷一块蛋糕，王阿福吃了一口，不肯再吃了，嫌太腻了。王小帅让他吃光，他很听话，似乎在吃大人分给他不好的东西，满嘴奶油，沾了胡子，像圣诞老人。

王小帅从包里取钞票，全是崭新的百元大钞。先给他爷爷，他不接，说留着，孙子还要干大事业。王小帅把三扎钞票推到我面前，说是辛苦钱。被宋鱼儿推了过去，说："留着吧，爷爷说得没错，等你哪天打下了江山再还也不迟，是啵？陈老师！"我打了一激灵，忙说："好！"对宋鱼儿的做派，我不是很舒服。不过，我对王小帅有种信任感，信这小子日后会更有出息。他辞了这份危险的差事，再接再厉，准备开网吧。还真需要一大笔资金。我给网吧取名：时光奔腾Ⅲ。宋鱼儿夸了："老陈心不老嘛！"

王阿福咧着嘴呵呵地笑："好人哪，我家小帅遇到贵人哪，是王家前世修来的福哪，我这老头子老不中用了，多亏了你们。小帅啊，做人要记恩，日后图报吧！"

这顿酒我们都想把自己喝倒。先倒下的是王小帅，吐得一塌糊涂，被他爷爷背到屋里。爷孙俩今晚睡在一床。

宋鱼儿有点醉眼蒙眬，拿媚眼来电，带了狐狸精的气味。我有点心猿意马，也变得爱说话，逗她乐。说："水边有水鬼，夜里穿了白长袍。去看看，敢不敢？"

她说："你敢，我也敢，谁怕谁！"

满天的星斗，就像一粒粒珍珠撒在水面上。

蒲草簌簌地响。我问宋鱼儿："看见了没有？水鬼，穿了白袍子。"

"在哪？在哪？"

我揽宋鱼儿香肩，似乎是酒气让我干的："这边，是这边！"

"看见了看见了，什么也没有！"

"那边，你看，她跳着舞，磷光闪闪，你看，她仰了身，抖着白肚皮，比鱼肚皮大三倍。"

"好大的水鬼也，吐出一肚子的鬼水！"她推开了我的手，"不玩了！"

我心里有鬼，被她戳了。我像犯了一个大错误，在她面前畏畏缩缩起来。不说水鬼了。

她来揽我的肩："对不起，我伤了你，陈老师，是你让我这段日子过得挺有意思的。我不是小女孩了，往后的路还长着哩。我，我迷上一个人了，他身上有让我着迷的地方，就像那个雨夜的那种感觉。我想超越平凡的生活，不管前方有多少艰难险阻，我依然会义无反顾……"

"真棒，好词，好迷人！"

"晕。"

"怪不得你早向着他了！"

"你是说为那本书的分成？真对不起，我刚才自作主张。不过，谢谢你，替小帅，他真的很需要！"

"不是小帅，是帅呆了。"

"晕。"

饥饿的果实

名　字

马力是我们乡中学语文老师马立鞭的小儿子，刚满十八岁。我退伍回涌泉老家，虽隔三岔五地往水洋城里跑工作，但回家后一有空就去马家坐坐。我常在马家小酌一番，原因是马老师也需要我这个忘年交，借酒助兴也罢，彼此需要互相取暖也罢，每次总少不了各自吟几首新作的诗，畅意畅意。酒是个好东西，我们涌泉是米酒之乡，人人都有好酒量。酒使我们尽可能放开胸怀。酒好，我想是跟我们涌泉清澈的山泉有关。马家是我在乡下寂寞时唯一的愉快的去处。我在乡里常感到与人格格不入，马家的父子也有此同感。马家的屋墙是大鹅卵石垒的，爬满了青藤，有点像史前遗址。

马家住在溪滩对岸，我家在溪滩另一头，这使我到马家要涉水而过。溪滩的水没上脚踝，凉飕飕的，上岸后我再套上鞋袜，可以远远地看见坐在屋檐下马书琴头发中闪亮的缎带。

我在马家见到了已长得人高马大的他儿子，与三年前回家探亲时有所不同，眼前的马力似乎一下子蹿得老高。马力的上面是他姐姐马书琴，马力那时叫马顶立，他读中学时能写现代诗了，其中有首长诗《深山的呼吸》，据马力说共有 371 行，全无标点符号。我对诗坛近来流行无标点符号的诗歌很难适应。

比马力大四岁的马书琴长得小巧玲珑，有股小鸟依人般的味道，虽然她唱的流行歌曲常常走调。比如那时刚刚流行齐秦《北方的狼》，我在场时马书琴特爱哼，虽然唱得像母狼向公狼挑逗似的。她在乡农贸市场里卖内衣内裤，在农历三、六、九集市那天，生意较好。

乡里人说我对马书琴有意思，可能马家也有这意思，马书琴对我也有意思，我发觉她近来隔日换装，行头一套一套的。马书琴爱在头发上扎个与衣服一样颜色的蝴蝶结，我对小时候在晒谷场露天看过的《早春二月》或《青春之歌》之类的革命片常常记忆犹新，这使我联想到电影里二十世纪三四十年代的女学生。乡里女人的打扮要么是土得掉渣，要么是大红大绿的，马书琴的女学生打扮，给我留下的印象特别深。她爱穿短裙，可能是因为她个小，马书琴的腿露得长长的，配上长筒肉袜，她在家时往往连袜脱掉；加上她的领口开得低，胸部不大倒是凸鼓鼓的，我常担心它要绷断胸前的纽扣。她的眼神看我时在莹莹发光，里面有个频道，在传递出某种若隐若现的信号。

马力比我小八岁，受他父亲所托，他现在和我一起住在桥上街126号，一间终日不见阳光的底楼里。马力进城后，找到了在镇热水瓶塑料厂供销科上班的我。见面第一句话，让我叫他新启用的笔名，从此他不让我喊他为马顶立了。他说马顶立的名字是父亲给起的，马立鞭可能希望儿了长大后能顶天立地。马力这个名字，是他从涌泉山里坐了三个小时的小火轮，踏上水洋城埠头突然萌生的。马力写的现代诗，尽管我的那帮诗友中，有说看不懂的，但他们在马力面前仍说他写诗很有天赋。

跟他儿子一样，马立鞭也改了名，是他年轻时考上了县师范后改的，过去他叫马文韬。从县师范毕业分到我们乡中学后，我们乡里人才知他已不叫马文韬了。乡民们可没这么斯文，既然有人私下开了头，叫他马鞭，这名字就一直延续下来。马鞭为马的胯下之物，虽说得粗鲁了点，但通俗易懂又朗朗上口。我们那儿的乡民喜欢这样直接地取名，包括绰号。这样，就连我们班上几个调皮的男生，也敢这样当面叫他这位语文老师了，以至于私下里差不多全叫开了，除了我不好意思叫。马老师把我当作了他的开门学生，我是指学写诗。把他叫作马鞭，这使他越发认为乡亲们“俗气”。“俗气”一词常挂在马立鞭的嘴边，是他一切大怒小怒、愤世嫉俗时发泄的常用词。马家一家四口，除了种地的平时总迁就他的马大婶，他与他的儿女在用这词时也较频繁。我是他较器重的学生，主要是我读高中时，别的功课一塌糊涂，就爱写些歪诗，其中有首只有五行的诗《橘花颂》，居然在县文化馆的墙报上给登了出来，这是我的处女作。马老师认为我在写作上大有作为，同时他认为他儿子也有他的遗传基因。

四月，我们盛产蜜橘的水洋县，由里到外，到处橘花发情飘香。

四月的水洋城上空，好像全世界的黑云都来赶集，老天爷精力多得发胀发酸，于是把雨水倒个没完没了。雨，要么是抽风似的蹦，要么是跟刚谈情说爱的小姑娘一样，情意绵绵的。这天黄昏后的雨，听起来就像整板车整板车的蚕豆，往石棉瓦搭的棚上倒。现在我只感到前间的小天井里，隔时滚落下一粒豆大的雨滴声：答……答……

雨水从石棉瓦的缝隙中漏进来，凝聚成雨滴，落在带水的地面上，水入水中。雨声突然变小，使马力躺在另一张床上的声音放大了。马力睡的是钢丝床，他来投奔我时，第一夜我俩一块挤在一张钢丝床上，此前是我一人睡的。马力带了他父亲给我的信，信中说：

诗人生在颠沛时，
庸才出没笙歌中。

第二天我另买了张半新半旧的棕棚床，两人分开睡了。两个人睡同一张床我很不习惯，除非同床的另一个人是女人。马力说：“好哇，你也是个好色之徒！”言下之意他与我不相上下。他在一个夜里可以跟女人干九次，不知他是不是吹牛。我说：“我长了26岁，连脱光了的女人是什么样子也一无所知，我恨不得今晚就有几个女鬼，轮番榨光了我身体里的汁液。我的汁液如同蓄满了水的大水库。”马力说他有过与四个女人上床的历史，他的第一个女人的年纪可以做他的妈，是个胖寡妇，接下来他不肯说了。我怀疑这女人是不是乡中学食堂里打菜的。马力的床在糊了旧报纸的窗台后，也就是我的棕棚床前。马力的钢丝床在前，他与我的两张床一纵一横地靠在一起。我觉得在马力面前很羞愧，我比他白长了八岁，因为我至今尚未开苞。我原名叫陈仓满，生在困难时期后期，给我起这名完全是我爹妈饿肚子时的一种愿望。

马力的钢丝床发出吱吱嘎嘎的声响，可以听见他憋气已久抑不住的换气声。之后，他身体从床上跃出，趿上拖鞋，猛地开门，走到小天井，打开水龙头的声音，身体与水的碰击声。我与他分床后的第一夜，发现了马力一个晚上手淫多次的爱好。书上说，对单身汉来说偶尔手淫无损身体。我可以为此放下心理包袱，只不过为自己玩兴过度稍稍不安而已。马力半夜起来做的另一件事是在电炉上煮吃的，搪瓷缸里泡的是批发来的四角三分一包的方便面。小天井只有一口粪坑般大。一会儿马力呼噜噜地吃起面来，他吃的声音很大，这跟他吃食的速度快有关。我听到了他舌头舔尽最后一滴汤，舌头与搪瓷缸搅动时所发出的声音，这声音太空洞无物了。搪瓷缸要搁到第二次用时才洗，就像他换下来的衣裳一样，堆到无衣可穿时才想到洗。在这点上，我比他稍好一点。马力实在无衣可换时，就从未洗的衣堆里拣出来一件，换上，可能这些衣服的酸臭味已蒸发完了。所以马力才会说跟洗过时的感觉一样。

我有点生气，这个月的电费肯定大了。马力把这儿纯当作他的福利院了，150 元的房租费非但我照出不误，还有超出来的水费电费，要知道我在厂里每月只有六百来元的收入。当初，我租下这房子，虽觉得这房子里面阴暗潮湿，但由于房子独门独院，这很符合我不善跟人打交道的脾性。但现在我身边不仅多了个跟着吃睡的人，而且此人似乎还在长身体，饭食比我多出两碗不算，最主要的是马力的胃好像比别人多了八只，消化得特快，哪怕是一块石头。我忍性不发，一来马力初来乍到；二来他毕竟是我启蒙老师的儿子；三来说不定马力成了我的妻舅。马书琴多少让我在夜里想入非非。

蒲瓜说我的同乡马力很洋气，马力与我第一次在厂里见面，厂里不少人说来了个港星。他们的说法我知带有明显的嘲弄的意味。但我爱听别人在我面前说好话。他来时正好厂里食堂快开饭了，于是出来瞧马力的同事围了一圈。我们厂连临时工加起来有百来人。马力中分的长发看起来的确威风凛凛，他穿一身天蓝色的运动装，背了个天蓝色的行囊，挺拔的身材穿过在中间有柴油渍的水泥地厂房空地时，马力差点滑倒。但马力做了个溜冰的漂亮动作，罗厂长为之打了个尖利的呼哨。马力身体向前倾时，碰到了刚从厕所里解手出来拐弯的车间主任蒲瓜。大概是马力撞到了蒲瓜肉墩墩的胸头，蒲瓜刚想骂人，一看这个标致的小后生不是厂里人，就收住了口，“你——”，后面的“娘”字未完全带出，话中有股汽车猛刹车时的焦臭味。厕所一侧是食堂，正等开饭的几位男工，在罗厂长女人般的假嗓子下，用汤匙有节奏地敲着碗，开饭曲是邓丽君的《何日君再来》。罗厂长调转头来，开始为险些滑倒的马力起哄，最主要的是马力撞在了蒲瓜的胸头。听到蒲瓜的尖叫，厂里出来看的同事越来越多，都在准备下班呢，闲来无事看下班前的热闹。马力到前，我接到过马立鞭的电话，我们厂的电话那时是三位数，要用手摇，再通过邮电局转。电话筒里三十里外在涌泉的马老师，听起来的声音低得像是要越洋过海。我以为是马书琴要到城里进货时来找我，不想是马力来了，马立鞭托我给他儿子找份工作，马力高中毕业考不上大学，闷在家里闷得慌，已有女初中生的家长上了马家的门，说要砸断他儿子的脊梁骨了。马立鞭倒好，把他儿子送给我来管，难道城里的家长就不会砸断马力的脊梁骨？这样也好，弟弟来了，姐姐就有了更多看弟弟的借口，自然我也有了机会。

罗厂长带头喊了起来：“蒲瓜，蒲瓜，小后生，小后生……”随后越来越多的人加入齐声拍掌喊叫中，一片沸腾，像一支合唱队。蒲瓜情急下终于骂娘了。这种小厂里的群众文化在职工们看来很过瘾，往往是活跃干群关系的润滑剂。罗厂长很起劲，尽管蒲瓜是罗厂长的表亲小辈。

刚进厂时，我不知厂里的人叫包装车间主任鲍红娣为蒲瓜是何意。蒲瓜是我们水洋最普通不过的夏季农作物，圆球状的，有个带嘴的瓜蒂。把它来比作一位其貌不扬、已过了最佳求偶年龄的老姑娘，在我认为是厂里的人没文化，可能是词不达意。我到厂里上班后，一直无事可做，接接电话，慢慢熟悉了同事们，名字或绰号与人渐渐对上了号，于是趁上班无事时，翻看新买的一本朦胧派爱情诗集。有次厂长踱了过来，见我看的书，翻开第一页，怪声怪气地念了几句。我的脸在厂长错别字连连的念声中，渐渐发烫。厂长说我学问深呢，还看得懂诗。厂长的话，让我半信半疑。有天，我小心地问了声坐到我对面，把腿翘到桌上的，穿法国梦特娇长袖衫的罗厂长，把我对蒲瓜一名的困惑不解说了，被他当着同事的面说了句“陈仓满，你这个书呆子呀!”，因而我刚上班才半月，就被人起下了“书呆子”的绰号。厂里的人大多有绰号，我也就见怪不怪的了。我这绰号在厂里行了一阵，直到我某天陪北方的客户，表演了一番深不可测的酒量，才换号为“酒保”。原来，蒲瓜就是说鲍红娣长了对大奶子，它的形状与大奶子非常贴切。鲍红娣的大胸脯确实不同常人，她牵一发而动胸头的肉，它好像会发出颤音。我对性感的女人总很敏感，身上会发出弹簧片似的抖。

蒲瓜是小东门村土地征用工，我现在的户口也落到了小东门村，后来得知她爹是村支书。她种的橘地原与村里（那时叫红卫大队）的粪池连在一起，三年前被现在的厂征用，于是她“脱农为工”了。听厂长姆（“姆”在水洋一是指已婚女人，二是指老婆，这里为后者）说蒲瓜光土地款就进了十几万元。在八十年代，六位数的存款听起来有点吓人。遗憾的是蒲瓜长得胖又相貌平平，到了二十九岁了还谈不拢对象。二十九岁的姑娘在二十世纪八十年代的水洋有点老了蔫了，这跟她六位数的存款、有套小洋房等优越的物质条件不相称。鲍家要的是蒲瓜招个上门女婿，城里人认为做上门女婿脸面无光。

1985 年，是国内气压热水瓶疯销的年头。我们厂给北方一家国企热水瓶总厂老大哥生产塑料配件，可以说是一荣俱荣。老大哥派个姓佘的工程师常驻我们厂验货。佘工程师脸盘大，戴了宽边眼镜，厂里暗中叫他眼镜蛇，一口的京片子，验货时不苟言笑，其实与人熟后是一团的和气。厂里人对他是又爱又恨。初打交道，他见了我一口不俗的普通话，先是喜了三分，再是要求厂长罗文钢让我在酒桌上陪席，与我痛痛快快地喝了回酒，发现我这个眉清目秀的书生，酒量比他这个北方佬还结实。由于眼镜蛇，加上我的海量，盛名之下，让我从“书呆子”变为“酒保”，可见我已受到了厂长的部分重视。所以，当我提出要帮马力到包装车间找份活干时，蒲瓜不敢怠慢跑到厂长室请示回来说：“可以可以。”马力干的是体力活，打包，搬货，发运，起初马力不肯干。我说，我只有这么个能耐了，他绵了一阵，见自己光蹭我的饭食也不是个办法，马力说只当是体验生活吧。厂里把职工分为三个等级，一是正式工，二是合同工，三是临时工，马力属于后者。我属于前者，是因为我是镇里安排来的，有镇工办开的劳动关系介绍信和镇委开的组织关系证明。我在部队中队任文书期间，发过二十来篇新闻报道，立了三等功回来，那一年对打越南回来的退伍兵全安置到全民单位，我是沾了他们的光，要不然我只能回家修地球了。

接下来的问题是马力上班一开始就当作体验生活来的，兴之所至，无兴即不至，于是他三天打鱼两天晒网地磨洋工。这让车间主任蒲瓜头痛，我也很头痛。一旦马力旷工蒲瓜总找我吼喉咙，我以治病救人，以观后效为说辞，尽力替马力说情，我知道马力的失业将意味着我负担的加重。但马力总说他诗兴正处在涌动中，难以退身，这一点我也有同感。而马力之类的临时工的薪水只能是我们的一半，他们没有奖金、福利，做一天算 10 元，无休息日，那时候还没有实行双休日。马力说，我一人干的是两个人的活，拿的是半个正式工的工钱。

心海浩瀚的诗人
在狭隘的空间里
以体力打造
一枚锃亮的硬币

这是马力上班第一天写下的诗，后面的句子我全忘了。

在我的训导下，马力总好了伤疤忘了痛，以至马力面临失业的危险，他失业了得要靠我来供养他，问题是我的收入也常常捉襟见肘。马力让我头疼，我想马力的事不能光让我一人头痛。

我不得不给马立鞭写信，催他来挽救马力。可马立鞭在乡邮电所打电话说，将派马书琴来。理由是马书琴近日要来城进货，可以一举多得。

听说马书琴要来，我不吱声了。搁下了电话，心头一阵暗喜。我是不是心里头盼着马书琴来呢？

初　恋

马书琴来了，她在东风旅馆开了间单人房。房价只有 20 元一天。我带上马力请她上排档吃饭，等到马力狼吞虎咽地吃完后，我再关切地问一遍马力吃饱了没有，以示我对他的关心。看得出我对马力的关心，马书琴很感激。

一直不开腔的马书琴掏出了家信，马力看后脸有点白了，原来，马立鞭下令孽子再不保饭碗立马滚回涌泉去。我马上说："只要马力改正错误，仍然是个好同志，我可以为他向蒲瓜一而再地求情。"马书琴赶忙说："还不快谢谢陈哥。"我说："免了吧。"我见马力满不在乎的样子，顺便说："人嘛，得先吃饭，再要诗歌。"这点马力不以为然，他霍地站了起来，说："诗歌与饭碗不是一个哲学范畴！"马力被马书琴瞪了一眼。最后，马力在他姐姐面前还是表示要拿出点实际行动。马书琴高兴地拿出一百元，让马力把长发剃掉，说工人就该有工人的样子。马力接钱时两眼倏地放光，但不让自己过于喜形于色。我说："你可真是个好姐姐！"说得她脸红了。我付账时，马书琴要抢着付。我说："你是客人，第一次来我家做客，我来尽尽地主之谊也有面子。"我趁马力到对面树底下撒尿时，斗胆说出了我一直想说的："另外——我再尽地主之谊，晚上请你上水洋公园玩。"后一句我故意说得轻飘飘的，可马书琴应得爽爽的。看起来我所有的努力不是白费了。

马力走时，马书琴让他把自行车给她晚上逛街用。我想，马书琴为今晚的约会备好了交通工具。

傍晚，虽不晴朗，但至少雨停了，露出了一线天光，我把小吃装进塑料袋里，这是我预先设计好了的，内中还有我的油印诗集《如歌的行板》。仿佛里面装的不是小吃、诗，而是爱神之箭。在完成了一番梳洗后，我不时看电子表，希望伟大的七点三十分快点来到。马力在寝室里写诗，脚边的脸盆中搁着他换下的一堆衣裳，正用洗衣粉浸泡着。他问我打扮得油头粉面的，是不是出去泡妞。我说："是的，但不是你姐姐。"马力说："不知我姐姐肯不肯让你泡。"

沐浴之后的我已通身干爽，我暂不想告诉马力有关与她姐今夜即将发生的秘密，尽管马力懒得像条小寄生虫。后者使我感到我的收支会出现红灯闪闪。

我提早站在公园门口一侧，目光不时瞭望前方坡形的大路上，我想了想马书琴赴约或失约的各种理由……这时，马书琴的身影放大着上了坡，蹬着男式自行车朝公园门口过来，我早早地挥手示意。看得出，她换了套嫩黄的裙子，连乌黑的头发中扎的缎带也是嫩黄嫩黄的。我抢着把她自行车给支好，用链条锁与我的车锁在一起，两辆车像对情人似的锁在一起。马书琴见了，嘻嘻地笑了。我说："锁住了，小偷偷不走。"我按照着原定计划分段实施。

我感到马书琴与我一样干爽，看得出她今晚的打扮还是精心准备了一番。不同的是她的体内传出一股香味，脸颊洇出的红潮很可人。

我与她在公园里走走停停坐坐，像怕光的动物一样，我尽量把她往暗处带。我与她几乎把公园里的假山、凉亭、交叉的小径、水边的靠背椅、参天的树林访问个遍，我俩的身体距离渐渐拉近。谈的总是美好的话题，先与当前的柴米油盐绕开。

在转弯的一丛竹林旁，我牵了牵她的手，她的手心在发汗。好在她没有婉拒，马书琴说话时眼睛有时较长时间地盯着我，又倏地避开，有种放光又怕烫伤的感觉。我与她谈诗，明知她对此摸不到门。在这一点上，马书琴跟她爸爸和弟弟截然不同，可能比纯种地的马大婶要强些。但这是我的强项，整个八十年代，搞文学好处的另一面，文学好像是为爱情绣上花边的。于是我送了本新出的油印诗集《如歌的行板》。我心里有个念头，像个鬼，一直蠢蠢欲动，却不敢行动得过于莽撞。我是个懂得前期铺垫的人。

时间过得真快，靠背椅上对对恋人渐渐离去，而我却兴致正浓，马书琴也绝无打呵欠或者提出太晚了要回旅馆的话。我喃喃地说："今晚月光如水，今晚很美好！"我有点作诗的味道。

马书琴莞尔一笑。她爱用笑来迎接我，这使我温暖而自信。我怕的是半途而废。

我俩沿着山间小径，走向空旷的山岙，四周空无一人，凉风袭人，以至于我借机搂住了她的肩胛。我俩背靠在一块横卧的岩石一侧，可以听到昆虫的鸣叫，和我俩心跳的声音、呼气声。而我一直在呼入她体内的芳香。

装有冬瓜茶、巧克力、瓜子、餐巾纸之类的塑料袋，一半轻了，它从我手中滑下，彼此的等待从皮肤中溢出阵阵灼痛的气息。我把马书琴一把揽入怀中……

马书琴在我的要求下，住了三天，进货回家走了。这三天马力乖乖地到厂里上下班，我没把三天里与他姐姐发生的事告诉他，三天中我与马书琴的幽会在悄悄地进行着，包括马力也一无所知。所以，马力以为他姐姐第二天午后到寝室，给他和我洗完衣裳（包括马力昨晚浸在脸盆里的衣裳）就回家了，再说马书琴也想知道她弟弟有否改了，好回去向马立鞭做个交代。这些都不是她逗留的原因。原因在于我和她自己。

书琴与我的关系有了质的飞跃。

巧的是马书琴走后，马力当天上班了一个来钟头，就开溜了。蒲瓜不舒服地说了句：哪怕马力给我请个假也好。蒲瓜可能对马力的吊儿郎当，也皮了。临时工按日计酬，蒲瓜在考勤表上把马力记的工涂了，换上了个"叉"。

蒲瓜

厂长姆胖得像个充气囊，把我叫到厂长室。罗厂长递了根中华烟给我，蒲瓜也在，一副心不在焉地看窗外河边的中学操场上的样子，操场上女体育老师带领一班学生在做扩胸操。与厂长姆的胖相比，蒲瓜还算是苗条。她看着窗外，可眼光不时回来。

厂里在发电影票，成家的正式工、合同工每人可分到两张，临时工只发一张。电影是日本的《寅次郎的故事》。

厂长两口子做媒牵了我和蒲瓜的姻缘线，当面把两张连号的电影票，一张给了我，另一张给蒲瓜，一点也容不得我推辞。看电影时，我只好硬着头皮去了。这事锅外未焦锅里先焦了，一起看电影的厂里同事多少嗅到了我与蒲瓜坐在一起有点暧昧的气味，看电影时我多少有点像此时银幕中的寅次郎，只好傻乎乎地笑。蒲瓜吃冰激凌的大嘴却在油乎乎地笑。厂长两口子夹在我与蒲瓜座位的左右两边，像两个未带枪的侍卫似的，把瓜子、冰激凌之类的零食在我和蒲瓜的手上传来传去。厂长姆跟我的单独谈话说得理由十足，一是我底下有三个弟弟，反正缺我一个，照样将来弟弟们成亲后生的儿子姓陈；二是我是山里人，在城里结婚离不开钱和房子，这些我不具备，这第二条蒲瓜都是现成的。蒲瓜的爹是小东门村支书，他与罗厂长是姨表亲。村支书连续生了“五朵金花”，蒲瓜是小金花，村支书给蒲瓜另外造了一栋两间三层半高的立地房，这就是说，女方为男方准备了结婚条件；三是女方虽是胖了点，但模样周正，女比男大三，有抱金砖的说法。胖人自有胖人的福气，厂长姆说她本人就是个活例子。还是罗厂长很有概括性：“你小子什么也不用带，做倒插门的，只要带根枪就够了！”

电影散场后还早，厂长先说才八点半，厂长姆忙接话，示意四人上蒲瓜家打牌。散场时找到我的马力只好先回了。

蒲瓜的小洋楼造在翠绿的橘树中，此时处在花香的浓意中。

狼狗刚吠了声见是主人，就摇开了尾巴。蒲瓜打开铁门，被唤作灰灰的狼狗先向蒲瓜伸爪伸嘴以示友好，接着是厂长两口子，看起来跟他俩也熟了，对我却冷淡地嗅了嗅。今晚，我对它来说是个陌生的气味。

院子差不多跟小洋楼一样大，种了花花草草，还有几棵桂花树。厂长对我耳语道："你未来的老丈人是村里批地的。"怪不得支书的女儿有这么大的一块地皮。城里的屋基涨到五万元一间，蒲瓜的不动产算起来就是个小富婆了。

我们四人在二楼的客厅里打牌，自然是我与蒲瓜坐对家。吊灯金碧辉煌，只是吊顶做得迂回曲折，过于复杂了，镶了方块形的镜片，映出我们打牌时的复杂表情。茶几上摆了满满的水果、小吃，蒲瓜拿出了两包硬壳中华烟，给厂长发烟时，脸红了红对罗厂长说："表姨丈，算你有口福，这烟是我爹留下的。"厂长却分了一包烟给我，我不敢拿出我 3 元一包的牡丹烟。我怪不好意思的，连忙先拆了中华烟了分给厂长一支。看得出她已按部就班，做了筹备工作。

罗厂长拿出一张红桃 9 叫了王，对蒲瓜挤眉弄眼的："红娣，这么快给姨丈发喜烟了。"又来跟我说："吃喜酒时，要把新郎官灌醉放倒。"

蒲瓜羞红了脸说："姨丈，再逗下去，我可不打牌了，弄得你们三脚翘。"说着拿眼瞟我，我把注意力集中在牌上。蒲瓜的粗眉大概才修饰过，看得出眉毛人造般整齐。用一个大字形容蒲瓜的骨架，无处不体现她各部位的分布，所以看了也觉得整体协调，胖而不肥。

牌打了一圈，我方输了，厂长姆给厂长递了个眼色，厂长喊他肚子饿了，嚷着让蒲瓜做夜点心，蒲瓜连忙说有现成的冷盘，再炒几个菜够了。厂长姆说要来帮忙。

厂长望着两女人进了厨房，说："你小子有福气，蒲瓜大奶大臀，过日子踏实。结婚后如果你腻了她，可以有时出去开开小灶，换换口味，别冷落了正宫乱了后宫就好。"说完朝我一通淫笑。这话倒有点让我心动。罗厂长这话的真实性可靠，可能他对他胖猪似的老婆也是这么做的。

不一会儿，蒲瓜摆出了冷盘牛肉、开心果、海蜇、番茄，热菜是黄鳝蒜苗、葱鸡蛋、腰鼓、香干肉丝，还加一盘切开了的广柑。看得出，这些菜是预先备了洗净了的。

酒是陈年花雕，两个女人只是象征性沾了沾湿唇，厂长说他酒量比不过我，意思是他一碗我两碗，正好我怪闷的，也不推，一来一去，三个轮回，我已喝下了六碗。再是划拳，这厂长在划拳上可刁钻得狠，尽是我输，而我是越喝越兴奋，越输越想赢，越想赢偏偏输。

后半夜，我起来找水喝，发现自己睡在蒲瓜客厅的长沙发上，蒲瓜穿着睡衣迷糊在旁边的单人沙发里，两腿搁在一张椅子上。

我醉得一塌糊涂，吐掉了，喝了一整壶的水也不知，头发涨，口干唇燥，是蒲瓜在服侍我。厂长也醉了，被他女人拖走了。而我等厂长两口子一走，似乎没了对手，突然疲倦起来，哗啦啦地吐到了院子里。之后，被蒲瓜一直搀扶着。这个段子，我像电影胶片被洗掉似的，是蒲瓜“回放”给我听的。

我好生一阵感动。

我醉眼迷蒙中的蒲瓜，让我体内有根桅杆在波涛中起伏。

书　琴

端午一过，雨总算歇了，太阳却热烘烘地钻出云来。快中午时，书琴穿了件粉红的无袖衫，从厂门口走了进来，发中的红带是瘦瘦的，仍很醒目。两边低矮的注塑车间油毡棚，有个穿工作服的机修工，在油桶边的水槽中，停住了油腻腻的手。龙头下的水与手若即若离，机修工不怀好意地盯着她的腿部，书琴身上的衣衫尽可能地简单，裸露的肉多于衣料，双腿是一处迷人的风景。机修工眼里有股黏糊糊的液体。

书琴快走到一辆装货车前时，冷不丁发现她的弟弟的头就在车上的纸箱中。她叫了声马力。接着她看到了站在厂办阳台上的我。我向她扬了扬手，她也向我扬手，我飞跑了下来。马力在车后，接过从包装车间楼台竹梯滑下的成品纸箱，叠得满满的纸箱中只见马力的颈部以上的头，不见马力的身，马力的头发是闪亮的，脸上在淌着汗水。马力停下手中的活时，我和书琴在注塑车间的遮阳篷下大声说话，车间里机声隆隆。搭在二楼阳台上的斜坡形竹梯跟着滑下三只成品纸箱，在楼台看统计员计数的蒲瓜叫了一声："马力，快干活，厂里等出货！"

我们三人从厂房中出来，马力身上的蓝褂子没了，但白背心像刚从水中捞出来。马力说：

春天提前蒸发
夏日
未来临

书琴似懂非懂，说："小弟，你受苦了！"

马力的自行车没后座，骑在前，书琴仍坐在我车后，书琴戴上墨镜，拿只手遮阳。下了班的工人们鱼贯而出，书琴不时伸出手拽我后腰，合理又自然。

有一艳丽伊人超车在前，回过头来瞅，是蒲瓜铁青色的大脸盘。蒲瓜的后背厚得像移动的列车。

午饭后，我和马力小睡片刻。书琴在为我们整理房间卫生，洗了一堆衣裳，又找了根绳子系到门前的两棵树上，把衣裳晾了出去，水在滴。书琴一会儿数落我俩把房间弄得像个贼窝似的，一会儿又抱怨这房子潮得衣服没法干。书琴说，诗人总喜欢在伸手不见五指的角落里，苦思冥想……

书琴在进进出出，一刻不停，我见马力在钢丝床上也睡不着。

"你姐姐说话有时冒出女诗人的火花，可惜你姐姐早早地为生活奔波，已磨掉了诗人的触角。"

"你看我姐姐现在像是我们俩的主妇，我嘛当然是她的弟弟，你呢成了她的丈夫。喂，你想娶我姐姐吗？听厂里人说，你想成为蒲瓜家的倒插门女婿？"

“她是剃头挑子，一头热呗！”

“你要是成了我姐夫，我就不用干这份苦力了，安心写我的诗，反正你优柔寡断的，成不了大诗人，不如你供着我，为咱们家乡诞生出个大诗人来，嘻嘻嘻……”

“想得美！我，陈仓满，做马力的姐夫，照当；做大诗人，也不误！”

“两个男人哈哈大笑。”

书琴推开虚掩的里门，手里拿着空着的一只洗衣盆：“什么诗人、姐夫的，快一点半了。”

马力和我一骨碌起来，套上汗衫，我说：“马力盼着我做他的姐夫，他好做个不劳而获的诗人，不知你肯不肯……”

书琴把纸篓拎出：“马力上班别迟到。仓满，下午，陪我到小商品市场，夏季的货走得快，得多进点，需要多个人手。”

“看看吧，马力，你姐已开始差遣你姐夫了，好吧，我先上厂里打个招呼。晚上，我做东，为庆祝当上了马力的姐夫为马力成了我的舅爷为马力成了我供着的大诗人为……”

“为你俩成了油嘴滑舌的诗人！”书琴插嘴笑道。

跟科长打了声招呼，匆匆往桥上街住所杀回。书琴在等我，我一路上想的是今天粉红色的书琴。

上次是鹅黄色的书琴仰靠在公园的岩石上。我把嘴唇贴在她的嘴唇上，她的柔软的身子在我怀里时像带露的花枝摇曳着。我的手在她腰肢以上的身体由衣外入内，最终抵达她的乳峰。我亲了亲她乖巧的双峰；仍然是鹅黄色的书琴，在东风旅馆拉上窗帘的房间里，她的衣衫被我褪去，露出了如剥掉的鸡蛋壳一般的身体，她的身体充满了雾汽，使我澎湃着一股力，聚在浪尖口。她在甜蜜的痛楚中，双手于迎接和阻挡中交替进行着，而迎接远远大于阻挡……

我掏出钥匙时手在抖，好比是幸福来临时的昏厥，我在关外门时弄得很响，打开里门时却尽力控制着自己，门轻轻地开了，轻轻地掩上，“扑”。听到了幽暗的屋里，她从棕棚床上坐起，我一直走到她的身边，把她立起的上半身扳倒。我紧紧地抱住了她，她用双手箍住了我的脖子。

我说："有很久了吧！"

"十七天了！"她说。

这回我俩是脱各自身上的累赘，我们需要彻底地裸身，把两个身体像面团一样揉在一块，于是滋生出浪涛，呈汹涌之势。她以完全接纳我的姿态。我的灵魂贴在水面腾空飞起……降下。

我把桌上台灯的灯泡换上红色的，然后慢慢拧亮，我看到了一枝带露的玫瑰，散发出沁人肺腑的芳香。

"咱俩的事，你有没有跟我弟弟说？"

"你有没有告诉马老师？"

"这是我的事。"

"晚上就住在这吧，旅馆太费钱，你是做小本生意的。"

"我跟你睡在这床上？看把你吓的！"

"我倒很想与你一起睡。哎，我是真的！"

"哪，谁怕谁！……我弟弟怎么办？"

"起床吧，快要散市了，进不到货了！"

"再歇一会儿。你……舒服吗？"

"你呢？"

"第一回那么舒服，魂都要飞！"

"我又想飞了……"

"真是贪得无厌……哦——！"

听到外门打开的声响，我俩在昏睡中醒来，赶紧穿衣，像部队在紧急集合。

不好是马力下班了。里门打开时，已经来不及了，我看到了额头汗涔涔发亮的马力，他的目光有点惊诧。书琴用衣遮住胸部以下的身体。

"我不应该这么早回来，打扰了你们的好梦，我很抱歉！"马力边撤边说，"没想到你还真成了我的姐夫，还开了盏红灯，挺浪漫的，我的姐姐，和真的成了我的姐夫，继续行乐吧。"马力带上门。

马力在小天井里，哗哗拧大水龙头，冲凉。

我把里门打开，白炽灯已大亮。马力只穿裤头湿漉漉地进来。书琴对着小圆镜在梳头，往头发中扎缎带，脸涨成了一块红布。我收拾凌乱的床，以及床底下散了一地的卫生纸。

空气进来时，带着懒洋洋的风，屋子里甜腥腥的气味，在微风中好像一把扇子散开。

后　面

马立鞭退休后，背驼得更厉害了，可能是长期伏案的结果。他养了两条狗，一条叫马力，一条叫书琴，全以儿女名字一公一母命名。马大婶仍硬朗，一早下田干活，烧午饭前顺手带捆系上稻草的不施农药的蔬菜回来。马立鞭已起床，戴着老花眼镜在看报、喝茶、抽烟，他订了很多报纸杂志，其中一份是《诗刊》，每年必订。

马力去了伟大首都北京，每有新作发了，从首都寄回他的样书样刊。马立鞭将作品看过多遍，然后回信指出个中毛病，用红笔勾出。末了点句："与马力商榷。"马力的样刊样书，马立鞭给他整齐地保管好，每当我们上马家时，马立鞭拿出来给我们看，马立鞭是一脸的得意。马力改写畅销书，出了三部长篇小说，书名都很洋气，其中有本书叫《零度情感》，水洋城里原国营新华书店、个体书店、旧书店、地摊上盗版的都有。马力一年到头只在春节回来一趟，每回带的女人跟上回面孔都不同。所以，从十八岁出门远行，到今天恐怕有十五年了吧，也就是说马力光往涌泉带的女人已换过十五个了。

马力回家省亲，也不上街。他的头发很长，梳成一根辫子，扎上橡皮筋。所以，凡马力在涌泉乡的公共场合，即便在寒冷的冬天，他都得戴上鸭舌帽，把辫子盘进帽里。马力向我们介绍一下他的女友。我记住了，过后便忘了。他的女朋友一年一道风景，让人眼花缭乱。其中有位会说几句蹩脚的中国话的白种人。马力回家后都是在马立鞭叫吃中饭的催促中，他才和这任女人起床，站在溪岸刷牙吐牙膏沫洗脸的。马家的人除了马大婶外，都爱晚睡晚起。所以我在午饭前登门，免去了开门的喊话。马力三十出头了还未成家，马立鞭也着急，好像是娶女人的倒是他。所以，马力每次回家后，马立鞭总要盘问他："马力，这回成了吧！"马力的女朋友来自天南地北，每个女人在马家以及我们的涌泉乡，像在国外似的听我们说她不懂的方言。所以，马力也用难得记起来的方言回敬他爹："烦不烦，你老了！"弄得马力的新任女友因马力突然冒出句她听不懂的话当时就傻了。马力常在外边，我们读书时涌泉乡下的老师不会说普通话，马力在外多时，只会说普通话了，差不多忘了家乡话。我在部队练过普通话，我和马家的人，包括马立鞭，只能跟马力用普通话会话了，这是我到马家唯一觉得别扭的地方。马力正在首都赶写一部长达50集的都市爱情剧。他刚到北京时做过枪手，每集只在2000元以下的报酬，且署的是给他出钱的人的名字。现在他的身价是一万元以上一集。马力说他少了一分也不干。我难得回涌泉，总要上马家，与马老喝上几盅，连我没了我爹的娘也醋得狠："马鞭是你爹呀！"

我差点将马老喊成爹了，这来自多年前我与马书琴的关系。马书琴已不扎发带了，剪成了齐耳短发，拉直。她在水洋商业街开了间很高档的女人内衣坊，店铺是她买下的，处在城里的中心地段，光店铺就年年在涨钱。马书琴在城里落脚后，渐渐地也少回涌泉老家了。马立鞭在她女儿家宽大的楼房里住过一阵。他说在城里无亲无故，谁也不理谁，像给他软禁一样。还是乡下习惯。

马书琴现在挺着很大的肚子，会偶尔到内衣坊转转，坐店的她老公见她来了，就停止了跟漂亮的女店员们说笑，女店员乖巧地给老板娘搬凳子，问几时生。她老公说，走动走动也好，生孩子快便些。马书琴谈过几个男人，其中一位在银行管贷款的，挪用了公款做期货，输了，在外躲债，法院已发出了通缉令，但仍逍遥法外。现在马书琴的男人都快使她做妈了。

要说使马书琴差点变成妈的第一个男人，是我。可孩子让我陪着书琴，偷偷上县第三人民医院给刮了。那一年，流产已不需要乡政府打证明了。第一次刮宫，书琴痛得大喊大叫，流了泪，不为别的，为孩子。

蒲瓜，现在很少有人这样叫了。我一直叫她为鲍红娣，有时叫红娣。她在水洋报社印刷厂当上了车间主任，报社的人说话要斯文多了，所以蒲瓜的名号差不多不存在了。蒲瓜只有当水瓶厂的工友们来访时，说话才粗点。罗文钢已另开了一家厂，原镇属的厂因罗文钢带走了业务，倒了。现在的厂是他个人的，买下了小东门村的二十来亩地，买地前三天两头往鲍支书家跑，我在老丈人家见过几回，喝过酒。他对我还是客气。原厂现卖给了新办的水洋报社。蒲瓜本是土地征用工，理所当然她随土地转到了新主顾，即到水洋报社来上班。分到报社印刷厂，她又从工人干到了车间主任。这女人还是挺能干挺会过日子的。我成了鲍家倒插门女婿，与蒲瓜生了个女儿。鲍家的人一直希望我与鲍红娣给鲍家生个儿子。生下女儿后，鲍家的人叽叽咕咕的。我对鲍家的人不客气地说："这又不是我一人的错！"

我考上了水洋报社做记者，这来自于我在部队时写报道立过功。这方面我有点功底。我给马书琴做过人物专访，在水洋报第 3 版《特别报道》栏目，整整用了半版，大标题是"内衣风景线"，报道朝着有利于马书琴从事代理的内衣品牌形象宣传上做。当然绝口不能谈她与我过去的事。报道出来后，马书琴送了我女人鲍红娣三套真丝内衣，其中一只薄得肉眼可见的文胸，据马书琴说是法国新款，托举力十足。鲍红娣戴上后，果然胸部再也不松松垮垮了。

时间长得恐怕连鲍红娣自己也忘了当年有人叫她蒲瓜了。那年，我送走了书琴回到厂里已是晌午，厂长两口子批评我千万不要犯错误，末了一句强调一下恋爱应当自由。我从厂长室出来不久，看到蒲瓜从我窗前一晃而过，蒲瓜去了厂长室。一会儿出来时，马力跑到我办公室，说蒲瓜把他辞了，责任推到他违反《厂规》上。我甩出一叠菜饭票，说："马力，没事的，我来供着你！"

厂家两口子安排的饭局，仍只有我们四人，我不能不去。酒饭可以让人消除紧张，加上厂长两口子善意的煽风点火。饭后，我和蒲瓜去公园散步。夜渐深，公园里的人差不多走光了，她还没有回家的意思。她把我带到山岙里的一块卧石上。她说她有点冷，我不好意思轻飘飘地做了个抱她的动作，有点虚晃一枪，没想到被她一把抱紧了。

我的脸抵在她篮球一样大的胸前。我在篮球般大的双乳间，不由自主地耳热心跳起来。我的嘴唇凑了过去，她的舌头伸了进来，我的舌头也不由得跟着她的舌头搅了起来。这种接吻的方式我还是第一次。于是，我的手开始不老实起来。仅此而已，这一晚后面的事，由于我为书琴，坚定地控制住自己。尽管在这种状态下控制自己是令人煎熬的。

这种煎熬用不了多久，直到有一晚，我住在蒲瓜家，蒲瓜告诉我，她怀孕了。我仔细检点了下自己，我对蒲瓜到了这份上，是由于书琴不在身边，总之是蒲瓜的肉体关很难过，总之我也经不起考验。我发现蒲瓜对床上生活很在行，这让我舒坦。她对我的第一次，也让我舒坦，完事后，我问她我是她的第几个。她反诘我："你以为你跟马姐姐在东风旅馆 103 房的事、桥上街 126 号的事，我不知道？告诉你，咱俩的事算是扯平了！"

书琴来了，我已住在蒲瓜家很多天了。马力被辞了工作，在桥上街的住房到期后我对房东说我不租了。马力说，他来接着租。马力知道我已住在蒲瓜家了，问我："我姐姐怎么办？"

书琴流产回来，身体虚弱，孩子已成形，她哭得很伤心。我让她别太伤心了。马书琴说："我这是为孩子，孩子有活下去的权利。"

这事马书琴还没告诉马家，她流产的事仅限在我与她知道。马力只知我骗了他姐姐，但马力说并不妨碍他与我的友谊。后来，我斗着胆去过马家，发现马立鞭老师浑然不知我与他女儿的事。马书琴为何不把我与她的事告诉她爹，这可真蹊跷。

马书琴对我说，我俩之间的事，首先是她一百个愿意！我记得自己当时愣了好一阵。原以为马书琴会痛哭流涕，死活不肯，上吊或跳江或吞吃整瓶安眠药……

马书琴再次进城是马力出事后的第二天，马书琴要在城里开内衣店，她带了虽不多但是是她多年的积蓄。几天后，她从进城开店的本钱中，取出了 2000 元，送给了马力。马力要到伟大的首都发展。那儿，既是中国文化的大本营，又是流浪艺人的摇篮。马力临走时，只有马书琴与她挥泪道别。我闻讯赶到车站时，马书琴正好从候车室出来。她好像没看见我，我立在一侧，也不上去与她打招呼。那天傍晚，天光很亮，傍晚不像傍晚，国家在推行夏令时。

马力被辞了工，待在桥上街的寝室里写诗，直到有天中午起来，发现自己的口袋里空空的。马力的房租已拖欠了一个月，房东同意他发工资那天再交，女房东也在镇办企业上班，乡镇企业迟发工资很正常，女房东不知马力已失业了。饿了几天的马力，有天，饿眼昏花地走到我厂里。我不在，北京国企的眼镜蛇来了，厂长新选了他舅子刚开张的酒店吃饭。厂长仍让我作陪。

此时，食堂过了中午开饭时间。蒲瓜因厂里出货多，加上女人吃饭速度慢，蒲瓜是食堂里的最后一个顾客。马力在食堂转了很久，因身无分文，又不好意思去乞讨。蒲瓜对马力爱搭不理的，使马力胆怯不敢与蒲瓜靠近。他楼上楼下地转着，他在等我快点回来，胃里大概只有两张皮，皮与皮已磨了多日。蒲瓜圆铝蒸盒里装的是糯米饭。糯米黏得很，洗时颇费力，蒲瓜洗得慢腾腾，还哼着小调。这些天，蒲瓜的心情不错，这跟我有关。中午的阳光很强，食堂在大楼的拐角处，半阴半亮，阳光刚穿透蒲瓜胸部的镂空了花边的衣衫。蒲瓜这些天常穿新衣服，她这天穿的是露肩衫，领子宽宽的。稍一弯身，领口就向外张。

趴在二楼阳台的马力，起初看着蒲瓜在洗刷多余的糯米饭，一点一点地在水槽里被水冲走，堵住了流水孔，被蒲瓜用手指捅开，糯米饭又一点点地被冲走。马力只好收回目光，后来他看到了蒲瓜未能被胸罩包住的双乳，领口在翕动着。蒲瓜饱满的双乳像两只球在水面浮着。

事后，马力对我说，他以为是：

两只巨大的水果在抖动
它发出了钻进我灵魂的
水果香

关在派出所里的马力吃光了我送的三包康师傅方便面后，开始诗意起来。马力向我要了一支烟，深吸了一口：“我已记不清有多少天没进一粒米了。”马力只关了一小时给放了。原因是蒲瓜撤了报警，本来可能要判他一年以上。幸亏那天中午，我们几个从酒店吃完饭回来。被门卫逮住了的马力，给蒲瓜用手指抓破了脸，马力的脸在淌血，可蒲瓜老在骂他不要脸，双手不停地抓他抽他耳光。门卫把马力架起在日头下，他虚弱无力地靠在厂门口的电线杆上，马力没有了肉体的痛感。来厂里上班的工人越围越多，门卫在罗厂长的示意下把马力送到派出所。要不是我向蒲瓜说情，马力可能要在牢里待上个一年半载。我最后对蒲瓜说：“我们快要结婚了！……”

现在，我接着说，蒲瓜冷不丁感到有只手，蓦地从后背到她胸前，抓住了她的一只乳房，然后是另一只乳房。乳房像长在藤蔓上的果瓜，有种在被人摘去中的疼痛。她惊恐万分地喊叫开了，一路狂奔到门口：“抓流氓，抓流氓!”马力还在追，喊着：“蒲瓜，瓜，瓜，瓜……”

梁山伯高度

序

给梁山伯写传记，不光是我的想法，也是他的要求，而且他也信任我执笔，至于写成什么样子，他说是作者的事。

有些事情真奇巧，在众多亲戚中，梁山伯跟我关系非同一般，可能超越了他女儿。他中年丧妻又终身未续，从血缘上讲，他只有一个女儿叫梁超美。这让她有了种种猜忌，甚至怀疑我另有所图。

梁山伯前半生波澜不大，他让我写他时对此可忽略不计，而他的后半生精彩纷呈，一次次成为我们水洋县传奇人物，引来众人围观，造成马路堵塞，不光上报纸，电视台美女主播和摄像帅哥跟随抢镜。他破世界纪录时，连中央级媒体都出动了……有关这些，我将放在后面细述。

梁山伯祖上是西部山区梁家岭一户佃农。我们县东部靠海，中部为辽阔的平原，水网交错。据说，他一周岁时，越剧名角范瑞娟、袁雪芬来演戏，他父母带上儿子从梁家岭到上游的潮济码头坐小汽船赶到县城大戏院，花了一块银圆买了两张戏票。梁母为戏中人物揩湿了泪帕，看戏回来，把儿子土里土气的小名冬生起了正名梁山伯。他父亲也觉得蛮好。

梁山伯读了三年书后，梁家岭遭蝗灾，他家三亩半薄田粮食歉收。梁山伯辍了学，他父亲买了一头母牛，让他放牧、割草、挤奶。

一九五二年冬，十八岁的梁山伯入伍来到山东。新兵连集训结束，参谋长挑兵，见花名册中梁山伯名字，哈哈大笑："他奶奶的，这名字有意思!"军务参谋心领神会，问了带兵的连长，说是个好兵，还能写会算的。官兵会餐，参谋叫梁山伯来敬酒，他唇红齿白，连敬三碗，脸面透红，参谋长连夸："这小鬼不简单！跟我吧!"

这部队是团级编制的养马场，养的马用来输送枪炮弹药等军用物资。

拂晓时分，马队随前线部队跨过鸭绿江。经过狭长的山谷，突然敌机黑压压一片，一颗颗炸弹呼啸而来。参谋长把重机枪架在梁山伯肩头对敌机狂扫。一声巨响，两人都被热气浪炸了出去。等梁山伯醒来，发现自己被泥沙瓦砾埋了。他扒开一看，发现自己在深坑里，身上斜支了一根断树杈，正是它才没让他窒息而死。他屁股满是血，身子有些发冷，慢慢爬出深坑。硝烟未尽，山谷中空无一人，远处有个白点在迷蒙光线中晃动。边上落下一把压瘪了的小号，他使劲吹出低沉的音符："嗒——嘀——嗒——"那个白点朝他放大起来，那是参谋长的马。战马伏下身，用满是热气的舌头舔他的脸。梁山伯慢慢爬上战马，找到了部队。在战地救护所，参谋长忍着术后的疼痛惊呼："他奶奶的，这小鬼命大，活过来了！我们都以为你失踪了。"很快战争结束，三八线也划定了。梁山伯粗通文墨，加上勤奋好学，给提干了，任排职保密员，又提到连级。

他升到副营级后，转业到县政府行政科当副科长，后来行政科升格为机关事务局。他隔三岔五给部委办局承办各种会议餐，因有好酒量，为人豪爽，无里外，大小干部无不与他熟络，常拉他入酒局。似乎没了梁山伯，干部们喝不成酒。他连日喝酒有时想岔开一下，人们互问："梁山伯人呢?"大有掘地三尺也要把他翻出来之意。他一出场，人们顿时兴奋起来，举起酒杯招呼："山伯，快快快……"他回到地方，仍带了口头禅："他奶奶的，没了老子，难不成兔崽子们喝不成酒?"

后来，他总结自己有这么好的人缘，跟他叫梁山伯的名字有关。因为成天喝酒，他临退休前喝出冠心病来了，做“搭桥”手术前，梁超美送了红包，向主刀医生打探。医生说：“老人家若能再活十年算是奇迹……”

梁山伯是我大姑丈，虽于我有恩，但这并不影响我如何写他，传记作者的首要责任是还原人物的真实生活。

以上算作序也。

第一章

一九九三年夏，我大姑丈退休。

梁超美让她父亲把五十来平方米的小套房租出去，新买了八十多平方米的中套房。我大姑丈动手术期间，梁超美从老家请来小保姆梁英子，我们都叫她小英子，她是梁家岭隔了多代的小辈，十九岁，由她来照顾老人家生活，她叫梁山伯为大伯。

老人退休后的活动通常以延年益寿为主，像小桥流水。我大姑丈的晚年生活开头也不例外，但随后出现了波浪式的变化，这要从这年夏天讲起——

退休后的大姑丈闲在家过了一段慢生活。一天早起，他腿脚有点晃，说自己一宿未睡，经过了激烈的思想斗争，“他奶奶的，老子今天就想砸烂电视机，成天窝在家像个囚犯，一天到晚看电视，弄得眼睛都不好使，他奶奶的！”

小英子急忙搬来大救兵，梁超美终于把他父亲的一把大榔头夺下。“你不看电视可以，难道小英子成天盯着天花板发呆啊？”大表姐没好气。

说的也是，小英子考不上大学，想到广东打工，好不容易给大表姐请来当保姆，人家小姑娘觉得当保姆多没面子，是梁超美好说歹说，咱是自家亲戚，晚辈照顾长辈，这才点头。可年轻人有自己的生活方式。

梁超美让她爸跟她一块儿过，从桥上街小区搬出来，他非但不肯，接着还领头闹出另一桩事来。

这小区新建一年光景，广场中心对面有块七八亩大的荒地，要不要规划给一座幼儿园，街道办事处对此一筹莫展。这块没有围墙的荒地闲在那儿，慢慢长出了杂草，又长到齐腰高。春天，传出蛙鸣，是一只只癞蛤蟆在蠕动，见了人慢跳。有居民牵了狗往草丛中拉屎，有小朋友玩捉迷藏。

一天黄昏，一个小女孩吓得面如土色，朝她妈妈奔叫："蛇，妈妈，蛇……"

小区广场配了一组健身器械，我大姑丈在一架健身器上扭扭腰。他曾有过非议，说这种健身好比囚犯到了放风时间。

大姑丈见到此情，连忙奔了过来，像变回壮小伙子，从正在花坛里剪枝的花工身边操起一把锄头，跃入杂草中，追打一条游动逃生的长蛇。他身手敏捷，几下落空后很快将蛇追到死角，将它砸了个稀巴烂，是条油菜花蛇。大姑丈拎着这条肥蛇，向路过的居民炫耀，有妇女听了连忙训示孩子："听到没有？草里有蛇，以后别进去玩了！"

进入秋天，荒地里的杂草泛黄，像要成片燃烧。家长们的训示却未能挡住孩子们到草地里的玩兴。

"嘭！嘭！嘭！"几声鞭炮响。突然，冒出一股股青烟，荒草很快蹿出一团火苗，眼看火烧连片，一位手拿打火机的小男孩哭着从草地里奔了出来，呼喊："起火啦！起火了！"

大姑丈从健身自行车上下来，与越聚越多的居民纷纷拿了脸盆水桶，投入小区有史以来第一场灭火运动中。等一辆消防车风驰电掣地赶来，准备铺放水管带时，只剩下一点青烟了，空气中散发着浓浓的焦煳味。我大姑丈站在一堆湿乎乎的废墟上，他的大鼻头上还凝结着一层灰垢，被人们团团围住，听他一遍遍讲述刚刚亲历的事件。他唾沫飞溅，兴致高涨，连有人递来的一瓶矿泉水他都没打开盖子。当中有正在采访本上记寻的我。

"咦，梁山伯！他早先不是在县政府的？住到咱们小区来了？老将不减雄风嘛……"有人认出了我大姑丈，跟着扯起他"三碗不过岗”的往事。

小区居民还沉浸在这场灭火事件的回忆中。一天，天光渐明，梁山伯雄赳赳气昂昂带了一群老头老太太，肩扛农具在小区广场集结。据小英子说，前晚他把这些老人请到家来，支小英子上超市。她在门缝偷听了一会儿，以为老人团商量什么健身或是公益活动，常听大伯念叨，退了休要对社会发挥余热，要不然的话闷在家里等死……

这天早上，居民们鱼贯而出，发现这块荒地有越来越多的老年人进入，用锄头铁锨把杂草铲除，一两小时后，垄出一块块平地，他们像帝国列强瓜分殖民地，地上散落着一片片枯叶败草。等到保安叫来居委会业委会人员时，见已划出了纵横交错的地垄。

领地已划出，大姑丈头戴斗笠在东面最大的一块地上提洒水壶洒水，边上有位老太太在湿润的自家地上撒菜籽，额头上映出幸福的笑纹……延安时期开垦南泥湾的景象再现。我大姑丈躬身劳作着引吭高歌：“如呀今的南泥湾，与呀往年不一般，不呀一般……”引来合唱声。

男业委会主任和女居委会主任像一对主副裁判，向“菜农”们叫停，但没人停下来。小区物业引来了110警察，但他们的劝阻是如此苍白无力，这些居民种菜热情空前高涨。

小英子跟我回忆说，前晚大伯的农具根本没放在家里，而是跟这些同盟军半夜悄悄放在荒地杂草一角。在我看来，我大姑丈及同盟者早已着手“秋收起义”，连“武器”的放置都列入行动纲领中。我不得不佩服这些老人有着丰富的斗争经验。

大多数居民不站在小区管理人员一边，最后还是梁山伯作为菜农代表出面讲话：“这事你们也不必为难，反正这块地荒在那儿还出了好多起让居民心惊肉跳的事儿，我们种种菜，当作老年人健身休闲运动，响应绿色环保号召。哪天，等上面规划下来了，他奶奶的，咱们二话没说，退菜还地。”

话音刚落，一片附和声。这事算是平息了。

当晚七点半，县电视台“水洋播报”，有条新闻的主要人物是梁山伯，第二天我采写的新闻《小区荒地要不要让居民先种种菜》登在报纸“深度”栏目上。有不少读者打进报社热线，反映他们小区遇到荒地不让种菜问题。

为此，梁超美怪我多事，还说这事闹得满城风雨，丢了她脸，同事们无人不晓。

反被他呛了一口：“这事跟仓满没关系，他奶奶的，他当记者当然要及时报道喽！我的事我做主！”

仓满是我小名。我似乎是风箱里的老鼠，两头受气也。

“可你也得替后代想想啊，我们的面子往哪搁？你这是咋搞的，退了休反倒从正面人物当起负面人物了？”大表姐仍气咻咻的。

“不就是比芝麻还小的官嘛，没有老子哪有你！”

大表姐顿时无语。

梁山伯种出了第一季菜，自家吃不了，就挨家派送给城里的亲友老同事，说自己种的菜没施一丁点儿化肥农药。给梁超美运来了两竹箩红皮番薯，让女儿女婿哭笑不得。留他吃饭时，倒是平常胃口很差的外孙女甜甜这晚大吃熟番薯，嚷着让外公带她到地里挖番薯。第二天放学时，他早在校门口候着，连忙带甜甜到菜地里，教她认：“这是茄子，那边长竹叶子的不是竹子，泥下埋的是生姜，你妈妈炒菜少不了的……他奶奶的，你们学生娃真是四体不勤五谷不分！”

一年后，这块菜地终于规划下来了，造幼儿园。

批文一到，小区里到处贴了布告，通知种菜的居民十日内收菜。直到最后一天，我大姑丈这才慢悠悠地晃到菜地，见一伙老头老太干愣在那儿朝我大姑丈觑。“他奶奶的，这通知来得真不是时候，这小菜苗才种下没几天哇！拔吧，咱说话算数！”这些人像老臣终于等到了一纸圣谕，呼啦啦收菜。

我采访中，见小英子替他打下手，我招呼道：“大姑丈，收了菜，你老还得夕阳红吧？听说宁江公园那边跳老年迪斯科可来劲啦！还有老干部活动中心他们谈国家大事国际风云，谈着谈着，分成两派，争得脸红脖子粗，拍桌打凳，差点……”

“吃饱了撑的，咱大活人还会给尿憋死？他奶奶的！”大姑丈一把将一两寸长的豆苗拔了。

我爷爷九十一岁去世。

那年，我见到了一位长得人高马大的长辈，这是我从记事起第一次见到我大姑丈。

办丧事时，家里来了许多亲友。我大姑丈接到电报，跟大姑从山东坐火车赶来奔丧，又从省城中转坐长途汽车到县城，三百多公里，一早坐车，到天黑前，我们才见大姑丈提了大包小包一阵风似的走来，小姑劈头问："梁山伯来了，祝英台呢?"大姑丈从水缸里打出一瓢水，咕噜噜喝了个精光，吐了口长气："被我撂下了，他奶奶的，像个小脚女人。"

远远的，见两口池塘相交中的一条石板路上，走来一位短发女子，臂弯上钩了一只蓝布包。人近了，娇喘吁吁声，捶着胸："这催命鬼，英台哪追得上山伯也——"我大姑晕车，吐得无了力气，又跟不上大姑丈的军人步伐。我大姑叫陈秀莹，只因大姑丈叫梁山伯，被我二姑小姑老拿她"英台英台"地开涮。

我爷爷高寿而终，算是一桩喜丧，下葬后的当晚借晒谷场办了七八桌"落山酒"。之后，大姑也在娘家小住。那时物资紧缺，很快，娘家没什么好吃的了，我奶奶连猪油都舍不得放。开饭时，我见大姑丈似乎难以下咽的样子，又不好表露出来。他饭量大，每回三下五除二扒完饭菜，就抽身到田间溜达去了。他是闲不住的人，不关心鸡毛蒜皮的事，也不讲究什么礼节。而见到年少好动的我，特别是爱玩小花样的我，他顿时来了兴致，双眼放光，跟我耳语一番，我心花怒放。

我牵了邻家一条黄狗，提了一柄粪勺，他跟来了。我俩到田埂上，朝一只只鼠洞灌水，又在田间机耕路上掀一块块石板，让狗叼了鼠，逮了满篓子硕大的活鼠。

我正为如何活杀如何"烹饪"鼠肉犯愁，不想大姑丈已操起一把裁衣剪刀在捋袖子了。

这种活他操弄起来熟门熟路，教我要从鼠眼部位开剪，把鼠头上半部扔了，有毒，最好吃的是鼠腿，又说他在部队跟参谋长偶尔干些偷鸡摸狗的勾当。

大姑丈让我到地里摘了一把大蒜，等锅热得冒烟，他一把将鼠肉炒了。一会儿，陈家院里院外满是鼠肉飘香，连左邻右舍也赶来了，拿了筷子挤入人堆抢吃鼠肉。只有我的三位姑妈不动筷，说吃鼠肉就是吃人肉，酸溜溜的。等到大姑丈拍了拍鼓胀起来的肚皮，打着饱嗝出来，正撞了大姑，被她拉到门外，两人从悄声到大声，吵了。我偷听到，大姑在责备大姑丈，说是他老丈人刚走了，不该让邻居看见有这高兴样。

大姑丈却说："老爷子走了，谁都没法子，何况他活到这份上，有福之人哪，可咱们活人该干啥就干啥！"说完，他一人提了一只小木桶"噔噔噔"到田间转悠去了。

傍晚，等他赤着脚回来时，连脚丫子都是泥，胸前挂了一双大号军皮鞋，一手提了一水桶的黄鳝，是他到田里捕的，不用钓钩，光凭两只脚轮着朝鳝洞口踩水，那黄鳝受不了污浊的水从另一洞口钻出奔逃，被他用手一一活捉了。后来，我用这种捕鳝法，屡试不爽。

陈家连吃黄鳝，大姑丈用水煮、爆炒等，让我们大饱口福，二姑小姑直夸大姐夫有法子，想方设法改善我们的伙食，功劳大大的。说得大姑脸又绯红了，故作娇嗔状，又隐忍不住，朝他吃吃地笑。

这是梁山伯留给我年少时最鲜活的一段记忆。

可怜我大姑无福消受。两人回部队没几年，她因患脑癌去世了。

第二章

没了菜种的大姑丈有些日子猫在家不出，也没好性子，身子又虚胖起来，小英子小心服侍他，大气都不敢出，连走路都轻飘飘的，仿佛随时会踩爆气球。

梁超美难得来看她父亲一次，我也礼节性地来探访。才坐了一会儿，见我大姑丈只顾拿着放大镜在扫描一本有插图的书，宽大的写字桌上堆了一摞摞有关野外生存方面的新书，边上有笔记本，两头削得尖尖的红蓝铅笔，像一位将军在制订作战计划中。

梁超美问了问，见她父亲未应答，她兴味索然，让她父亲好生待着，别再丢人现眼的。

他瞪了一眼，她忙退身而出，跟了我，来到小区广场，问："我老爸这是要干吗？是上井冈山打游击，还是重回朝鲜战场？"

我回道："怕是来了旧情结？"

她转了话题，聊起购房的事，眉飞色舞，还鼓动我也入伙，说那帮官太太个个"发烧"。见对牛弹琴似的，她有点失望，骑上摩托车一溜烟走了。

过了中秋，天渐转凉，连日晴空万里。

我以为种不成菜后的大姑丈开始收心，激不起多大的浪花，然而看似寻常最奇崛，没想到这一切在静悄悄地进行，直到他成为水洋城又一个热点新闻。

那个周末，近午夜，我是接到小英子电话，才知我大姑丈失踪了的。由于职业性质，我的手机全天候开通。

梁山伯半夜未归，那只铃声加大了的老年手机却一直无人接听。小英子说他手机丢在家里，是聋子的耳朵——摆设。而且，他夜走的事，不让她告诉任何人。

我心头"咯噔"一下，转而一想：事情会不会有这么严重？

大姑丈悄悄夜走已有多日，小英子回忆说，大伯此前到劳保店购了一副行头，有军便服、水壶、胶鞋，还从地摊买了一副俄罗斯产的望远镜、手电筒等。

大姑丈第一次夜走，小英子要跟上，他劝不了她。从桥上街小区穿过西门街，到了宁江公园。这条江的上游通向西部桐树坑大水库。沿江有三四十里的江堤，江堤分为上堤和下堤，上堤是一米多宽的水泥路，两边种有棕榈树，临江边每隔五米就有一盏仿古宫灯。而下堤是条弯石径，两尺余宽，条石未经人工磨过，凹凸不平，条石与条石间相隔两寸许宽缝隙，中间长满了短草，石径临了江水，岸边长了齐刷刷的芦苇，每蓬稻草垛般大的芦苇丛相隔一米多，有两人多高。

走着走着，我额头不时触及两蓬芦苇丛之间黏糊糊的蜘蛛网丝。

我与小英子会合一支烟工夫，大表姐骑了摩托车赶到了，在上堤停住，到此已是断头路了，给筑了一道一人高的拦路石，一旁斜出一条弧形弯道。大表姐推车下堤，我们三人站在横跨宁江公园的第二条大桥——望江门桥下，下堤与第一个桥墩相交。

小英子说，姑丈一到宁江公园越走越快，两岸传来震天价响的舞曲，他边走边用双手捂了耳朵，见到路灯就用手遮眼。她觉得大伯怪怪的，像中央台《人与自然》里的夜游动物。

大表姐埋怨小英子："这么个大活人都看不住！还不快追！"

她猛踩油门，这摩托车在条石路上颠来颠去，没十几米就上了坡道，她"啊——"的一声，连人带车倾倒在右侧的一蓬芦苇丛中，被我追上一把搀扶起来，她身上有点脏有点湿，像似进了水。

梁超美焦急起来，又手足无措，说："做最坏打算，老爸八成是溺水而亡了，要不要报警？"

倒让我差点笑出声来："你不是警察吗？虽说是交警。"

见我不置可否，梁超美只好弃车，我们三人沿着下堤向北面急行，寻找失踪的主子。

两个女人行进中，像似咬紧牙关。

小英子喘着气说，第一晚她实在跟不上大伯，走得像解放军挺进大别山一样。等到了望江门桥下，大伯让她别跟了，就在这等他。后来，她每到了望江门桥下就歇了，带了 MP3 听流行音乐，等他回来。之后越等越久。夜走快有半个月了，没想到他今晚这么久了还没回来。

大表姐责怪，这事不该瞒了她。小英子认真起来："大伯是很严肃嘱咐的，当作军事机密，让我当好首长的机要员，当机要员一旦被俘，宁可牺牲，宁可受严刑拷打，也不做叛徒，宁——"

我笑得岔了气，大表姐摆了摆手："都什么乱七八糟的，你被洗过脑了！还宁宁宁的，当务之急是从向宁——宁江西北方向，来个地毯式大搜索！"

前方灯光隐约，江对岸现出一个村庄。小英子累坏了，说自己走惯了山路都走不动了。

出第三座桥，是三江口，江堤到了这儿向西北打了个湾，向西迤逦而去，通向中游至上游，我大姑丈该不是夜走到了桐柏水库？

前方无路，只有月光辉映下的粼粼江水，像打了无数道皱褶。

万籁俱寂，传来秋虫的鸣叫声，还有三种脚步声和喘气声。大表姐突地坐在刻有“十里浦”字的石碑上，“打死我也不走了，实在动不了，这老不死的，真让一家人闹得好不安生！唉，都这么晚了，可老爸总得活要见人死要见尸啊……”

我撂下她俩，一人继续追赶。

还好，我得过县中学生运动会万米长跑第三名……

回想我大姑丈夜走的事件，写到这时我忍俊不禁。

按我们行话来说，退休后的生活，他是个不断出彩的人。

确切地说，我是在过“廿五里浦”石碑才找到大姑丈，并与他做伴，坐着坐着一直坐到天亮的。

那晚，弦月西移，我快到一个地名叫沙埠的水闸边，见闸口堆满了水葫芦，离闸口不远处的岸边乱石堆中现出一团火光。

我大姑丈赤着身，正在翻烤湿衣裳，散发出一股股热气。

“你来啦，来得早不如来得巧，喏，见者有份，来尝尝我捕来的野生鲫鱼，这条足有四两重！”他用小梢棒从灰堆中叉出一条烤鱼，香喷喷的。

“你可真会享受生活呵，可超美、小英子急死了。”我看到岸边泊了一条小舢板，上面堆着一口网眼密密的小渔网。

“倒把这事搞忘了，死不了的，咱们该干啥就干啥，”大姑丈自顾咬了一口烤鱼，“嗯，还真不错！他奶奶的，我命大着哩，翻了船还不是照样没喂王八！嘿嘿嘿……”

原来，此前的一个大白天，大姑丈前去“踩点”，行走到廿五里浦之后，来到沙埠水闸，发现边上泊了一条捕鱼小舢板，他跟船主讲好租用价钱，开头船主不肯，怕老人有闪失。但大姑丈出的价钱是船主一天捕鱼收益的三倍，这位本来把捕鱼当副业的大汉心动了。

我大姑丈日里多睡，夜里来了精神。他一路走到了沙埠，还悠然过起了渔人生活。

当晚，合当有事。我大姑丈划小舢板到江中，起网时见有几条银光闪闪的大鱼，乐得没站稳船头，栽到了江里。他少年时在老家溪里是个水鸭子，这回呛了几口水，很快爬上舢板，划着桨上岸，浑身水淋淋的。天已转凉，起了秋露。我大姑丈身上起了鸡皮疙瘩，但他已有预备，随身带了一只军绿色挎包，包里装有火柴、手电筒。如今人们都用一次性打火机了，至于火柴，他说自己找遍了小店都断货，才想到跟县政府招待所所长要的。大姑丈用一把瑞士军刀砍了干芦苇当柴火，像回到茹毛饮血的原始年代，将身上湿透的衣衫烘干，末了还没忘品尝胜利果实——从活鲫鱼到烤鱼。

我津津有味地分享了他的丰收成果，就像现代游客被部落头领请到寨中，参加篝火烤鱼节。

此时天光微明，鸡血石似的晨曦初现东方。

好在我找到梁山伯时，已给梁超美打手机，让她俩回家好好睡个安稳觉。

第三章

小英子再次感到压力，她觉得看护大伯——或许叫他怪老头才是——的责任越来越重，决定打道回府。

大表姐曾给小英子介绍过几个对象，男方都婉转地提出不合适，其实嫌她是山里人。她回老家不久，外出种西瓜发了点小财的小后生阿福看上了她，送了彩礼。

这事后，大表姐接她父亲上她家住，没过一星期，他回桥上街小区了，连个招呼也不打。女儿给父亲下了死令，不准他夜走。她不时来探望他，还差了甜甜来盯梢。

宽带上网开始普及，梁山伯也购了一台电脑，他花学费上老年大学学打五笔字型，又在外孙女的辅导下，学上网，倒也不亦乐乎。梁超美渐渐放松了警戒，再说甜甜正在初三毕业班准备考重点高中，不能把功课撂下。梁山伯成了孤家寡人，乐得逍遥。我见他用红蓝铅笔在本县地图上涂有各种标记，问他，回道“保密”。

春去夏来，我大姑丈开始日里行走。按今天时尚的说法是驴走。

天蒙蒙亮，他开始出发。

连日驴走，每天回家越来越晚，早餐就在回城的街头吃，有次已是十点多了，挨家找了几家早餐店见都关门了，他索性到快餐店把早餐连中餐一块儿解决了。为此，他第二天早上出发前带上旺旺雪饼之类的干粮。

我大姑丈沿着省道从水洋城走到二十多里外的桃渚城，在海边稍事休息，又从原路返回。行人看到，马路边上有位个子高高的古铜肤色的老头左挎绿色军包右背军用水壶，白背心被汗水湿透了。这位老人短发花白，不时用毛巾擦汗，两臂甩动有力，双脚每一步迈出两尺许，像仪仗队员。人们很快知道这位老人叫梁山伯。

他饿时，边走边啃着一块雪饼，咕噜噜地拿了水壶喝几口，行人驻步观望，似乎是见一位老将军重走长征路。

有个星期天，我骑了摩托车跟了他。第二次，我还未到桃渚城就弃下他，自己找那边的朋友玩去了，我是觉得头一回跟他还有点新鲜感。可到了第二回，这一路上看来看去那景似曾相识，但对我大姑丈来说，似乎每一日的太阳都是新的。一年三百六十五日，他连大年初一也不放过。开头，大表姐还为她父亲有些担忧，生怕被车撞了，或是旧病复发半途昏迷了，但连着几日见他平安无事，饭量大增，且精神抖擞的，连电脑也不上了。梁超美也就少了几分挂念，只是嘱他注意安全。

后来，我给大姑丈写了通讯：《日走五十里的“老阿甘”——风雨无阻两年如一日》。这篇报道出来，正好奥斯卡获奖电影《阿甘正传》在水洋影城热映，有读者包括年轻人纷纷给报社打来电话，要求加入梁山伯的行列。

紧随他后面的驴走者越来越多，沿途不时有行人向他大喊：“老阿甘，梁山伯，加油！”

很快，这些追随者跟着跟着陆续掉队了，或者向后转了，追随者越来很少，最后还是他一人孤独地行走。我加上“孤独”两字，可能带有我的偏见。

他每日仍然走着，直到有个梅雨天得了高烧，连日卧床不起，但他坚持不挂针。他说："那次做大手术，一天到晚地挂，连拉出来的尿都有药味，他奶奶的。"他在家窝着，坚持多睡多喝水多喝汤，一个星期后高烧倒自行消退了，按我大姑丈的说法，"他奶奶的，感冒算个熊，还不是被我打败了！"

他把感冒当作身体的一个敌人，用一个勇士的抗击力战无不胜。

根据他在笔记本上的记述，从开始驴走，足足走了两年三月零九天，共3120公里。我在后续报道中还写道：他走的总里程，从中国江南水洋县可到帕米尔高原——亚洲多处山脉的汇集地。

我们都以为，年已花甲的梁山伯已破这项世界吉尼斯纪录。后来，我查了查资料，仅差13米，就达到。很遗憾。

但是，接下来的一项，或者说是他的又一壮举，真正破了吉尼斯纪录——

进入21世纪，电子产品迅猛发展，汽车产业蒸蒸日上。中产阶层开始购私家车，原先我们水洋城狭窄的四条环城路完成第一次拓宽工程。

2001年，梁超美买了一辆奥迪轿车后，接着我也有了一辆尼桑吉普。

然而，梁山伯却要"开历史倒车"，他决定用倒走来打败时间。梁超美多次劝阻他父亲："悠着点，别穷折腾了！"

关于这件事，我的不少同事也认为梁山伯是有点疯了，我不敢苟同，我大姑丈也许有他的想法。一切无法阻挡。

最初，他在小区练习倒走，居民们从好奇渐觉正常。因为我大姑丈引用媒体上的相关报道向人们做口头大力宣传，他挺了腰身后仰倒走，说这样的话，那些平常因顺走，没动过的腰背也转动起来了，他奶奶的，气血也畅通了。像气功师展示他的运气、吐气，可这些肉眼凡胎者还是无法看见真气。他有点恼，他对我说："你成天坐在电脑前，都快变成弯人了，快来倒走，他奶奶的，把脊梁骨拉直。"

他让外孙女也跟着他倒走，这样他奶奶的，就不会变驼子了。说得甜甜立马挺胸收腹，摘下近视眼镜，夸外公真棒！被梁超美啐了一口：“你外公是老神经！”

但是，过了没多久，梁山伯要从小区倒走到街上，引起了小城一场不小的震动。

也不知他从哪里弄来的倒走配套装备，我大姑丈可谓是兵马未动，粮草先行，他在双肩上安了一副木架，像古代犯人被充军时用的木枷，最戏剧的是在木架两头撑起两个小后视镜。他后来告诉我，是从摩托车修理铺买的，有了这副二手行头，他自己当木工，买了木料，加上刨锯等五金工具加工，完工后还扫了一地的木屑。他神情颇为得意：“他奶奶的，这活我忙了一天，一想到这副行头，他奶奶，说不定是专利产品，他奶奶的，世上无难事，只要肯登攀。”

我简直佩服大姑丈非同寻常的创造力，也为他的怪招迭出心生些许忧虑，当这起马路新闻在我们小城“爆炸”后，她的女儿梁超美也成为人们饭桌上的一个话题。自然，她恼怒起来，又不敢对她父亲过于发泄。而我大姑丈决定了的事就像一头犟牛，拉都拉不回来。

这次的新闻线索我还向电视台同行通报，实际上我们还是慢了半拍，小城的人们早已奔走相告。

按新闻五个“W”中的关键“W”来表述：那天的时间已是上班高峰期，地点在城区中山街口，主要人物还是梁山伯。

这天早上，他架上这副行头从自家门口倒退走出，先是引来送小孩子上学的家长关注，我大姑丈头戴了一顶墨绿色帽檐及耳尖的钢盔，坐在家长助动车后座的小朋友阵阵惊呼：“哇塞哇塞，奥特曼，太空超人耶！”

我大姑丈出了小区的困难是首先要过西门大道，还好人车不多。他双眼环视后视镜，从斑马线顺利走过，倒走在人行道上，边上是种有一排银杏树的绿化带。

他开始倒走约三公里长的环城西路，当中穿越两个有红绿灯的道口。但是，接下来要过环城东路时就遇到了麻烦，必须要过中山街口，才可继续向前倒走。这条街与老县府街十字相交，又靠近一所重点小学和一所重点中学。

我大姑丈就是在这中心位置造成全城交通大瘫痪的，车子给堵成了一条条长龙，车主们不时鸣着喇叭，还有交警车的鸣笛声，警灯疯转着。当中梁超美也赶来现场指挥。交警们不敢责骂，这是冲着他女儿来的，梁超美当时脸色有多难看啊！她对父亲大声呵斥，但她很快进入带领交警紧急疏通的角色，因为连县政府12345热线都快给打爆了，工作人员把情况反馈给了在现场指挥的梁超美。

当时，梁山伯为要不要横穿中山街口还是犹豫了一下，停下脚步，但是开弓已没有回头箭。

他进入这条斑马线时，正好黄灯亮了，还没等绿灯亮，一辆满载了沙子的工程车突然闯入，“嘎吱”一声急刹车，没围竹篱的工程车撒出一地沙子，后面的三五辆车连着追尾，顿时交通给堵了起来，工程车司机紧摁起喇叭，这位怪老头像个聋子似的。很快，有人发现，他从两耳各掏出了一团小棉絮，扮了扮鬼脸，又塞上。我大姑丈有了防备，更不用说应对那些车主的谩骂了。但他因眼前的状况还是有点忙乱，没想到事情会到这步田地。他傻站着，又不肯掉头顺走，两位男交警抬了我大姑丈的身子走到岗亭边，替他卸下装有后视镜的木架。

这起交通大拥堵，一个多小时后才得以缓解。我大姑丈被梁超美派来的警车送回了家，好在他这次倒走有惊无险，但造成追尾事故的车辆损失，最终由保险公司来买单，可能他们也不敢得罪交警大队，县政府有关部门对此也没追究责任。

事情收场前，我跟电视台的同行，也就是美女主持蝴蝶儿，让她播发新闻时尽量淡化，我在自家报上只发条简讯，不见报对读者又不好交代。

全球资讯泛滥，当我这条简讯登出，又被当地新闻网站转载后，当地人气很旺的最大民间网站“管闲事”也转了，一时跟帖者众多，有网民将现场拍的照片附上。更没想到，我写的这条豆腐块消息给全国多家大网站转载后，被上海吉尼斯总部发现了。

我的大姑丈梁山伯即将成为全球关注人物，更不用说小小水洋县——

2001年10月1日。

上海吉尼斯总部的王女士来了，带了两名工作人员，新华社各派出了一名文字和摄影记者，央视体育频道出动了实况转播车。

水洋城万人空巷，人们等待着这位悬念式的人物能否再创奇迹。

他，就是梁山伯。

这天，对于梁超美来说阳光灿烂，一早起床梳洗，朝脸颊扑了扑粉，施了淡淡的胭脂，描了描口红，她换了新制服，要带领警队为她父亲保驾护航。

上次事件后，我大姑丈被她女儿"封杀"，停止这样的愚蠢行为，没想到几天后突然喜从天降，吉尼斯上海总部的王女士通过电话联系到县新闻办后，要在这一天见证梁山伯倒走的历史奇迹，关键是他去掉后视镜后能否倒走十公里。

县政府特地为这项活动多次开预备会议，出台了各种应急预案，除了所经路线实行交通管制外，还安排了各路人员，沿途十步一岗，配有宣传车，打上横幅标语。

这一切都是为梁山伯准备的。

吉尼斯工作人员路段在每隔一公里设"ID卡"设备，便于确认我大姑丈最终倒走的里程。

对于顺走惯了又有倒走经验的他来说，加上沿途有警车开道，我大姑丈从起点兜了一大圈接近终点时，很轻松。最后冲刺时，他挥舞起双手，与观众同乐，像巴西足球队员临门一脚，球越人墙应声进网，主攻手与队友与球迷跳起桑巴舞。

"总里程是12.3公里，"王女士拿了无线麦克风，"我代表吉尼斯总部正式宣布，梁山伯先生倒走成绩完全有效！"

梁山伯被人们包围了，鲜花、掌声、欢呼声，汇成欢乐的海洋。穿警服的梁超美，还有胸挂采访证的我，把梁山伯的身子抬起来，抛，接……

不时又有人挤进来抬，一直把他抬到了县府广场上。一群男女交警手拉手，又有无数观众加入进来，人圈越拉越大，整个广场都是森林般的手，狂欢着。

大姑丈说他当时的感觉：“他奶奶的，晕死我了，天空像只小时候被我不停抽打的陀螺！”

第四章

破了吉尼斯纪录的大姑丈，反倒停止倒走运动了。城里有一阵子刮起了倒走热，还出了一起一位老太太因后脑撞电线杆受伤事件。县政府出动多辆宣传车，沿途用喇叭提示倒走爱好者，应到运动场、公园等安全场所进行。

梁山伯像个能掐会算的神算子：“这些傻瓜，他奶奶的，尽啃别人扔了的馒头。”

他几乎闭门不出。曾经出现在公众面前，被人指指点点。我大姑丈功成名就后当起息影明星。

斗转星移，因为网络，全球每日产生海量信息，又隔日更新。人们很快把梁山伯淡忘了。

接下来几年，梁山伯到处走走，又随老人团出游，又走遍全县大小庙宇。

梁超美一直担心她父亲过不了七十岁这道坎，按水洋风俗，在他六十九周岁时为他办了热热闹闹的七十大寿。

庆寿后，大姑丈提出要回梁家岭一趟，大表姐以为他是小住几日。梁家岭只有百来户人家庭，部分乡亲进城买房，半数以上村民住在山脚下的移民新村小别墅，半岭上的老村落差不多成了空巢，只留有十来户人家。

但是，上了梁家岭老村落的梁山伯不肯下山了，他看中了村小墙面倾颓的院子，村小早被并入乡校了。我大姑丈跟村主任说好了，先租用十年。

听到这个消息，大表姐跟我说：“老头子不知又给扯上了哪根筋！”

大表姐拉我上山，苦劝他，他抱着村口一棵三人都抱不过来的老樟树，死也不肯下山。而且他已叫好几位留守村民整修院子，当中有原是瓦工出身的阿福。这一阵子海南种西瓜是个淡季，他在家歇着。小英子嫁了他后有了儿子。

梁山伯要在老村落扎根，大力发展高山无公害产业，其中一项主业是养高山土鸡。

大表姐“天哪天哪”地直叹气，“我说这城里的房地产为啥这么火，其中一个原因是乡下人扎堆进城，我做房子赚……他倒好，回老家吃老本，切!”

我猜想她有很多套房子。表姐夫又是市里干部。

梁山伯说干就干。

可要把这么多的建筑材料运上半山腰，光凭这几人来干颇费工耗时，在部队当过养马场副营长的大姑丈去了一趟山东李庄，这个部队早年被精兵简政撤了番号，养马场归入地方，畜牧业非常发达。我大姑丈买下了正处青壮期的一匹公马和一头母驴，与一辆运猪车混搭，千里迢迢把家还。经过一天一夜两位司机轮着开，于清晨运猪车把臭烘烘的猪送到水洋县屠宰场，又送我大姑丈到梁家岭下，江南一带的人很少在本地见到这种牲畜，山里人更是稀奇。

每天一早，一匹马和一头驴从山脚下把石料及日常用品从山间小道运到半山腰，途中响起“叮叮当当”的铃铛声。小英子跟过我大姑丈一回后，会独自驾马赶驴，山里不时回荡着她银铃似的“得儿驾”的吆喝声。

这项翻修工程几乎用了一个冬季。一座小四合院修筑而成，不通电，自然不用安装电视机、电脑等现代电器，我大姑丈甚至不用电话、手机，还在院中搭了间伙房，垒了个土灶，配了只风箱，这风箱和土灶全凭他年少时的记性来复原的。唯一稍稍近代点的是照明用马灯，为此他骑了马到乡加油站买了两塑料壶柴油。

种种迹象表明，我大姑丈想过旧时生活，至于他是不是怀旧，我就难说了。他后来的生活可以证明：视力越来越好，连听力都恢复了，半夜会被老鼠偷吃粮食声而惊醒，甚至到鸡场转转，提了马灯来照，看看小鸡有否被黄鼠狼叼走了。

过完年，阿福要回海南种西瓜了，小英子留下来了，继续帮我大姑丈打下手，说好给工钱，年终还有红包。

春暖花开，大姑丈带上小英子去邻省江西选购土鸡种，回到水洋又买了三头嗷嗷叫粉嘟嘟的小猪崽以及生活用品。事前，我大姑丈开列了一份单子，可见他对接下来的生活安排颇有计划，可能跟他当过军需官有关系。

这鸡场建在村岙，有草有树有溪。岙是山中平地的意思。

小鸡没长羽毛前，大部分时间待在鸡棚里。我大姑丈和小英子到潮湿的泥地里挖蚯蚓，来喂小鸡。不用一星半点催长饲料，这是梁山伯养高山鸡的原则——纯放养。

小鸡成长阶段，梁山伯已将这个山沟沟外边围上了竹篱渔网。等到了小鸡长出了嫩毛，开始满山放养了。

我多次去梁家岭养鸡场，与其说是采访，倒不如说带有游山玩水成分，另外还受我大表姐所托。她总担心她父亲像患打摆子似的，时热时冷。也许她最怕的是她父亲在做血本无归的买卖。鸡场备有客房，我睡的是木板床，吃的是山里菜，也就是说，这时节山地里长什么菜就吃什么，肉是山里人用大块石压在缸里的咸猪肉，米是山民在梯田上种成的谷碾的，这些都是梁山伯向乡亲收购的。酒是自酿的米酒。总之，大部分的食物都是他自产的。

为了使小鸡听从他这个鸡司令指挥，我大姑丈用上了一把小号，还让小英子给系上一条红绸布。他早年在军旅生涯中跟小号兵学过。清晨，我大姑丈吹起了起床号："嗒嘀嘀——"小鸡们听到了，扑腾着出鸡棚了。小鸡满山乱跑，啄草翻土叼蚯蚓吃昆虫。暮色起，大姑丈站在最高的一块岩石上吹起集结号，小鸡们从各处奔来，他又吹"嗒嘀嗒嘀——"，那些开小差的小鸡也赶来了，它们的脖子有点鼓，说明食物还丰富。大姑丈像军官点名似的，对全体鸡民点数。为防鸡群相互踩踏，小英子拿了长竹竿将先到的一批鸡护送回营。一队队鸡有序地回到鸡场。日落时分，大姑丈用自编的号音吹出"开饭号"，小英子撒谷子，小鸡们抢食，咯咯地叫。

鸡也有感冒时，我大姑丈自作聪明，用人治感冒的办法，给病鸡喂姜汤，没想到这办法还管用。

梁山伯高山养鸡分三季来养，最早的一季鸡已大，他也不讲养鸡规模，鸡共有四百来只，产出的鸡蛋多半是绿壳蛋。不光是我为这事做过多次报道，还带了电视台的同行。分管农业的副县长带了省农业厅一行人员前来调研，省台省报发了新闻，这事传开了。

第一批鸡面市前，大姑丈让我给鸡取名。我说："梁大伯这名就够响亮的了，又加上高山鸡，就叫'梁山伯牌放养高山鸡'，简称'梁山伯牌高山鸡'。"他哈哈大笑："他奶奶的，你这秀才墨水可没白喝！"

我带来一位专画家禽的画家朋友，给鸡设计包装，用竹编鸡笼装鸡。

这么说吧，第一批鸡，鸡贩子上山来抢订了，甚至后两批还在长的鸡也让鸡贩下了定金。雪亮的马灯下，映出大姑丈的脸发出银子似的光，"他奶奶的，咱们鸡比外边的鸡价钱要翻三个跟头哪！"

我大表姐自我检讨："仓满啊，倒是我低估了我老爸的能量。"

但是，后来发生了一件事，让我大姑丈放弃了养高山鸡。

2008 年 4 月，在海南文昌一带种西瓜的阿福损失惨重。他包的五十多亩瓜地，西瓜还没长大叶子，就被台风"浣熊"吹得不是七歪八倒，就是连秧拔走，更不用说烂在田里半大不熟的西瓜。

回到梁家岭，阿福像去了赌场给输得精光的穷光蛋，双眼惺忪，气色颓唐。小英子又气又哭，我大姑丈吼道："哭他奶奶的，跟了我，养鸡，管你一家子吃香喝辣的！"

这年冬季，又一批高山鸡养大，准备近日交货。几位跟我大姑丈熟了的鸡贩上了岭，主人留饭，小英子摆上了酒菜，大伙儿喝着米酒，阿福不时给客人倒酒。大富是第一个来鸡场贩鸡的，算是功臣，他喜形于色："不得了，给城里东南西北新布了直销点，顾客老是来问，鸡到了没有？"

自从梁山伯成功开发高山鸡后，西部山区形成了养土鸡热，许多顾客还是认"梁山伯牌"。"要想富，先修路"，政府拨款"村村通公路"，公路从梁家岭半岭经过，要与三县边境贯通。

大富比我大姑丈年轻十来岁，两人颇谈得拢，他呷了口酒，吐出一口气，“呵”的一声：“不就是山伯养的鸡不掺料嘛！那可是原汁原味的噢，别人的鸡……”

山那边钻出半个月亮，我大姑丈披着军大衣，才喝了两碗酒就眯起眼来，似乎犯了困，“你们别客气，接着喝，我怕是架不住了。阿福，好生陪客人。”

阿福“嗯”了一声，大富嘀咕道：“山伯平常不是这样的，连喝三碗都没事……”

“哎呀，怕是年纪不饶人喔，他奶奶的……”我大姑丈耳倒不背，颤巍巍地走向东屋。

一会儿，客人们头趴在桌上，身歪了，被阿福一一抬回客房歇了。

第二天一早，我大姑丈来到鸡棚转悠，发现即将出棚的成年鸡都不见了，他到第二季鸡棚，也是空空的，散落一些鸡毛。听到我大姑丈在叫骂，那些鸡贩也过来了，大眼瞪小眼。

大姑丈这才让小英子打手机，他一把夺了手机大喊大叫。

我搭了她车，没到乡政府，见前头停了一辆警车，是乡派出所的。两路警察会合后，到山脚下抛车，同上半岭养鸡场。所长现场勘查了一番，又东问西问，小警察做笔录。

所长虎了脸：“梁阿福梁英子在哪儿？”

我们这才发现阿福人不见了，只是小英子在抹眼泪。

梁超美挥挥手：“跑得了和尚跑不了庙！王所，叫弟兄们抓！”

王所拿对讲机呼叫。

小英子一声大哭，跟着压了声呜呜地哭，向我大姑丈霍地跪了。

渐渐明白了，阿福借了倒款，种西瓜折了本，债主再次上门讨款，阿福说想法子先付利息。放倒款的主儿是道上人，双眼一瞪：“下回要是还收不回，收你家房子，押了你家龟儿子。”

这倒款连本带息，若是借款人还不出，等于是驴滚驴。阿福两口子帮我大姑丈打工，虽有工钱，总归杯水车薪，他见我大姑丈高山鸡事业如日中天，想另立门户，向放倒款的主儿好说歹说又借了一笔款。这另开养鸡场的活儿在暗中运作，可还款付息的期限又到了。阿福想起半夜偷鸡的主意，来个挖肉补疮。他往米酒坛中下了点迷药，自己先服解药。等他们全睡倒了，他把鸡压了价运给约好的另一路串通好的销赃的，那伙销赃的用农夫车装走鸡。天亮前，他回到养鸡场装睡。这会儿，见事情不妙，悄悄溜走了。

“他奶奶的，口干了喝盐卤，偷鸡不成蚀把米，自个找的!”大姑丈骂骂咧咧中。

小英子苦苦求饶：“大伯，我阻止不了他，都是我的错，惹的祸，给逼急的，可我儿子还小啊！他们要绑了我儿子的票……”

梁山伯踉踉跄跄的，梁超美一把搀了他。他摇摇手：“这事到此为止，下不为例。”

他让女儿帮他办一件事，她愣了下，答应了，就跟王所长说了，立马打手机。那放倒款的主儿来了，像个孙子似的，答应阿福两年内还本钱，“至于利息嘛，只按……银行活期……”这道上人见王所扫他一眼，忙见风转舵了。

梁超美跟警队去抓一伙销赃的。我留下过夜，刚请了年休假，趁此玩几天。

天渐黑了。

院内，村小升旗台还留着，旗杆上挂起两盏一高一低的马灯，一片通亮，照出人影来。阿福和小英子双双跪在我大姑丈面前。

梁山伯让两口子站起来，他掏出一沓钞票，说是两人的分红，其实他早就给他俩入了暗股，本想到过年时说。

“毛主席也会犯错误，当年我也犯过错，悔青了肠子……他奶奶的，改了就是好同志嘛!”我大姑丈语重心长起来。

梁山伯宣布，养鸡场留给阿福小英子两口子，他另想法子。反正村里快要通公路了，运输方便了。这些年，他累了，想先歇上。不过，他每年会要几只鸡吃，不给钱。“他奶奶的，老子这点要求总得给吧?”

两口子点头，鸡啄米似的。

不久，我大姑丈又有了新想法。

他要上天柱峰，全县最高的山峰，海拔1003米。

我知道大姑丈喜欢住安静的地方，可天柱峰也太高太僻远太冷清了，而且是他一人过。

行文到此，我回过头来看，记事如此鸡零狗碎，缺文采，我有些气馁。当我把这些未完成的传记呈给我大姑丈看时，他说："不错，别花花肠子就行，继续操练！"

我曾让他写自传，他说："自写跟重病人给抬到了手术台上一样，无影灯下，他奶奶的，病人哪能看得清自己的影子？"

我有点乐了，后面的章节未完。他说："越往后怕是我想看也看不到啰。"

这老头还挺幽默的。

回到主人公身上——

下面的章节里，我想从他的外孙女出嫁日说起。

2012年元旦，农历腊八节，是梁山伯外孙女甜甜的结婚日。

当日下午临近五点，水洋城西门外，一支别具一格的贺亲队伍走来。准确地说，是一支由人和马、驴、骡组成的队伍，人们初以为一支来自北方的游牧民族向南方迁徙。

行进中，这些牲畜"环佩"叮当，脖子下系了大红花，清一色的刺绣坐毡垂挂下来，两边各驮了一只敞口的原木箱笼，全贴有"囍"字，隐隐可见箱内装有猪蹄、活鸡、酒、腊肉、冬笋之类的山货，沉沉的。

走在马队（为了叙述方便，我做简称）前头第一位老人是戴了狐皮帽的梁山伯，骑了一匹高大的枣红马；第二位是戴了瓜皮帽蓄了胡子的壮年阿福，骑了一头驴子；第三位是胸前系了块红帕子的美妇人小英子，和她同坐在白马背上的是一位英俊少年，那是她的儿子，子在前母居后。人们夹道欢迎，这四人不时向观众拱手行礼。这支马队似乎是训练过了的，这次来参加马术表演，踩着无声的鼓点。跟在这四人后面的是六头正值青春期的骡子。

我大姑丈用这种古老的方式为外孙女贺亲。

这天，各路媒体派出了采访阵容，其中电视台仍派出了美女主播蝴蝶儿。此前，我用手机联络过小英子，她通报马队预计到达县城的时间。正是小长假，街上行人如织，人们争相围观，又秩序井然，分列在街道两侧，沿途不时响起掌声，还有人自告奋勇购鞭炮来放。

贺亲队伍一路向南进发，目的地是开张不久的五星级罗马国际大酒店。如同梁山伯倒走破吉尼斯纪录时的盛况一样，因为观众过多，警车鸣笛引路。跟上次不同的是这次从环城西路向环城南路而行。这四条路年前已完成第二次大拓宽。这次没有造成交通拥堵。

5 点 18 分，来自西部山区的这支贺亲队伍抵达罗马大酒店正大门外，那里停放着各种现代轿车，当中有新娘坐的红色兰博基尼婚车。这支马队的到来，使现代风格的酒店另添古韵。

旋转门打开，一对西式婚服的新人徐徐而出，新娘手捧鲜花，雍容华贵，一对童男童女手捧曳地婚纱紧随其后，这对新人向马队的“头人”行礼：“欢迎外公！”新娘嫣然一笑，眼含泪花：“我太幸福了！外公你真酷！”

我大表姐偕大表姐夫站在他的马下，两人同行鞠躬礼，梁超美无限柔情地伸出一只手，像个贵妇人，做了个热情邀请的动作，来扶老人家下马：“爸爸，你终于来啦！太好啦！你总是让我们意外惊喜！”

婚庆乐队出列，奏起欢快的迎宾曲……

第五章

外孙女完婚后，梁山伯执意带马队回山。从此，他再也没回城。他住在全县海拔最高的山，那个叫天柱峰的地方，那是梁家岭向上升高的顶部。

梁山伯在山脊鞍状坳口搭起帐篷，像蒙古包似的，那里只有他一人，还有他的马队。上天柱峰前，他再去山东，添了两马两驴。在天柱峰，马和驴杂交生产了一代代骡，自由放牧，梁山伯用小号呼唤它们。

隔三五天，小英子阿福轮流来探望我大姑丈，给他带来一些生活用品。

他老了，走不动了，人很瘦，已活过八十岁。提起这事他来了劲，说那位医生鬼话连天，他明明活过七十岁，又活到了这份上。其实，当初医生跟他女儿私聊，小英子没守口如瓶，跟梁山伯说了，我大姑丈奖给她一只当年流行的 MP3 收录机。

白驹过隙，时光荏苒。

梁超美也退休了。一位叫“特工花”的女网民在微博上发帖，说水洋县原交警大队大队长梁超美拥有十几套房子，这跟她丈夫是市规划局正处级干部有关系。纪委查后，证实梁超美所购房子其中有四套是房产公司以低于市场价三成卖的。纪委让梁超美补上市价的差额，其余确是她投资增长，属合法收入。但纪委通报时，对梁超美炒房行为提出了批评。至于网民“特工花”自称曾做过她丈夫的二奶，纪委说举报人需提供证据，而自曝者忽地销声匿迹了。然而，网上仍是一片哗然。好在，很快网上又爆出一起广东一位裸官外逃出国事件，梁超美的事冷了下来。

我大姑丈做了曾祖父，曾外孙满月时，他托小英子骑马送了隆重的贺礼。

笋尖形的天柱峰，山顶有块凹进去的峰谷，谷底是平地，梁山伯在此生活，日复一日。那里有个飞瀑直流三百尺的深水潭，边上草木茂盛。天放晴时，他从蒙古包出来，晒晒太阳，靠在天柱峰下，吹吹小号：“嗒嘀嗒——”

2013 年农历蛇年，二月初二“龙抬头”，是梁家岭一年中最盛大的传统节日，远方的客人赶来贺“龙节”，迎完龙灯家家大摆筵席。

我来了，梁超美一家来了，我大姑丈第一次见了他的曾外孙，还有不离小主人左右的安徽籍小保姆。

又来了大富一家子。大富除了帮小英子夫妇销鸡外，还给我大姑丈销骡子。近来水洋各地兴建庙宇、名胜古迹，山道陡窄，骡子运石料，颇吃苦耐劳。包工头不必跑北方，就从大富那儿转卖骡子。我大姑丈养的骡子来自高山之巅，更胜一筹。大富夸山伯大哥有眼力，也就是具有前瞻性。我大姑丈谦虚道：“这叫他奶奶的，歪——打正着。”

过“龙节”，谷底升起一堆堆篝火，男人们狂饮米酒，女人们载歌载舞。狂欢之后，倒头便睡。

一早，山下鸡啼声声，此起彼伏。小英子，后来改称英子，起来做扁食，见昨夜将熄的篝火不知给谁架了一层层木柴，堆有半墙高，火旺旺的，噼啪作响。

英子敲了敲我大姑丈的帐篷门，未见里面有应答。往常我大姑丈早睡早起。

掀开布帘子，见他歪身躺着，胸口尚有余温，床边一盆火暗红，不见续炭。

英子惊叫起来，大伙儿从各自小帐篷出来，一脸慌张。

大表姐摇了摇她父亲，他双眼有点定，只见喉头咕咕响，却不见有话出，额头上沁出细细的汗。

大富急了：“山伯大哥怕是熟了，按山里规矩，老人家的魂魄正出窍，在飞。快，把老人家抬出门外，这样才会顺利升天。”

英子摆好香案，其实香烛齐备，似乎主人早留一手。大伙儿神情肃穆。我大姑丈目光怔怔的，似乎不想合眼。

英子吹响小号：“嗒嘀嗒——”

大公马一声长鸣，奔驰而来，马近了，人闪开一条路，它伏下身，跪下，伸出长舌头朝我大姑丈渐渐失色的脸面上热舔。

突地，我大姑丈翻身扑在马背上，大公马一跃而起，驮着主人四蹄生风，泥石滚滚，大公马闪电般冲向熊熊篝火，鬃毛带了火，腾空而过，“噗”的一声，大公马越过篝火，马背上的布毡像两片蝴蝶的翅膀随风一起一合。我大姑丈已应声落马，坐在篝火上，一团大火球，毕剥作响，青烟袅袅。

我大表姐被英子反抱了，她挥着双手朝火人直喊：“不，爸爸——”

声声马啸，跟在大公马后面的是一列马队，还有落地不久的小幼骡。马队围着篝火绕圈奔跑，越绕越大，仿佛图腾。

梁山伯就在这堆篝火中，像行将圆寂的一个老和尚在坐化。他临终前对英子有过交代，她当众出示一份他手书的遗嘱。

我们把亡者的骨灰安葬在天柱峰一棵最大的云锦杜鹃树下，立了一块小石碑，刻写道：梁山伯，不断创造奇迹，破吉尼斯纪录，生活在全县最高的山，殁于2013年春，享年八十三岁。

依稀仿佛间，夏季，小满时节，云锦杜鹃花开，漫山遍野，一簇簇，大红、粉白、紫色，最美是紫红……

后 记

梁山伯的辞世方式，不合章法。按照规定，家人要将亡者遗体送入殡仪馆火化。分管民政的曹副乡长跟上级打了招呼，愿出具相关手续，说梁山伯是位传奇式人物，具体情况应具体对待。梁超美拿到了他父亲的死亡证明和火化证明，之后拿她父亲所留的存折，到银行办理提款转账手续，又到社保局办殡葬补助等。亡者的存款有多少，只有他女儿知道。

梁山伯遗嘱写有：养鸡场仍全归梁英子所有，逢年过节时给我家人送十只高山鸡，聊作回报。

看到这，我不禁悠然一笑。

我在退休前一年上过天柱峰，大姑丈对女儿有些担忧："这孩子，他奶奶的，心野着呢，从小跟男孩子打架，输了又不服……"

我曾跟大姑丈聊起我退休后的打算。遗嘱上还写有这么一笔：贤侄陈仓满若是愿意的话，我在天柱峰的马驴骡等一应物品归其所有。

我大表姐似乎不在乎。

自从他父亲去世后，她继续照料外孙生活，在外孙还不会走路时，就开车送他到婴儿馆游泳，她到香港旅游时不忘狂购进口奶粉等婴儿用品，出手大方。

我想，大表姐有这么多的财富，怕是三辈子也花不完。

大姑丈还留有一本笔记，解开了大姑的死因。连梁超美也惊诧不已。

当年，大姑丈升到副营长时，大姑作为随军家属，在部队家属养驴场工作。此前，她在水洋街道蚊香厂，属于非全民性质。

部队养马场与家属养驴场虽一河之隔，春天同是最佳的放牧时节，马和驴各吃各的草，但公马“铁牛”与发情中的一头母驴“白雪”互生兴趣，“铁牛”从河中涉水而过。饲养“铁牛”的战士想套绳追马，马与驴却奔到野外，失踪了。等“白雪”回来时，大姑发现它有了身孕。“白雪”临盆时，难产而死。小骡艰难落地，临时当接生员的大姑亦忧亦喜地接过浑身血水的小骡，夜空骤然传来一声声惊雷。文书小林打来电话，报告梁副营长在马队夜训中出了翻马事故，跌入山谷，正在抢救中。大姑伤心欲绝，连忙赶到抢救室。大姑丈渐渐脱离危险。这时，她蓦地想起了刚落地的小骡。等她急赶回来，那小骡却因天气寒冷，又一时无人照料，跑到堆有草垛旁的电灯下，踩到了一根老化了的电线触电身亡。大姑悲痛万分，心头老有一道挥之不去的阴影，她郁结成病，最后被查出脑癌晚期，撒手而去……

我混上报社副总退休。年轻时我有过磕磕绊绊，辗转到数家单位写材料，兼新闻报道，都是临时工，按今天的说法，就像后娘养的。我大姑丈多次来信让我弄个学历，我苦苦复习，终于考上了电大读汉语言文学专业。等拿到文凭后，我大姑丈转业回地方。由于他有这么好的人缘，通过他的引荐，我顺利进入刚组建的县报工作，这才咸鱼翻身。我表姐的前途就更不用说了。

我也退了休，一身轻，我要去天柱峰，我家人说我也疯了。

我接过英子夫妇代管的马队。

从笋形的天柱顶仰望，似乎是这山峰擎住了苍穹。飘过一团团白云，如棉花糖，就在我头发上，伸手可及。

我拿起大姑丈留下的那把小号，发现握手处有了褪色的指印，我用衣袖擦了擦，小号锃亮起来，映出对面山冈上变形了的一轮红日。我用力吹了吹，小号发出混乱的杂音：“嗒——”之后清亮起来：“嗒嘀嗒——”

一支马队在山谷中奔跑起来……

我写这篇传记，开头取名为“梁山伯传”，中途又改作“梁山伯之华彩乐章”，最终我还是放弃了。写完最后一字，我仿佛听到神的召唤。

这些也许也是废话。